出版说明

胡立根、谢晨先生主编的“经典阅读课”丛书，致力于传承中华优秀文化基因，提升青少年核心素养，帮助中小学生在阅读经典中建构并丰富自己的精神图式。在编辑过程中，我们按照现代出版规范对选文进行了统一处理，对部分选文做了删减，力求提供一套符合现代文字规范的青少年读物，以建立对纯洁汉语的认知和体悟。敬请作者、译者见谅。

另外，我们已经联系到大部分选文的作者和译者，他们同意将作品列入“经典阅读课”丛书，但由于作者面广，仍有部分作者和译者无法取得联系。请作者和译者看到本丛书后，尽快与我们联系，以便奉寄样书和稿酬。

诚致谢意！

联系人：蒋鸿雁

电话：0755-83460371

Email：984213171@qq.com

深圳市海天出版社有限责任公司

2018年7月

青少年核心素养
经典阅读课

美文的品鉴

文学顾问/曹文轩
主编/胡立根 谢晨
本册主编/胡立根 陈传鲁
编者/胡立根 陈传鲁 陶波

海天出版社
HAITIAN PUBLISHING HOUSE
·深圳·

图书在版编目(CIP)数据

美文的品鉴 / 胡立根，谢晨主编. — 深圳 : 海天出版社，2018.7（2022.1重印）

（青少年核心素养经典阅读课）

ISBN 978-7-5507-2129-6

Ⅰ. ①美… Ⅱ. ①胡… ②谢… Ⅲ. ①阅读课—中学—课外读物 Ⅳ. ①G634.333

中国版本图书馆CIP数据核字(2017)第325446号

美文的品鉴

MEIWEN DE PINJIAN

出 品 人　聂雄前
项目负责人　蒋鸿雁
责任编辑　吕诗琪　胡志田
责任技编　梁立新
责任校对　方　琅
封面设计　深圳市张达利设计有限公司

出版发行　海天出版社
地　　址　深圳市彩田南路海天综合大厦（518033）
网　　址　www.htph.com.cn
订购电话　0755-83460239（邮购、团购）
排版制作　深圳市龙瀚文化传播有限公司 0755-33133493
印　　刷　河北浩润印刷有限公司
开　　本　787mm × 1092mm　1/16
印　　张　19.75
字　　数　305千
版　　次　2018年7月第1版
印　　次　2022年1月第3次
定　　价　32.00元

总序

阅读需要仰视

阅读，是对世界和生命的凝视。未经凝视的世界是毫无意义的。苏格拉底说："认识你自己。"经由阅读，我们的心沉静下来，开始细心聆听远方的声音，聆听与自己相隔千里万里、相距千年万年的高贵的生命回响，从而更好地认识世界，认识自己。

阅读，让灵魂高贵，让生命丰盈。人的精神高度与阅读高度紧密相联，人因读书而高贵。经由阅读，你会获得一种让灵魂生香的高贵气质。阅读，让我们领略另一种不可能经历的时代和生命，让我们用一种新的眼光反思生活，面对人生。

阅读与写作相辅相成。阅读是张弓，写作是支箭。要想写作这支箭射得更远，就要让阅读这张弓更强。阅读就像采摘葡萄，在心土的深处发酵久了就变成了葡萄酒，这就是阅读给再创作带来的灵感。

阅读，要与高贵的文字结缘。书是有血统的。我们要读有高贵血统的书，这些书能照亮生命的旅程。对于成长中的孩子而言，要让他们在有限的生命长度里读有价值的书，多读能够打精神底子的书，读"有根的书"，读经典。经典至高无上，阅读需要仰视。

深圳是一座有着自己的人文梦想的城市，深圳读书月已经开展了

18年，深圳青少年阅读也一直是一面迎风招展的旗帜。这些年来，我每年都要到深圳，和深圳的校长、老师、学生，也和更多的市民朋友讲阅读，我一直强调读书要有选择，青少年人生经历有限，学业压力大，读什么书是一个很重大的问题。我在很多情况下讲过，现在的很多孩子读的是没有用的书，没有“根”的书。这个根，就是要有“文脉”，能够传承下去。近年来，深圳市学生文联和胡立根工作室一直在做一件事情，那就是帮助、引导学生阅读经典。基于青少年核心素养的“经典阅读课”丛书，立足人生中必然面对的关于传统、关于生命、关于自然、关于亲情、关于家园、关于哲学、关于历史、关于审美等12大命题，精选古今中外经典名篇，加以导读，汇成12个主题读本。这套“经典阅读课”是知名特级教师胡立根、知名阅读推广人谢晨和他们的团队多年阅读教育和阅读推广实践的集大成，已经数年试用，效果良好。我乐于见到一个青少年经典阅读推广的阳光地带。

“经典阅读课”是一套有“根”的书。愿每一个青少年读者都能懂得仰望经典、凝视生命，在阅读经典的过程中建构精神家园，打好人生底色。

曹文轩

2017年12月于北京大学蓝旗营住宅

序言

传承文化基因，提升核心素养

“春江潮水连海平，海上明月共潮生。滟滟随波千万里，何处春江无月明……”

浩瀚的大海，蕴藏无数珍奇，充满神奇魅力。但是，沧海茫茫，却又令我们无所适从。于是，许多人一个猛子扎进去，纵然喝了满肚子的海水，但最终被淹没在大海之中。有的人跳进去，捞了几只鱼虾，上得岸来，也不管有没有毒，适不适合，便整条整条地吃下去，吃得津津有味，这样，虽是品尝了海味，但终是囫囵吞枣，难免中毒，更不知大海中还有许多更神奇的美味。于是有一些潜水高手，一些渔民，从大海中打捞出各种珍品，一股脑堆在那里，或者胡吃海吃，最终可能导致消化不良，难以有效吸收。

同样，当我们来到人类文化的大海之滨，渺小的我们，会不会像当年张若虚那样，被人类文化的浩渺所震撼，所吸引？面对人类浩如烟海的文化典籍，我们有这样几种做法，一种是一头扎进去，找到几本书，也不知适不适合自己，读了再说。这种阅读，当然有价值，但正如老子所言：“吾生也有涯，而知也无涯。以有涯随无涯，殆已！”在信息化的当今时代，各种信息纷至沓来，新的知识层出不穷，令人应接不暇，尤其是学生，课业负担繁重，而大部分学生今后所从事的又并非狭义的文化类工作，哪有那么多时间一本一本地将文化典籍读完呢？这样我们所读的典籍终究有限。

于是我们有许多文人、学者、老师，从大量的文化典籍中遴选出优秀的篇章，编辑了各种各样的读本。这些读本因为经过了认真挑选，剔除了糟粕，浓缩了精华，应该是为读者提供了一定的精神食粮。这些读本虽然也形成了自己的所谓体例，也多是分单元阅读，但基本上是，或按作者，或按朝代，或按国别，或者取一个华美的单元标题，选文之间多缺乏内在的逻辑联系，选本没有形成独立的思维结构，因而仍然脱不了碎片化的嫌疑。大多只是将许多好东西送到了读者的面前，读者读完之后，虽不说是一地鸡毛，但很可能是一锅乱炖。

这就涉及我们今天为什么要阅读经典的问题。其中的一个目的，可能是了解，通过阅读经典，知道往圣先贤的生活、思想状况。但是，了解不应该是主要目的，读经典主要不是为了发思古之幽情。经典的阅读，不是让读者回到过去，更不是让孩子们穿着唐装汉服，摇头晃脑地之乎者也，经典阅读的目的应是指向未来；我们要将往圣先贤请到当下，让他们来指导我们当下的行为。因此经典阅读的目的，固然有丰富知识的因素，但是，知识不是我们的终极目的，经典阅读最终应该指向我们的行为，指向实践。

人类文化经典的形成，并不是一朝一夕之功，而是千千万万的先辈们，面对生命，面对人生，面对世界的诸多问题、诸多困扰，进行探索，从而形成他们的思考，形成他们应对的态度和精神。因此，所谓经典，本质上就是往圣先贤人生实践的精彩总结与记录。其中，最有价值的就是往圣先贤思考问题的方式、他们的精神态度、他们的人生趣味，这一切，我们不妨称之为思维图式、精神图式和审美图式。

早在19世纪，威廉·冯·洪堡特就说："在语言中，个别化和普遍性协调得如此美妙，以至我们可以以为下面两种说法同样正确：一方面，整个人类只有一种语言；另一方面，每个人都有一种特殊的语言。”[①]世界的语言无疑是多种多样的，但洪堡特为什么说整个人类只有一种语言？因为，每一种语言的背后，实际上隐藏着民族共同的认知与思维的方式和情感、价值观、世界观的共同趋向，甚至隐藏着整个人类相近的思维与认知方式，人类相近的情感价值观方向，也就是说，形形色色的语言背后，有民族的、人类的共有的思维图式、精神图式和审美图式在，正因为这样，不同语言的人群之间才能进行沟通和理解。而这些共有的图式，就是洪堡特所谓共有的语言，这些共有的思维图式，实际上就是民族和人类的文化基因。而经典，之所以能成为经典，就是因为承载了民族的、人类的共同的思维与情感的成果，隐含了一个民族甚至整个人类的共有图式。因此，民族的、人类的共有的思维图式、精神图式、审美图式应该是经典的内核。

经典之所以成为经典，固然与经典语言的规范与生动有关，但经典往往并不代表当时语言的最高法则，即使经典的语言代表当时语言的最高法则，这些法则对于当今时代，其价值也是极其有限的。经典的最高价值，是人类和民族某一阶段、某一方面的思维图式、精神图式乃至审美图式的精致的凝固，是民族和人类的思维图式、精神图式、审美图式的瑰宝，是人类文化的优秀基因。这才是我们阅读经典最应关注的东西！对于读者来说，人生也许没有非读不可的书，就像苏轼没有读过《红楼梦》，奥巴马不一定读过《论语》，但是，人生一定有必须面对和思考的问题，所以，《红楼梦》中涉及的许多话题，苏轼都有过深邃的思考，《论语》中涉及的许多问题，奥巴马也应该做过探索。所以，今天读经典，可能并非必须读某一本书，但是，我们应该从经典中吸取往圣先贤应对人生问题的优秀的思维图式、精神图式和审美图式，从而优化我们自己的思维结构、精神世界和审美趣味，进而提升我们的核心素养。

① 威廉·冯·洪堡特. 论人类语言结构的差异及其对人类精神发展的影响[M]. 姚小平，译. 北京：商务印书馆，1999.

这样，经典阅读，实际上有三个层面，第一个层面是语音、文字、词汇和语法，这是最表层的东西，也是入门的东西；第二个层面是语言的技巧，包括修辞、章法、为文技巧等；第三个层面是思维图式、精神图式和审美图式。而第三个层面，实际上又包括两个层次：一是民族的思维图式和精神图式；二是人类的思维图式和精神图式。第三个层面才是经典阅读的关键所在。

但是，我们怎样从经典中获取这些高贵的文化基因？我们怎样才能掌握人类几千年来传承的思维图式、精神图式和审美图式？按照前文所述的第一种方式，一头扎进去，找几本书读一读，固然可能获取某一个作家的某种文化基因，但，一则可能将不良基因也一并收取，二则所获有限。如果按上述第二种方式，阅读各种优秀文章堆砌的读本，可能避免了不良基因的吸收，但是，这些选本多是文章的碎片化堆砌，并没有从思维图式、精神图式和审美图式的角度进行整合，在阅读中，我们可能只能形成碎片化的记忆，难以形成我们自己的优秀的思维、精神、审美的图式。

基于这样的思考，我们尝试着从人生必须思考的问题出发，精选人生问题的12个主题，研究往圣先贤对这些问题的思考、态度与趣味，从浩如烟海的经典中，抽取我们认为承载了优秀的思维图式、精神图式、审美图式的经典文本，按相关主题，从这三个图式的角度加以梳理，编辑了这一套“青少年核心素养经典阅读课”主题阅读丛书，以求有助于构建我们的思维图式、精神图式和审美图式。

本丛书共分12个主题。包括人生首先必须面对的生命问题、人生发展问题、情感问题，从这个层面，我们编辑了《生命的长河》《人生的智慧》和《情感的咏叹》三个主题读本；然后是人与自然的关系、人与家国的关系和人与历史的关系，从这个层面我们编辑了《自然的密码》《家园的守望》和《历史的声音》三个主题读本；再上升一层是本民族的文化传承、科学的问题和哲学思考，在这个层面，我们编辑了《传统的精髓》《科学的边界》和《智者的哲思》三个主题读本；作为经典的语文读本，我们还从审美的角度选取了三个主题，包括审美与艺术、经典美文、古典诗词，由此编辑了《审美的盛宴》《美文的品鉴》和《诗词的韵味》三个主题读本。

为了引导读者从思维图式、精神图式和审美图式的角度思考相关主题，在编辑中，我们力图体现以下编创原则：

一是经典性。在选文上，力求将人类关于相关主题的思想精华和最具艺术化的作品呈现给读者，尽量让读者占领相关主题的人类思维制高点。

二是建构性。该丛书与其他读本类丛书最大的区别在于，编者以人生必须面对的问题为切入口，以问题的思辨和解决为逻辑主线，选取相关经典，力图以此引导读者建立起相关的精神图式、思维图式。

三是可读性。考虑到本丛书的主要读者对象为青少年，在选文上尽量做到经典性的同时，适当降低了选文难度，难度稍大的选文，在“导读”和“交流之窗”中对阅读做一些梳理性的提示。在导读的用语上也尽量考虑以青少年为读者对象，尽量增强导读的活泼性和可读性。

四是思辨性。在选文上，将思辨性放在优选地位，以期给读者思想启迪，不少章节有意识地选取了一些持不同观点的文章，目的在于形成思想的冲击波。编者还为读者提供了相关主题的研究范本，试图引导读者对相关主题结合当下进行深入思考与研究，帮助读者形成相关主题的健全的意识与感悟、思考。

五是原创性。在编辑中尽量做到体例的原创，导读的原创，注释的部分原创。在体例上，根据相关主题的思维结构设计相关章节，试图以此形成相关主题的完整的思维结构和精神样式。每个主题的每一章设计有相关的导读，每篇选文设计有编者与读者的“交流之窗”，以引导读者深入思考。

六是大视野。选材范围力争广阔，力争站在一定的学术高度，所以除了国学主题之外，其他主题所选文章都涉及古今中外。而国学主题的选文则尽量从整个国学史的大视野，提取中华文化的优秀基因，选取国学经典，并从源流上对中华民族的优秀的思维图式、精神图式进行梳理。

本丛书能够顺利出版，非常感谢胡立根工作室的所有成员及编写工作的所有参与者的辛勤劳动。当然更要感谢促成本丛书出版的谢晨先生，感谢海天出版社的领导和编辑的大力支持。尤其要感谢安徒生文学奖得主曹文轩先生欣然担任本丛书的文学顾问并为本丛书作序，曹先生对本丛书的编辑给予了多方面的指导，提出了许多宝贵的具体建议，才能使本丛书有今天的高度。

当然，由于编者视野和水平所限，选文、体例、导读等等，难免有不尽如人意的地方，我们期待读者的宝贵意见。

胡立根

2017年12月于深圳羊台山

前言

在长期的阅读教学实践中，我们发现，广大中学生对文学作品的鉴赏中所遇到的有关各类术语，或闻所未闻，或一知半解，即使有所知晓也只是停留在概念化、模糊化、碎片化的层面，甚至有些语文教师也难以融会贯通。为此我们遍览中外有关书籍，搜集最新研究成果，结合中学教学实际，编纂了这本系统介绍和例证解析上述有关知识的集子，供初、高中学生使用，小学高年级学生也可将其作为提优的课外读物。同时也为广大中小学语文教师提供参考。

本书所谓“美文”，是一个宽泛的概念，既包含散文、小说、诗歌，也包括杂文，总的定位是具有较强文学性的各类文体。大凡历经时间淘洗，跨越语言和国籍障碍，仍然闪耀着艺术光辉的经典之作，都经得起多角度的解读。本书对文本的品鉴，一般只就一个方面的特色进行，目的是为了印证所属章节的理论，起到举例说明的作用。

对本书的选文，我们特别注重其人文性和经典性。作者多为中外文学大家，即使是年代稍近的中国现当代作家，也一定是为学界大众所公认的具有时代引领作用，而且风格独具，作品堪为一代经典的人物。在作品内容方面，既要求有高度的思想性，深刻的哲理性，能深度揭示人性，还要有厚重的文化内涵，并且适应青年学生的年龄特点，作品的思想境界和情感格调昂扬、向上、充满正能量。所以，阅读本书，还是一次人文的深呼吸，是一场由内到外的精神洗礼，对提升年轻读者的思想高度，净化其心灵，陶冶情操，指引其人生道路，都能起到有效作用。

在本书的架构上，我们力求其具有系统性。第一编风格之美，我们筛选出豪迈奔放、绚丽华美、空灵缥缈、疏朗从容等十八个关键词，分别从作家的个性、民族的特点、时代的风貌以及地域的特色和流派的差异等方面概括作品的各类风格特征，为读者展示文学这个“大观园”内绚丽多姿、百花争艳的迷人景象。第二编角度之美，分列了多维视角、读者视角、情绪视角、特殊视角四个方面，其中特别提请关注的是特殊视角中的另类视角、独特视角、非人视角和陌生视角几个分项，它们是具有现代特色的文学作品较常选用的角度，常能颠覆传统的阅读习惯，给我们新颖的阅读感受。第三编结构之美，介绍了层进、串珠、铺垫、双线、错格等十一种常见结构方式，给读者呈现经典作品在构思和行文上的多样化特点。第四编技法之美内容最为庞大，共列举了常见的十三大类技法，主要涉及比喻、暗喻、意象、象征等重要的修辞方式和表现手法。特别值得强调的是，第十三大类“新奇技法”中，又分列了十三种特殊技法，它们的共同特点是超越常规，在矛盾和反常中使作品呈现出特异性和新奇性。第五编表达之美，主要从文学作品的表达方式上体现具象化的描写与语言运用的精妙之处，以突显艺术家们塑造形象的高超技巧。

在编写体例上，我们遵循了由理论到实践再到理论的顺序，每一编的每个关键词，先用简短的语言对其下定义或作解释，使读者对它的本质内涵有个概括的认识，然后精选典范作品以供读者阅读体验。篇后的“交流之窗”，是编者从关键词这一角度对文章所作的简要解析，既给读者理解文本以提示和启发，又在概念、文本、读者之间架起沟通的桥梁，使读者将抽象的概念和具体的阅读实践结合起来，达到融会贯通的目的。

书中列举的大量关键词，专家们多有专论，我们在下定义和作解析时，尽量用通俗的语言或形象生动的方式，以便于学生的理解。但我们的解析和表达，难免有偏颇或谬误，同时“交流之窗”对选文的解读，也定有不当之处，恳请专家学者和广大读者批评指正。

编　者

目录 *contents*

第一编
风格之美

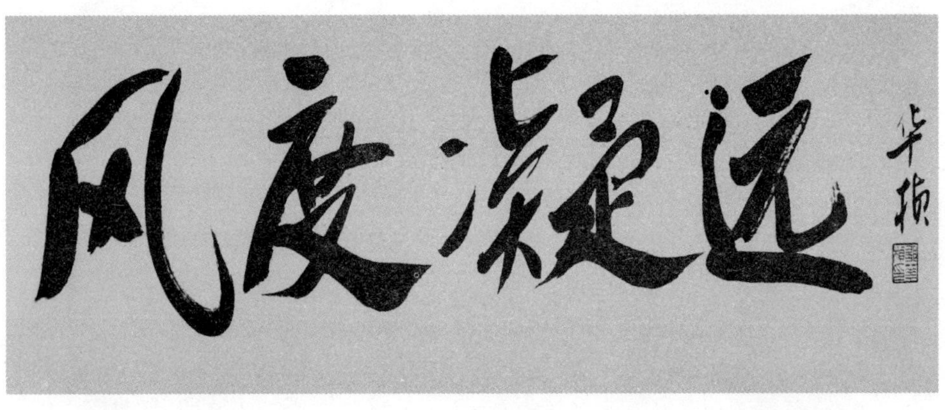

⊙ 风度凝远　邹华桢书

文学风格，从理论讲是指作家的个性在文学作品的有机整体中通过言语结构所显示出来的、能引起读者持久审美享受的艺术独创性。通俗地说，一个作家的风格是指他的作品在主题、选材、结构、语言等方方面面表现出来的、异于他人的、较稳定的特点。风格的多样性是文学创作繁荣的重要标志。风格最常见的分类是分为阳刚之美和阴柔之美，或者叫作壮美和柔美。阳刚之美往往宏阔，大气，粗犷，豪放，刚强，悲壮；而阴柔之美相比之下显得小巧，精致，和谐，委婉，秀美，清雅，但二者并没有高下优劣之分。风格有民族的差异，中国传统文学讲究敦厚含蓄，常以自然意象表达人文主题，体现天人合一的哲学特点；俄罗斯文学阔大、深沉、悲情、忧郁，充满对真理的坚执追求和对人生苦难的深切关怀；法国文学多有浪漫气息，德国文学常有思辨的色彩。风格具有地域性，“杏花春雨江南”的优美常现于南方才子的笔下，“铁马秋风塞北”的壮美则多出自北方大汉的笔底；清新自然的“荷花淀”派产自湖泊连片、河汊交错、芦苇荷花一望无际的河北白洋淀一带；而朴实风趣的“山药蛋”派则生长于广阔贫瘠、黄土深厚、沟壑纵横的西北高原地区。风格具有时代性，五四时期的思想解放和文化启蒙催生了郭沫若的浪漫主义诗篇，二十世纪七十、八十年代的“拨乱反正”和反思“文革”则涌现出北岛、舒婷、顾城等一批有思想深度的“朦胧派”诗人。风格还与作家本人的经历、思想、性格、气质等有关，有“一生好入名山游”，诗风豪迈、浪漫、洒脱的李白；也有一生辗转漂泊、历经磨难仍然忧国忧民，诗风沉郁顿挫的杜甫。鲁迅自称是从旧营垒中反戈一击走上破坏旧秩序的道路的，所以思想格外深刻，笔锋犀利老辣；而朱自清、冰心等人则常以自然、艺术、爱为自己的赞美对象，文风清丽、谐婉。风格不但表现在结构上，如欧·亨利式的结尾，语言上，如周作人的散淡、冲和，还表现在取材上，如孙犁常常选取正面战场之外的具有诗情画意的场景来侧面表现战争。总之，在古今中外文学作品的百花园里，各种各样的风格如百花齐放，绚丽多姿，同学们放慢脚步，慢慢欣赏吧。

此类风格的作品往往表现作者强烈的个性，充沛的激情，豪放的胸襟，不羁的情怀，意境宽广，气势雄放。内容充满丰富瑰丽的想象，结构自然洒脱，不拘一格，语言多夸张、排比等。李白“长风破浪会有时，直挂云帆济沧海”“君不见黄河之水天上来，奔流到海不复回”等诗句，以及郭沫若的《女神》等都突显了豪迈奔放的风格。

天　狗

郭沫若

郭沫若（1892—1978），中国现代著名诗人。代表作有诗集《女神》。

一

我是一条天狗呀！
我把月来吞了，
我把日来吞了，
我把一切的星球来吞了，
我把全宇宙来吞了。
我便是我了！

二

我是月的光，
我是日的光，
我是一切星球的光，
我是X光线的光，
我是全宇宙的Energy的总量！

三

我飞奔，
我狂叫，
我燃烧。
我如烈火一样地燃烧！
我如大海一样地狂叫！
我如电气一样地飞跑！
我飞跑，
我飞跑，
我飞跑，
我剥我的皮，
我食我的肉，
我吸我的血，
我啮我的心肝，
我在我神经上飞跑，
我在我脊髓上飞跑，
我在我脑筋上飞跑。

四

我便是我呀！
我的我要爆了！

（选自《女神》，人民文学出版社，1953年版）

【交流之窗】

本诗用得最多的一个字就是“我”，每行诗句的第一个字也是“我”，还不断反复：“我便是我”，这样的安排有特殊用意吗？诗人通过瑰奇宏丽的想象，把抒情主人公“我”比作中国神话传说里的天狗，要吞日，吞月，甚至还要吞掉整个宇宙，这个“我”比中国传统哲学中的“天、地、人”三才中的“人”还要广大，比西方莎士比亚所颂赞的“万物的灵长”还要崇高。这个“我”还蕴含了全宇宙“能”的总量，又是何等的能量无边啊！但是，如此个性张扬的自我却又为什么要剥自己的皮、食自己的肉、吸自己的血、啮自己的心肝来否定自己呢？是要抛弃旧我换新我，还是要抛弃肉体，达到精神上的极大自由和解放呢？本诗中的“我”还有一个突出特点就是动感十足，诗人先后用了“吞”“狂叫”“燃烧”“飞跑”“爆”等一系列力度极强的词语，张扬了豪迈的个性、凌厉奔放的主体形象，激荡着狂飙突进的五四精神。

此类风格的作品往往具有宏大的结构，表现厚重的主题。时间上纵贯古今，空间上视通万里。场面壮阔，气势磅礴。形象强悍粗犷，意境苍凉悲壮，语言铿锵有力。

高原，我的中国色

乔 良

乔良，生于1955年，中国著名军旅作家、军事理论家。代表作有中篇小说《灵旗》等。

是东亚细亚。

东亚细亚的腹地，一派空旷辽远、触目惊心的苍黄。

亿万斯年，谁能说清从哪一刻起，不分季节，不分昼夜，不知疲倦的西风带，就开始施展它的法力？塔克拉玛干，古尔班通古特，巴丹吉林，乌兰布合……还有，腾格里。这些个神秘的荒漠啊，一股脑儿地，被那股精血旺盛到近乎粗野的雄风卷扬而起，向秦岭北麓的盆地倾扎过来。

漫空里都是黄色的粉尘。

纷纷扬扬。飘飘洒洒。盆地不见了。凹陷的大地上隆起一丘黄土。黄土越积越厚，越堆越高。积成峁，堆成梁，又堆积成一大片一大片的塬。

这就是高原。黄土高原。

极目处，四野八荒，惟有黄色，尽是黄色。黄色。黄色。连那条从巴颜喀拉的山岩间夺路而来的大河，也暴烈地流泻着一川黏稠的黄色！

浑黄的天地间，走来一个黄皮肤的老者。看不清他的面孔，听不清他的声音，只有那被黄土染成褐色的长髯在被太阳喷成紫色的浮尘中飘拂……老者身后，逶迤着长长、长长一列只在身体的隐秘处裹着兽皮的男人和女人。

一棵巨大的柏树，便在这人群中生下根来。

轩辕柏。

所有黄皮肤的男人女人和他们的后人，都把这巨树唤作轩辕柏。它的根须像无数手指深抠进黄土，扎向地心，伸向天际，用力合抱住整个儿的高原。

始皇帝横扫六合的战车，汉高祖豪唱大风的猛士，倚在驼峰上西出阳关的商旅，打着呼哨、舞着弯刀、浑身酒气的成吉思汗的铁骑，和五千年岁月一道，从这金子样的高原上骄傲地走过去，走过去，直到……

暮云垂落下来，低矮的天地尽头，走来一个小小的黑点。

一个军人。

他站在一架冲沟纵横、褶皱斑驳的山梁上。

天可真低。他想，一抬手准能碰到老天爷的脑门儿。

残阳把他周身涂成一色金黄。他伸出手臂，出神地欣赏着自己的皮肤。金黄的晖光从手臂上滑落下去，掉在高原上。一样的颜色。他想，我的肤色和高原一样。

豪迈的西风从长空飒然而至。他的衣襟和裤角同时低唱起喑哑而粗犷的古歌。刹那间，他获得了人与天地自然、与遥远的初民时代那种无缝无隙的交合。是一种虚空又充实，疏朗又密集，渺小又雄大的感觉。

他不禁微微一笑。

然而，只一笑，那难以言喻的快感消退了。渐渐塞满胸壑的，是无边的落寞，莫名的苍凉。竟然没有一只飞鸟，竟然没有一丛绿草。只有我，他想。我和高原。于是他又想，这冷寞、这苍凉不仅仅属于我，还属于遗落在高原上的千年长史。

一千年。

畏惧盗寇的商贾们抛离了驼队踩出的丝绸古道。面对异族的武夫们丢弃了千里烽燧和兵刃甲胄。一路凄惶，簇拥着玉辇华盖，偏安向丰盈又富庶的南方。

南方，绿油油、软绵绵、滑腻腻的南方。没有强烈的紫外线辐射，没有弥漫天际的黄沙烟尘，没有冰，没有雪，没有能冻断狗尾巴的酷寒，有丽山秀水，丝竹管弦，有妖冶的蛾眉，婀娜的柳腰，有令人销魂的熏风、细雨……那叫人柔肠寸断的杏花春雨啊，竟把炎黄子民们孔武剽悍的魂魄和膂力一并溶化！而历史，却在某个迷茫的黄昏，被埋进深深的黄土。

有多厚的黄土，就有多厚的奥秘的高原，每一只彩陶罐、每一柄青铜剑都会讲一个先民的故事给你听的高原，沉默了。陪伴它的，是一钩千年不沉的孤月。

唉，南方，南方。

他忽然想到了西方。当黄皮肤的汉子们由于贫血而变得面色苍白时，麦哲伦高傲的船队刚刚在这颗星球上画完一圈弧线。野心勃勃的哥伦布，正携着西班牙国王致中国皇帝的国书，横渡大西洋，惊喜地打量着近在咫尺的新大陆。真是一群好汉子。有了他们，西方才后来居上。他感到胸口有一团东西被揪得发疼。

他看到斯文·赫定、斯坦因、华尔纳们，正把成捆的经卷盗出敦煌，正把昭陵的宝马凿下石壁，而恭立一旁的黄种汉子，手里只有一杆能把自己打倒在地的烟枪！

他想喊。

他想站到最高的那架山梁上去，对着苍茫的穹窿嘶喊：

难道华夏民族所有的武士，都走进了始皇陵兵马俑的行列？

没有风。没有声息。高原沉默着。

一块没有精壮和血性汉子的土地是悲哀的。

他想起了他那些戴着立体声耳机、抱着六弦琴横穿斑马线的兄弟们。他们全都身条瘦长，脸色煞白，像一根根垂在瓜架上的丝瓜。他们要去参加这一年中的第三百六十七次家庭舞会吧？他们的迪斯科跳得真好。他们忧郁的歌声真动人。但，他们只从银幕上见过高原和黄土。他们不知道紫外线直射进皮肤和毛孔时的滋味，更不知道那黄土堆成的高原上埋着的古中国。

可那才是中国，那才叫中国。在病榻上呻吟了八百年，又被人凌辱了二百年的，不是真正的中国。真正的中国是闪着丝绸之光、敦煌之光，修筑起长城，开凿出运河，创造了儒教、道教，融合了佛教、回教，同化了一支支异族入侵者的中国。

真正的中国是一条好汉。

这裸着青筋、露着傲骨的高原也是一条好汉。

他真想把那些整天只会怨天尤人的小白脸都带到这里来，染他一身一脸的国色——黄帝、黄河、黄土高原的本色。让他们亲近一下泥土的纯朴和漠风的豪气。

他想，要使这片贫瘠的、失血过多的土地复苏过来，需要的是更强劲的肌肉，更坚硬的骨骼，更热的黄河一般湍急的血流。需要比麦哲伦和哥伦布们还勇健的如守护始皇陵的武士俑那样的壮汉。

他想，我也该是这样的汉子。

他想，有了这些男子汉，高原，这金子似的高原便不会死去。因为轩辕柏在这里扎着一根粗大的、深邃的根茎。

这个人，这个军人，就是我。

一九八四年十二月十二日于北京小关

【交流之窗】

本文的中心意象是黄色。从西北荒漠吹来的黄色粉尘，堆积成黄色高原，从巴颜喀拉的山岩间夺路而来的雪水流淌成黏稠的黄河，黄色高原诞生了我们的人文初祖轩辕黄帝，进而繁衍生息了黄皮肤的炎黄子孙。黄色就是中国色，黄色就是中华民族的象征。作者以一个现代军人的视角，凝望高原，透视历史，拨开迷雾，发现了真正的中国：一个有血性的精壮汉子。他是“闪着丝绸之光、敦煌之光，修筑起长城，开凿出运河，创造了儒教、道教，融合了佛教、回教，同化了一支支异族入侵者的中国”，新的时代我们中华民族仍然需要这样的精壮汉子。本文风格就像一首唐代的边塞诗，大漠，黄沙，高原，黄河，雄关，铁骑，秦皇，汉武，成吉思汗，构成恢弘博大的艺术境界，苍凉雄浑，悲怆壮美，字里行间充溢着粗犷、豪放、昂扬进取的民族精神。

这类诗歌散文形象艳丽多姿，意境清新绮丽，色彩绚烂，词藻华美。如杜甫“迟日江山丽，春风花草香。泥融飞燕子，沙暖睡鸳鸯”（《绝句》），白居易“几处早莺争暖树，谁家新燕啄春泥？乱花渐欲迷人眼，浅草才能没马蹄”（《钱塘湖春行》）等诗句，用语工丽，情景交融。

绿

朱自清

⊙ 朱自清　何作栋绘

朱自清（1898—1948），原名自华，号秋实，中国近代散文家、诗人、学者、民主战士。代表作有《春》《绿》《背影》《荷塘月色》《匆匆》等。

我第二次到仙岩的时候，我惊诧于梅雨潭的绿了。

梅雨潭是一个瀑布潭。仙岩有三个瀑布，梅雨瀑最低。走到山边，便听见花花花花的声音；抬起头，镶在两条湿湿的黑边儿里的，一带白而发亮的水便呈现于眼前了。我们先到梅雨亭。梅雨亭正对着那条瀑布；坐在亭边，不必仰头，便可见它的全体了。亭下深深的便是梅雨潭。这个亭踞在突出的一角的岩石上，上下都空空儿的；仿佛一只苍鹰展着翼翅浮在天宇中一般。三面都是山，像半个环儿拥着；人如在井底了。这是一个秋季的薄阴的天气。微微的云在我们顶上流着；岩面与草丛都从润湿中透出几分油油的绿意。而瀑布也似乎分外的响了。那瀑布从上面冲下，仿佛已被扯成大小的几绺，不复是一幅整齐而平滑的布。岩上有许多棱角；瀑流经过时，作急剧的撞击，便飞花碎玉般乱溅着了。那溅着的水花，晶莹而多芒；远望去，像一朵朵小小的白梅，微雨似的纷纷落着。据说，这就是梅雨潭之所以得名了。但我觉得像杨花，格外确切些。轻风起来时，点点随风飘散，那更是杨花了。——这时偶然有几点送入我们温暖的怀里，便倏地钻了进去，再也寻它不着。

梅雨潭闪闪的绿色招引着我们；我们开始追捉她那离合的神光了。揪着草，攀着乱石，小心探身下去，又鞠躬过了一个石穹门，便到了汪汪一碧的潭边了。瀑布在襟袖之间；但我的心中已没有瀑布了。我的心随潭水的绿而摇荡。那醉人的绿呀，仿佛一张极大极大的荷叶铺着，满是奇异的绿呀。我想张开两臂抱住她；但这是怎样一个妄想呀。——站在水边，望到那面，居然觉着有些远呢！这平铺着、厚积着的绿，着实可爱。她松松地皱缬着，像少妇拖着的裙幅；她轻轻地摆弄着，像跳动的初恋的处女的心；她滑滑的明亮着，像涂了“明油”一般，有鸡蛋清那样软，那样嫩，令人想着所曾触过的最嫩的皮肤；她又不杂些儿尘滓，宛然一块温润的碧玉，只清清的一色——但你却看不透她！我曾见过北京什刹海拂地的绿杨，脱不了鹅黄的底子，似乎太淡了。我又曾见过杭州虎跑寺旁高峻而深密的“绿壁”，丛叠着无穷的碧草与绿叶的，那又似乎太浓了。其余呢，西湖的波太明了，秦淮河的又太暗了。可爱的，我将什么来比拟你呢？我怎么比拟得出呢？大约潭是很深的，故能蕴蓄着这样奇异的绿；仿佛蔚蓝的天融了一块在里面似的，这才这般的鲜润呀。——那醉人的绿呀！我若能裁你以为带，我将赠给那轻盈的舞女；她必能临风飘举了。我若能挹你以为眼，我将赠给那善歌的盲妹；她必明眸善睐了。我舍不得你；我怎舍得你呢？我用手拍着你，抚摩着你，如同一个十二三岁的小姑娘。我又掬你入口，便是吻着她了。我送你一个名字，我从此叫你“女儿绿”，好么？

我第二次到仙岩的时候，我不禁惊诧于梅雨潭的绿了。

（选自中国现代文学史参考资料《散文选》，上海教育出版社，1979年版）

【交流之窗】

本文写梅雨潭的“绿”，用“仿佛一张极大极大的荷叶铺着”喻其静态美，用“松松地皱缬着，像少妇拖着的裙幅”“轻轻地摆弄着，像跳动的初恋的处女的心”喻其动态美，又用“明油”“蛋清”“嫩肤”“碧玉”等喻其质地之温润纯净，把这一潭绿水绘成绚丽华美的青绿山水。接着，又运用联想的方式，由梅雨潭的绿联想到北京什刹海拂地的绿杨，杭州虎跑寺旁高峻而深密的“绿壁”，西湖的悠悠碧波和秦淮河的六朝金粉。这些地方的绿不是“太淡”“太浓”，就是“太明”“太暗”了，通过联想、比较突出表现了梅雨潭绿得恰到好处、绿得无可比拟。结尾处展开想象，“裁你以为带”“挹你以为眼”，把潭水与能歌善舞的女子联系起来，给人以瑰丽新奇的遐想。

这类风格的作品人物清纯可爱，风景纯净秀丽，意境清新脱俗，语言自然简洁。李白写江南采莲女子“耶溪采莲女，见客棹歌回。笑入荷花去，佯羞不出来”（《越女词五首（第三首）》），清澈的碧水，青青的莲子，纯洁的少女，构成纯净清丽的意境。

你是人间的四月天

林徽因

林徽因（1904—1955），中国现代著名女建筑师、作家。代表作有《莲灯》《九十九度中》等。

我说你是人间的四月天；
笑响点亮了四面风；轻灵
在春的光艳中交舞着变。

你是四月早天里的云烟，
黄昏吹着风的软，星子在
无意中闪，细雨点洒在花前。

那轻，那娉婷，你是，鲜妍
百花的冠冕你戴着，你是
天真，庄严，你是夜夜的月圆。

雪化后那片鹅黄，你像；新鲜
初放芽的绿，你是；柔嫩喜悦
水光浮动着你梦期待中白莲。

你是一树一树的花开，是燕
在梁间呢喃，——你是爱，是暖，
是希望，你是人间的四月天！

（选自《林徽因诗文集》，北京理工大学出版社，2009年版）

【交流之窗】

诗中作者精选了轻软的春风、早间的云烟、飘洒的细雨、鲜妍的百花、夜夜的月圆、雪化后初放的嫩芽、梁间呢喃的燕子等意象，营造了一种明媚、温暖、美丽、新鲜、生机勃勃、深情款款的意境，又用“你是爱，是暖，是希望，你是人间的四月天”的博喻，点出了歌咏对象的特征：是爱，是暖，是希望。本诗形象清新脱俗，语言自然清丽，给人以纯净、唯美的印象。

这类作品的描写对象一般为乡村、田园、山野、草原的自然环境和纯朴生活，通过与城市或宫廷生活的喧嚣扰攘、浮华空虚相对照，表达一种宁静、悠远的心境，与世无争的态度和融入自然的愿望。

我一无所求

泰戈尔

泰戈尔（1861—1941），印度著名诗人，第一位获得诺贝尔文学奖的亚洲人。代表作有诗集《吉檀迦利》《飞鸟集》《园丁集》《新月集》等。

我一无所求，只站在林边树后。
倦意还逗留在黎明的眼上，露润在空气里。
湿草的懒味悬垂在地面的薄雾中。
在榕树下你用乳油般柔嫩的手挤着牛奶。
我沉静地站立着。

我没有说出一个字。
那是藏起的鸟儿在密叶中歌唱。
芒果树在村径上撒着繁花，蜜蜂一只一只地嗡嗡飞来。
池塘边湿婆天的庙门开了，朝拜者开始诵经。
你把罐儿放在膝上挤着牛奶。
我提着空桶站立着。

我没有走近你。
天空和庙里的锣声一同醒起。
街尘在驱走的牛蹄下飞扬。

把汩汩发响的水瓶搂在腰上，女人们从河边走来。
你的钏镯丁当，乳沫溢出罐沿。
晨光渐逝而我没有走近你。

（选自《园丁集》，国际广播出版社，2007年版）

【交流之窗】

诗人捕捉住乡村清晨这一特定时空下的景物特点，给我们描绘出了一幅恬淡、宁静、质朴而又充满生机的田园牧歌式的画卷：高大的榕树，开满繁花的芒果树，曲折的小路，清澈的池塘，以及汩汩的流水声，女人钏镯的叮当声，蜜蜂的嗡嗡声，鸟儿的歌唱声，朝拜者的颂经声，还有挤奶、汲水、赶牛等劳动场景。我沉静地欣赏着，拥有这样的家园，夫复何求！

本诗选自泰戈尔的诗集《吉檀迦利》，“吉檀迦利”原意是“献诗”的意思。这些诗到底是献给谁的呢？出生在印度的泰戈尔自然是把它献给“神”。而且他认为这“神”无处不在、无所不包，存在于一切自然中，存在于最贫贱的人们之间。基于这样的泛爱观和泛神论，即使最普通最平凡的生活，在他的诗中都被赋予了牧歌式的梦幻色彩。

此类作品多按照事物的本来样子来叙述描写，不渲染，不夸饰，不雕琢，素淡自然，朴实无华。平淡中见新奇，简练中有内涵。

狼的母性

汪曾祺

⊙ 汪曾祺　莫丹绘

汪曾祺（1920—1997）中国当代作家。代表作品有《受戒》《沙家浜》《大淖记事》等。

香港大概没有狼。

中国很多地方有狼。

绍兴有狼。鲁迅写的祥林嫂的孩子阿毛就是被狼吃了的。

昆明有狼。我在昆明郊区看到一些人家的砖墙上用石炭画了一个一个的白圈，问人：这是干什么？答曰：是防狼的。狼性多疑，它怕中了圈套。

张家口有狼。口外长途车站有一个站名就叫狼窝沟。在张家口想买一件狼皮褥子毫不费事，也很便宜。狼皮褥子可以隔潮，垫了狼皮褥子不易得风湿。我在张家口的沙岭子下放劳动了三年，有一只狼老来偷果园里的葡萄，而且专偷“白香蕉”。白香蕉是葡萄的名种，果粒色白，而有香蕉味道。后来叫一个农业工人用步枪打死了。剖开肚子，一肚子都是白香蕉！

呼和浩特有狼。

大青山狼多。狼多昼伏夜出。有一个在山里打过游击的朋友告诉我：“那几年，狼下山，我下山，狼回山，我回山。”有一个游击队员在半山睡着了，一只狼爬到他身上，他惊醒了，两手掐住狼脖子不放，竟把狼掐死了。后来熟人见他都开玩笑：“武松打虎，××掐狼。”游击队在山里行军，发现三只小狼埋在沙坑里，只露出三个小脑袋。一个小战士很奇怪，问人："这是怎么回事？"一个有经验的老战士告诉他："小狼出痘子，母狼就把它们用沙土埋起来，过几天再刨出来。"小战士把三只小狼刨出来，背走了。这一下惹了麻烦：游击队到哪里，母狼跟到哪里。蹲在不远的地方哀叫，一叫一黑夜。又不能开枪打，怕暴露目标。叫了几夜，后来小战士听了老战士的劝，把小狼放了，晚上宿营，才能睡个安生觉。

呼伦贝尔有狼。

海拉尔，离市区不远的山里有一窝狼，两只老狼，三只狼崽子。有一个农民知道了，趁老狼不在的时候把狼崽子掏了。畜产公司收购，大狼一只三十块钱，小狼十五。三只小狼能卖四十五块钱。老狼回来了，就找掏狼崽子的人。找到海拉尔桥头，没办法了。原来这个农民很有经验，知道老狼会循着他身上的气味跟踪的，——狼鼻子非常尖，他到了海拉尔桥就下了河，从河里走了，河水把他的气味冲走了。线索断了。这两只老狼就连夜祸害桥边的村子，咬死了几个孩子。狼急疯了，要报复。后来是动用了解放军，围剿了一夜，才把老狼打死了。

（选自《蒲桥集》，作家出版社，2000年版）

【交流之窗】

本文并没有刻意的构思，从香港到绍兴、昆明，从张家口到呼和浩特、呼伦贝尔，作者信口道来，自然随性。作者笔笔都在写狼：狼的凶残，狼的坚忍，但着重刻画的还是狼的母性。为了夺回小狼，母狼不怕孤身犯险，日夜跟在有枪的队伍后哀叫；为了寻救狼崽，急疯了的老狼竟报复性的咬死了几个孩子，以致遭围剿而亡。作者在平淡洗练的叙述中，表现狼性虽然凶残，天性中也有母爱。另一方面，作者也写了人对狼的态度，看似语气平淡，不动声色，但字里行间透露出某些人自觉不自觉的残忍。本文语言于质朴自然中见功力，平淡洗练中含情感。全文没有用任何的修辞，如拉家常，如说故事，口语化，极简练，但字里行间有细节、有跌宕、有褒贬，仍能让人惊心动魄，回味无穷。想一想，开头为什么说"香港大概没有狼"这句话呢？

看问题能见旁人所未见，发别人所未发，入木三分，独到深刻；批判论敌切中要害，一击致命；语言逻辑严密，论辩有力，又生动形象，发人深思。

中国人失掉自信力了吗？

鲁 迅

⊙ 鲁迅 莫丹绘

鲁迅（1881—1936），原名周树人，伟大的文学家、思想家。代表作品有《呐喊》《彷徨》《朝花夕拾》《野草》《华盖集》等。

从公开的文字上看起来：两年以前，我们总自夸着“地大物博”，是事实；不久就不再自夸了，只希望着国联，也是事实；现在是既不夸自己，也不信国联，改为一味求神拜佛，怀古伤今了——却也是事实。

于是有人慨叹曰：中国人失掉自信力了。

如果单据这一点现象而论，自信其实是早就失掉了的。先前信“地”，信“物”，后来信“国联”，都没有相信过“自己”。假使这也算一种“信”，那也只能说中国人曾经有过“他信力”，自从对国联失望之后，便把这他信力都失掉了。

失掉了他信力，就会疑，一个转身，也许能够只相信了自己，倒是一条新生路，但不幸的是逐渐玄虚起来了。信“地”和“物”，还是切实的东西，国联就渺茫，不过这还可以令人不久就省悟到依赖它的不可靠。一到求神拜佛，可就玄虚之至了，有益或是有害，一时就找不出分明的结果来，它可以令人更长久的麻醉着自己。

中国人现在是在发展着“自欺力”。

“自欺”也并非现在的新东西，现在只不过日见其明显，笼罩了一切罢了。然而，在这笼罩之下，我们有并不失掉自信力的中国人在。

我们从古以来，就有埋头苦干的人，有拼命硬干的人，有为民请命的人，有舍身求法的人……虽是等于为帝王将相作家谱的所谓“正史”，也往往掩不住他们的光耀，这就是中国的脊梁。

这一类的人们，就是现在也何尝少呢？他们有确信，不自欺；他们在前仆后继的战斗，不过一面总在被摧残，被抹杀，消灭于黑暗中，不能为大家所知道罢了。说中国人失掉了自信力，用以指一部分人则可，倘若加于全体，那简直是诬蔑。

要论中国人，必须不被搽在表面的自欺欺人的脂粉所诓骗，却看看他的筋骨和脊梁。自信力的有无，状元宰相的文章是不足为据的，要自己去看地底下。

一九三四年九月二十五日

（选自《鲁迅杂文全集》，燕山出版社，2011年版）

【交流之窗】

“自信力”本是《大公报》社评使用的一个字眼，鲁迅运用“仿词”这一修辞手法，从“信”的对象、类属、影响上发展出一字之差的三个词语：“自信力”“他信力”“自欺力”，形成一个曲折变化、层次丰富的逻辑链条：“自信”→失掉“自信”→“他信”→“自欺”→“还是有自信”→“失去自信的只是一小撮”。如同剥笋，层层深入，犀利睿智，机趣横生，显示辛辣的讽刺锋芒，也抒发热烈的颂赞之情。

运用寓言、象征、比喻、夸张、对比、双关等表现手法和语言技巧，将现实事物夸大、变形，使人觉得出乎意料，异乎常理，既显得滑稽、可笑、有趣，又给人深刻的思考，使读者在轻松愉快的阅读过程中认清其真面目，获得有益启示。

跑警报

汪曾祺

西南联大有一位历史系的教授——听说是雷海宗先生，他开的一门课因为讲授多年，已经背得很熟，上课前无需准备；下课了，讲到哪里算哪里，他自己也不记得。每回上课，都要先问学生："我上次讲到哪里了？"然后就滔滔不绝地接着讲下去。班上有个女同学，笔记记得最详细，一句话不落。雷先生有一次问她："我上一课最后说的是什么？"这位女同学打开笔记夹，看了看，说："你上次最后说：'现在已经有空袭警报，我们下课。'"

这个故事说明昆明警报之多。我刚到昆明的头二年，一九三九、一九四〇年，三天两头有警报。有时每天都有，甚至一天有两次。昆明那时几乎说不上有空防力量，日本飞机想什么时候来就来。有时竟至在头一天广播：明天将有二十七架飞机来昆明轰炸。日本的空军指挥部还真言而有信，说来准来！

一有警报，别无他法，大家就都往郊外跑，叫做"跑警报"。"跑"和"警报"联在一起，构成一个词语，细想一下，是有些奇特的，因为所跑的并不是警报。这不像"跑马""跑生意"那样通顺。但是大家就这么叫了，谁都懂，而且觉得很合适。也有叫"逃警报"或"躲警报"的，都不如"跑警报"准确。"躲"，太消极；"逃"又太狼狈。唯有这个"跑"字于紧张中透出从容，最有风度，也最能表达丰富生动的内容。

有一个姓马的同学最善于跑警报。他早起看天，只要是万里无云，不管有无警报，他就背了一壶水，带点吃的，夹着一卷温飞卿或李商隐的诗，向郊外走去。直到太阳偏西，估计日本飞机不会来了，才慢慢地回来。这样的人不多。

警报有三种。如果在四十多年前向人介绍警报有几种，会被认为有“神经病”，这是谁都知道的。然而对今天的青年，却是一项新的课题。一曰“预行警报”。

联大有一个姓侯的同学，原系航校学生，因为反应迟钝，被淘汰下来，读了联大的哲学心理系。此人对于航空旧情不忘，曾用黄色的“标语纸”贴出巨幅“广告”，举行学术报告，题曰《防空常识》。他不知道为什么对“警报”特别敏感。他正在听课，忽然跑了出去，站在“新校舍”的南北通道上，扯起嗓子大声喊叫：“现在有预行警报，五华山挂了三个红球！”可不！抬头望南一看，五华山果然挂起了三个很大的红球。五华山是昆明的制高点，红球挂出，全市皆见。我们一直很奇怪：他在教室里，正在听讲，怎么会“感觉”到五华山挂了红球呢？——教室的门窗并不都正对五华山。

一有预行警报，市里的人就开始向郊外移动。住在翠湖迤北的，多半出北门或大西门，出大西门的似尤多。大西门外，越过联大新校门前的公路，有一条由南向北的用浑圆的石块铺成的宽可五六尺的小路。这条路据说是古驿道，一直可以通到滇西。路在山沟里。平常走的人不多。常见的是驮着盐巴、碗糖或其他货物的马帮走过。赶马的马锅头侧身坐在木鞍上，从齿缝里咝咝地吹出口哨（马锅头吹口哨都是这种吹法，没有撮唇而吹的），或低声唱着呈贡“调子”：

哥那个在至高山那个放呀放放牛，
妹那个在至花园那个梳那个梳梳头。
哥那个在至高山那个招呀招招手，
妹那个在至花园点那个点点头。

这些走长道的马锅头有他们的特殊装束。他们的短褂外都套了一件白色的羊皮背心，脑后挂着漆布的凉帽，脚下是一双厚牛皮底的草鞋状的凉鞋，鞋帮上大都绣了花，还钉着亮晶晶的“鬼眨眼”亮片。——这种鞋似只有马锅头穿，我没见从事别种行业的人穿过。马锅头押着马帮，从这条斜阳古道上走过，马项铃哗棱哗棱地响，很有点浪漫主义的味道，有时会引起远客的游子一点淡淡的乡愁……

有了预行警报，这条古驿道就热闹起来了。从不同方向来的人都涌向这里，形成了一条人河。走出一截，离市较远了，就分散到古道两旁的山野，各自寻找一个合适的地方待下来，心平气和地等着——等空袭警报。

联大的学生见到预行警报，一般是不跑的，都要等听到空袭警报：汽笛声一短一长，才动身。新校舍北边围墙上有一个后门，出了门，过铁道（这条铁道不知起讫地点，从来也没见有火车通过），就是山野了。要走，完全来得及——所以雷先生才会说："现在已经有空袭警报。"只有预行警报，联大师生一般都是照常上课的。

跑警报大都没有准地点，漫山遍野。但人也有习惯性，跑惯了哪里，愿意上哪里。大多是找一个坟头，这样可以靠靠。昆明的坟多有碑，碑上除了刻下坟主的名讳，还刻出"×山×向"，并开出坟茔的"四至"。这风俗我在别处还未见过。这大概也是一种古风。

说是漫山遍野，但也有几个比较集中的"点"。古驿道的一侧，靠近语言研究所资料馆不远，有一片马尾松林，就是一个点。这地方除了离学校近，有一片碧绿的马尾松，树下一层厚厚的干了的松毛，很软和，空气好——马尾松挥发出很重的松脂气味，晒着从松枝间漏下的阳光，或仰面看松树上面蓝得要滴下来的天空，都极舒适外，是因为这里还可以买到各种零吃。昆明做小买卖的，有了警报，就把担子挑到郊外来了。五味俱全，什么都有。最常见的是"丁丁糖"。"丁丁糖"即麦芽糖，也就是北京人祭灶用的关东糖，不过做成一个直径一尺多，厚可一寸许的大糖饼，放在四方的木盘上，有人掏钱要买，糖贩即用一个刨刃形的铁片楔入糖边，然后用一个小小的铁锤，一击铁片，丁的一声，一块糖就震裂下来了——所以叫做"丁丁糖"。其次是炒松子。昆明松子极多，个大皮薄仁饱，很香，也很便宜。我们有时能在松树下面捡到一个很大的成熟了的生的松球，就掰开鳞瓣，一颗一颗地吃起来。——那时候，我们的牙都很好，那么硬的松子壳，一嗑就开了！

另一集中点比较远，得沿古驿道走出四五里，驿道右侧较高的土山上有一横断的山沟（大概是哪一年地震造成的），沟深约三丈，沟口有二丈多宽，沟底也宽有六七尺。这是一个很好的天然防空沟，日本飞机若是投弹，只要不是直接命中，落在沟里，即便是在沟顶上爆炸，弹片也不易蹦进来。机枪扫射也不要紧，沟的两壁是死角。这道沟可以容数百人。有人常到这里，就利用闲空，在沟壁上修了一些私人专用的防空洞，大小不等，形式不一。这些防空洞不仅表面光洁，有的还用碎石子或碎瓷片嵌出图案，缀成对联。对联大都有新意。我至今记得两副，一副是：

人生几何
恋爱三角

一副是：

见机而作
入土为安

对联的嵌缀者的闲情逸致是很可叫人佩服的。前一副也许是有感而发，后一副却是记实。

警报有三种。预行警报大概是表示日本飞机已经起飞。拉空袭警报大概是表示日本飞机进入云南省境了，但是进云南省不一定到昆明来。等到汽笛拉了紧急警报：连续短音，这才可以肯定是朝昆明来的。空袭警报到紧急警报之间，有时要间隔很长时间，所以到了这里的人都不忙下沟——沟里没有太阳，而且过早地像云冈石佛似的坐在洞里也很无聊，大都先在沟上看书、闲聊、打桥牌。很多人听到紧急警报还不动，因为紧急警报后日本飞机也不定准来，常常是折飞到别处去了。要一直等到看见飞机的影子了，这才一骨碌站起来，下沟，进洞。联大的学生，以及住在昆明的人，对跑警报太有经验了，从来不仓皇失措。

上举的前一副对联或许是一种泛泛的感慨，但也是有现实意义的。跑警报是谈恋爱的机会。联大同学跑警报时，成双作对的很多。空袭警报一响，男的就在新校舍的路边等着，有时还提着一袋点心吃食，宝珠梨、花生米……他等的女同学来了，“嗨！”于是欣然并肩走出新校舍的后门。跑警报说不上是同生死，共患难，但隐隐约约有那么一点危险感，和看电影、遛翠湖时不同。这一点危险感使两方的关系更加亲近了。女同学乐于有人伺候，男同学也正好殷勤照顾，表现一点骑士风度。正如孙悟空在高老庄所说："一来医得眼好，二来又照顾了郎中，这是凑四合六的买卖。"从这点来说，跑警报是颇为罗曼蒂克的。有恋爱，就有三角，有失恋。跑警报的"对儿"并非总是固定的，有时一方被另一方"甩"了，两人"吹"了，"对儿"就要重新组合。写（姑且叫做"写"吧）那副对联的，大概就是一位被"甩"的男同学。不过，也不一定。

警报时间有时很长，长达两三个小时，也很"腻歪"。紧急警报后，日本飞机轰炸已毕，人们就轻松下来。不一会，"解除警报"响了：汽笛拉长音，大家就起身拍拍尘土，络绎不绝地返回市里。也有时不等解除警报，很多人就往回走：天上起了乌云，要下雨了。一下雨，日本飞机不会来。在野地里被雨淋湿，可不是事！一有雨，我们有一个同学一定是一马当先往回奔，就是前面所说那位报告预行警报的姓侯的。他奔回新校舍，到各个宿舍搜罗了很多雨伞，放在新校舍的后门外，见有女同学来，就递过一把。他怕这些女同学挨淋。这位侯同学长得五大三粗，却有一副贾宝玉的心肠。大概是上了吴雨僧先生的《红楼梦》的课，受了影响。侯兄送伞，已成定例。警报下雨，一次不落。名闻全校，贵在有恒。——这些伞，等雨住后他还会到南院女生宿舍去敛回来，再归还原主的。

跑警报，大都要把一点值钱的东西带在身边。最方便的是金子，——金戒指。有一位哲学系的研究生曾经作了这样的逻辑推理：有人带金子，必有人会丢掉金子，有人丢金子，就会有人捡到金子，我是人，故我可以捡到金子。因此，跑警报时，特别是解除警报以后，他每次都很留心地巡视路面。他当真两次捡到过金戒指！逻辑推理有此妙用，大概是教逻辑学的金岳霖先生所未料到的。

联大师生跑警报时没有什么可带，因为身无长物，一般大都是带两本书或一册论文的草稿。有一位研究印度哲学的金先生每次跑警报总要提了一只很小的手提箱。箱子里不是什么别的东西，是一个女朋友写给他的信——情书。他把这些情书视如性命，有时也会拿出一两封来给别人看。没有什么不能看的，因为没有卿卿我我的肉麻的话，只是一个聪明女人对生活的感受，文字很俏皮，充满了英国式的机智，是一些很漂亮的Essay，字也很秀气。这些信实在是可以拿来出版的。金先生辛辛苦苦地保存了多年，现在大概也不知去向了，可惜。我看过这个女人的照片，人长得就像她写的那些信。

联大同学也有不跑警报的，据我所知，就有两人。一个是女同学，姓罗，一有警报，她就洗头。别人都走了，锅炉房的热水没人用，她可以敞开来洗，要多少水有多少水！另一个是一位广东同学，姓郑。他爱吃莲子。一有警报，他就用一个大漱口缸到锅炉火口上去煮莲子。警报解除了，他的莲子也烂了。有一次日本飞机炸了联大，昆明北院、南院，都落了炸弹，这位老兄听着炸弹乒乒乓乓在不远的地方爆炸，依然在新校舍大图书馆旁的锅炉上神色不动地搅和他的冰糖莲子。

抗战期间，昆明有过多少次警报，日本飞机来过多少次，无法统计。自然也死了一些人，毁了一些房屋。就我的记忆，大东门外，有一次日本飞机机枪扫射，田地里死的人较多。大西门外小树林里曾炸死了好几匹驮木柴的马。此外似无较大伤亡。警报、轰炸，并没有使人产生血肉横飞，一片焦土的印象。

日本人派飞机来轰炸昆明，其实没有什么实际的军事意义，用意不过是吓唬吓唬昆明人，施加威胁，使人产生恐惧。他们不知道中国人的心理是有很大的弹性的，不那么容易被吓得魂不附体。我们这个民族，长期以来，生于忧患，已经很“皮实”了，对于任何猝然而来的灾难，都用一种“儒道互补”的精神对待之。这种“儒道互补”的真髓，即“不在乎”。这种“不在乎”精神，是永远征不服的。

为了反映“不在乎”，作《跑警报》。

1984年12月6日

（选自《蒲桥集》，作家出版社，2000年版）

【交流之窗】

“跑警报”写的是抗日战争期间，南迁至昆明的西南联大师生躲避日军轰炸的故事。一般想象中的“跑警报”，一定是恐惧紧张、四散奔逃、硝烟弥漫、血肉横飞的场面，但在作者笔下呈现的，却是一个个幽默风趣、轻松诙谐的轶闻趣事。有人能神奇地凭借第六感官预知警报，并通知大家；有人能早起根据天气情况预测警报，提前带上饮食书籍躲到郊外，悠闲自在地度过一天；有人借跑警报这个特殊机遇给心爱的女生献殷勤；有人警报结束后每逢有雨必定飞奔返校，只为给全校女生送伞，并且已成定例，一次不落；有人把女友来信看得比自己的生命还重要，每跑必带，且可分享情书内容及女友照片；更有趣的是有人歪推歪理，认为跑警报时“有人带金子，必有人会丢掉金子，有人丢金子，就会有人捡到金子，我是人，故我可以捡到金子”，而且居然两次真就捡到了金子。有跑警报，还有不跑警报。一个女生借此机会洗头，一个男生借此机会煮莲子，不管飞机轰鸣，也不管炸弹在附近连续炸响，从容镇定，安之若素。不仅如此，作者还把跑警报的场景进行了诗化美化。山沟里的古驿道上有赶路的马帮，他们有民族特色鲜明的服装，有马项上动听的铃声，有给游子带来淡淡乡愁的口哨和“调子”。古驿道一侧松林里小贩还在从容不迫地做生意，在这里可以买到各种五味俱全的小吃。沟壁上有私家挖掘的简易防空洞，甚至还用碎石子砌出“人生几何，恋爱三角”“见机而作，入土为安”这样语义双关、诙谐有趣的对联。风格的选择除了决定于作家的个性特点外，还决定于文章的主题。作者在结尾一段议论，是全文的“神”，意在歌颂这种“不在乎”的民族精神，这是任何人也征服不了的。而此前的每一个细节，每一个场景都是紧扣这一“红线”的。必须补充的是，作者在轻松幽默之余，还提到了日军轰炸“也死了一些人，毁了一些房屋”，只是伤亡不大罢了。基于此，作者的幽默诙谐才有了充足的理由，否则，就成了时下流行的对这场民族灾难的“戏说”。

此类作品通过独特的角度，精致的结构，简练的叙述，把丰富复杂的内容浓缩至尽可能短小的篇幅里，给读者留下充分想象的空间。语言表达简洁精炼，曲折委婉，含义无穷。海明威曾有著名的“冰山”理论，认为小说应该只描写八分之一的内容，剩下八分之七如同冰山的水下部分，读者看不到，却可以想象出来，这是对凝练含蓄风格最形象贴切的解释。

半张纸

斯特林堡

斯特林堡（1849—1912），瑞典作家。代表作有小说《半张纸》《葬仪》，剧本《鬼神奏鸣曲》等。

最后一辆搬运车离去了；那位帽子上戴着黑纱的年轻房客还在空房子里徘徊，看看是否有什么东西遗漏了。没有，没有什么东西遗漏，没有什么了。他走到走廊上，决定再也不去回想他在这寓所中所遭遇的一切。但是在墙上，在电话机旁，有一张涂满字迹的小纸头。上面所记的字是好多种笔迹写的：有些很容易辨认，是用黑黑的墨水写的；有些是用黑、红和蓝铅笔草草写成的。这里记录了短短两年间全部美丽的罗曼史。他决心要忘却的一切都记录在这张纸上——半张小纸上的一段人生事迹。

他取下这张小纸。这是一张淡黄色有光泽的便条纸。他将它铺平在起居室的壁炉架上，俯下身去，开始读起来。

首先是她的名字：艾丽丝——他所知道的名字中最美丽的一个，因为这是他爱人的名字。旁边是一个电话号码，15，11——看起来像是教堂唱诗牌上圣诗的号码。

下面潦草地写着：银行。这里是他工作的所在，对他说来这神圣的工作意味着面包、住所和家庭——也就是生活的基础。有条粗粗的黑线划去了那电话号码，因为银行倒闭了，他在短时期的焦虑之后，又找到了另一个工作。

接着是出租马车行和鲜花店，那时他们已订婚了，而且，他手头很宽裕。

家具行，室内装饰商——这些人布置了他们这寓所。搬运车行——他们搬进来了。歌剧院售票处，50，50——他们新婚，星期日夜晚常去看歌剧。在那里度过的时光是最愉快的，他们静静地坐着，心灵沉醉在舞台上神话境域的美及和谐里。

接着是一个男子的名字（已经被划掉了），一个曾经飞黄腾达的朋友，但是由于事业兴隆冲昏了头脑，以致又潦倒到无可救药的地步，不得不远走他乡。荣华富贵不过是过眼云烟罢了。

现在这对新夫妇的生活中出现了一个新东西。一个女子的铅笔笔迹写的"修女"。什么修女？哦，那个穿着灰色长袍、有着亲切和蔼的面貌的人，她总是那么温柔地到来，不经过起居室，而直接从走廊进入卧室。她的名字下面是L医生。

名单上第一次出现了一位亲戚——母亲。这是他的岳母。她一直小心地躲开，不来打扰这新婚的一对。但现在她受到他们的邀请，很快乐地来了，因为他们需要她。

以后是红蓝铅笔写的项目。佣工介绍所，女仆走了，必须再找一个。药房——哼，情况开始不妙了。牛奶厂——订牛奶了，消毒牛奶。杂货铺，肉铺等等，家务事都得用电话办理了。是这家的女主人不在了吗？不，她生产了。

下面的项目他已无法辨认，因为他眼前一切都模糊了，就像溺死的人透过海水看到的那样。这里用清楚的黑体字记载着：承办人。

在后面的括号里写着"埋葬事"。这已足以说明一切！——一个大的和一个小的棺材。

埋葬了，再也没有什么了。一切都归于泥土，这是一切肉体的归宿。

他拿起这淡黄色的小纸，吻了吻，仔细地将它折好，放进胸前的衣袋里。

在这两分钟里，他重又度过了一生中的两年。

但是他走出去时并不是垂头丧气的。相反地，他高高地抬起了头，像是个骄傲的快乐的人。因为他知道他已经尝到一些生活所能赐予人的最大的幸福。有很多人，可惜，连这一点也没有得到过。

（选自《斯特林堡文集（第二卷）》，人民文学出版社，2014年版）

【交流之窗】

这篇只有一千一百多字的小说，借助“半张纸头”这个线索，就上面记录的一组凌乱的电话号码和特殊名词引发回忆，让主人公在两分钟的时间里，重温了在这所房子里度过的两年生命轨迹，并成为他人生永恒的价值纪念。从“半张纸”“两分钟”，到“两年”，到“人的最大的幸福”，到一生享用不尽的精神资源，作者用极凝练含蓄的笔法，完成了一个由物质载体极小到精神价值极大的成功投射，达到了用最简约的文字表现最丰富的内容的艺术效果。本文也引发了我们对人生更深刻的哲理思考。生老病死，祸福相依，今日飞黄腾达，明天过眼云烟，正庆幸生活如此幸福美满，转眼间所爱的人化为泥土：人生就是这样无常。但是，主人公脚踏实地地工作过，全副身心地爱过，实实在在地拥有过，尽管最终失去了一切，他却并不垂头丧气，反而高高地抬起了头，像是个骄傲的快乐的人那样告别过去，因为“他知道他已经尝到一些生活所能赐予人的最大的幸福”。借用一句泰戈尔的诗，就是：“天空没有留下翅膀的痕迹，但我已飞过。”（泰戈尔《飞鸟集》）

把作者深沉郁积的情感，用顿挫转折的笔法来表达。沉郁是指作品思想内容的博大精深，题材的严肃，感情的深沉浓郁。顿挫是指作品在表达时抑制住喷薄欲出的感情，不断地停顿转折，使情感表达变得缓慢、深沉，抑扬跌宕，低回起伏。

新安[1]吏

杜　甫

⊙ 杜甫　王博绘

杜甫（712—770），字子美，自号少陵野老，唐代伟大的现实主义诗人，与李白合称“李杜”，被后人称为“诗圣”，他的诗被称为“诗史”，代表作有《春望》《北征》《三吏》《三别》等。

客行新安道，喧呼闻点兵。
借问新安吏：“县小更[2]无丁？”
“府帖昨夜下，次[3]选中男[4]行。”
“中男绝短小，何以守王城？”
肥男有母送，瘦男独伶俜[5]。
白水暮东流，青山犹哭声。
“莫自使眼枯，收汝泪纵横。
眼枯即见骨，天地终无情！
我军取相州，日夕望其平。
岂意贼难料，归军星散营。
就粮近故垒，练卒依旧京。
掘壕不到水[6]，牧马役亦轻。
况乃王师顺，抚养甚分明。
送行勿泣血，仆射如父兄[7]。”

【注释】

①新安：地名，今河南省新安县。②更：岂。③次：依次。④中男：指十八岁以上、二十三岁以下成丁。这是唐天宝初年兵役制度规定的。⑤伶俜（pīng）：形容孤独。⑥不到水：指掘壕很浅。⑦仆射：指郭子仪。如父兄：指极爱士卒。

（选自《杜甫诗选》，中华书局，2009年版）

【交流之窗】

沉郁顿挫就是把作者深沉郁积的情感，用顿挫转折的笔法来表达。周振甫先生曾经以本诗为例解析过杜甫“沉郁顿挫”的风格特点：“试举《新安吏》来看，它的顿挫都是随着事件的发展自然形成。顿挫好比用毛笔写字，把笔锋按下去叫顿，顿后使笔锋稍松而转笔叫挫。如‘客行新安道，喧呼闻点兵。借问新安吏：县小更无丁？’这里顿一下，既无丁应该不抽丁了，但笔锋一转，转到‘府帖昨夜下，次选中男行’这里又一顿，转到杜甫的感叹：‘中男绝短小，何以守王城？’，这一转透露出杜甫对府帖的不满，对人民的同情。这里又一顿，转到中男，中男被抽丁已可悲，而其中有更可悲的，‘肥男有母送，瘦男独伶俜。白水暮东流，青山犹哭声’。分出肥男、瘦男，有母无母，同样痛哭。这里一顿，笔锋转到杜甫的劝告。‘莫自使眼枯，收汝泪纵横。’劝他们不要哭，‘眼枯即见骨，天地终无情’，哭得即使眼枯见骨，朝廷也不会来管你的！这里又一顿，接下去不是指责朝廷，却替朝廷解释：‘我军取相州，日夕望其平。岂意贼难料，归军星散营。’本来大军要收复相州，平定叛乱。想不到大军溃散，抽丁是出于不得已。又是一顿，笔锋又一转，转到安慰被抽的中男：‘就粮近故垒，练卒依旧京。掘壕不到水，牧马役亦轻。况乃王师顺，抚养甚分明。送行勿泣血，仆射如父兄。’这首诗的顿挫不是作者故意做作，而是事情的发展就是这样的。事情所以有这样的发展，是作者的思想感情造成的。因为作者同情中男，所以有‘中男绝短小，何以守王城’的疑问，因而有对朝廷这样抽丁的不满，说出‘天地终无情’来。但另一方面，作者认为在相州大败、唐军溃散以后，不得不做抵抗安史叛军的准备，不得不抽丁，因而又替中男和家属说明形势，给以安慰。这样同情人民、不满朝廷的感情，和抗击叛军保卫王朝的思想发生矛盾，通过这一叙述表达出来，这就显得深沉。这种矛盾的感情没有说出来，只是通过叙事来透露，构成沉郁的风格。”（周振甫《诗词例话》，中国青年出版社，北京。1979年5月第2版，第383—384页）

此类作品在表达上多采用实虚结合的艺术手法，以虚为实，把无限的时空纳于简洁画面之中，呈现给读者的常常是超尘脱俗、自然清净、朦胧虚静的艺术境界。阅读此类作品，使人暂时忘却自我、摆脱意志束缚，从而进入无功利实用目的的意象世界，获得心灵的放空与精神的宁静。

沙田山居

余光中

⊙ 余光中 莫丹绘

余光中（1928—2017），当代台湾诗人与散文家。主要作品有《乡愁》《白玉苦瓜》《等你，在雨中》等。

书斋外面是阳台，阳台外面是海，是山，海是碧湛湛的一弯，山是青郁郁的连环。山外有山，最远的翠微淡成一袅青烟，忽焉似有，再顾若无，那便是，大陆的莽莽苍苍了。日月闲闲，有的是时间与空间。一览不尽的青山绿水，马远夏圭的长幅横披，任风吹，任鹰飞，任渺渺之目舒展来回，而我在其中俯仰天地，呼吸晨昏，竟已有十八个月了。十八个月，也就是说：重九的陶菊已经两开；中秋的苏月已经圆过两次了。

海天相对，中间是山，即使是秋晴的日子，透明的蓝光里，也还有一层轻轻的海气，疑幻疑真，像开着一面玄奥的迷镜，照镜的不是人，是神。海与山绸缪在一起，分不出，是海侵入了山间，还是山诱俘了海水，只见海把山围成了一角角的半岛，山呢，把海围成了一汪汪的海湾。山色如环，困不住浩渺的南海，毕竟在东北方缺了一口，放樯桅出去，风帆进来。最是晴艳的下午，八仙岭下，一艘白色渡轮，迎着酣美的斜阳悠悠向大埔驶去，整个吐露港平铺着千顷的碧蓝；就为了反衬那一影耀眼的洁白。起风的日子，海吹成了千亩蓝田，无数的百合此开彼落。到了夜深，所有的山影黑沉沉都睡去，远远近近，零零落落的灯全睡去，只留下一阵阵的潮声起伏，永恒的鼾息，撼人的节奏撼我的心血来潮。有时十几盏渔火赫然，浮现在阒[①]黑的海面，排成一弯弧形，把渔网愈收愈小，围成一丛灿灿的金莲。

海围着山，山围着我。沙田山居，峰回路转，我的朝朝暮暮，日起日落，月望月朔，全在此中度过，我成了山人。问余何事栖碧山，笑而不答，山已经代我答了。其实山并未回答，是鸟代山答了，是虫，是松风代山答了。山是禅机深藏的高僧，轻易不开口的。人在楼上倚栏杆，山列坐在四面如十八尊罗汉叠罗汉，相看两不厌。早晨，我攀上佛头去看日出，黄昏，从联合书院的文学院一路走回来，家，在半山腰上等我；那地势，比佛肩要低，却比佛肚子要高些。这时，山什么也不说，只是争噪的鸟雀泄漏了他愉悦的心境。等到众鸟栖定，山影茫然，天籁便低沉下去，若断若续，树间的歌者才歇一下，草间的吟哦又四起。至于山坳下面那小小的幽谷，形式和地位都相当于佛的肚脐，深凹之中别有一番谐趣。山谷是一个爱音乐的村女，最喜欢学舌拟声，可惜太害羞，技巧不很高明。无论是鸟鸣犬吠，或是火车在谷口扬笛路过，她都要学叫一声，落后半拍，应人的尾声。

从我的楼上望出去，马鞍山奇拔而峭峻，屏于东方，使朝暾姗姗其来迟。鹿山巍然而逼近，魁梧的肩遮去了半壁西天；催黄昏早半小时来临，一个分神，夕阳便落进他的僧袖里去了。一炉晚霞，黄铜烧成赤金又化作紫灰与青烟，壮哉崦嵫的神话，太阳的葬礼。阳台上，坐看晚景变幻成夜色；似乎很缓慢，又似乎非常敏捷，才觉霞光烘颊，余曛在树，忽然变生咫尺，眈眈的黑影已伸及你的肘腋，夜，早从你背后袭来。那过程，是一种绝妙的障眼法，非眼睫所能守望的。等到夜色四合，黑暗已成定局，四围的山影，重甸甸阴森森的，令人肃然而恐。尤其是西屏的鹿山，白天还如佛如僧，蔼然可亲，这时竟收起法相，庞然而踞，黑毛茸蒙如一尊暗中伺人的怪兽，隐然，有一种潜伏的不安。

千山磅礴来势如压，谁敢相撼？但是云烟一起，庄重的山态便改了。雾来的日子，山变成一座座的列屿，在白烟的横波回澜里，载浮载沉，八仙岭果真化作了过海的八仙，时在波上，时在弥漫的云间。有一天早晨，举目一望，八仙、马鞍和远远近近的大小众峰，全不见了，偶尔云开一线，当头的鹿山似从天隙中隐隐相窥，去大埔的车辆出没在半空。我的阳台脱离了一切，下临无地，在汹涌的白涛上自由来去。谷中的鸡犬从云下传来，从敻远的人间。我走去更高处的联合书院上课，满地白云，师生衣袂飘然，都成了神仙。我登上讲坛说道，烟云都穿窗探首来旁听。

起风的日子，一切云云雾雾的朦胧氤氲全被拭净，水光山色，纤毫悉在镜中。原来对岸的八仙岭下，历历可数，有这许多山村野店，水浒人家。半岛的天气一日数变，风骤然而来，从海口长驱直入，脚下的山谷顿成风箱，抽不尽满壑的咆哮翻腾。蹂躏着罗汉松与芦草，掀翻海水，吐着白浪，风是一群透明的野兽，奔踹而来，呼啸而去。

海潮与风声，即使撼天震地，也不过为无边的静加注荒情与野趣罢了。最令人心动而神往的，却是人为的骚音。从清早到午夜，一天四十多班，在山和海之间，敲轨而来，鸣笛而去的，是九广铁路的客车，货车，猪车，曳着黑烟的飘发，蟠蜿着十三节车厢的修长之躯，这些工业时代的元老级交通工具，仍有旧世界迷人的情调，非协和的超音速飞机所能比拟。山下的铁轨向北延伸，延伸着我的心弦。我的中枢神经，一日四十多次，任南下又北上的千只铁轮轮番敲打，用钢铁火花的壮烈节奏，提醒我，藏在谷底的并不是洞里桃源；住在山上，我亦非桓景，即使王粲[②]，也不能不下楼去：

栏杆三面压人眉睫是青山
碧螺黛迤逦的边愁欲连环
叠嶂之后是重峦，一层淡似一层
湘云之后是楚烟，山长水远
五千载与八万万，全在那里面……

【注释】

①敻（qù）：书面语，远。②王粲：三国时文学家。曾写《登楼赋》，寄托思念故乡、怀才不遇的感情。

（选自《余光中散文选集》，时代文艺出版社，1997年版）

【交流之窗】

本文写的是作者在香港大学中文系任教时居住在沙田山间的美景与感受。沙田地处香港繁华市区，高楼鳞次栉比，巨轮繁忙穿梭，街市车水马龙，行人熙熙攘攘。但作者却独具慧眼，闹中取静，为我们描绘了一幅空灵、缥缈的世外桃源，洞天福地。在这里，海是碧湛湛的一弯，山是青郁郁的连环，山海绸缪，云起云散，朝晖晚霞，气象万千。“山是禅机深藏的高僧”，日夜端坐凝思；“山谷是一个爱音乐的村女”，早晚鹦鹉学舌。书斋，位于山水云树之上，主人栖于霞光雾影之间，高处授课，“满地白云”；登坛说道，轻烟探首。师生“衣袂飘然”，俨然“羽化而登仙”。在主旨的表达上，作者把情感线索埋得深、放得远，如草蛇灰线，若隐若现。文章开头描绘了山居的地理位置和景物特征后，似乎无意间捎带一笔，“山外有山，最远的翠微淡成一袅青烟，忽焉似有，再顾若无，那便是大陆的莽莽苍苍了”。接着，由空间转时间，写自己18个月的山居“重九的陶菊已经两开，中秋的苏月已经圆过两次”，一种文化乡愁初显端倪。但作者却又一顿挫，表面上中断情感线索不顾，用大量的篇幅写朝暮晨昏山间及四围的景色与自己的感受，写至九广铁路于内地和香港间来去奔忙的客车、火车、猪车的壮烈节奏时，这条线索又赫然出现。结尾用“……湘云之后是楚烟，山长水远/五千载与八万万，全在那里面”几行诗句，把眷恋大陆的忧思、渴望回到祖国怀抱的热望强烈地表达出来。

此类作品力避张扬与浮夸、煽情，把强烈的情感化为犀利的笔锋，不动声色地呈现事物的真实面貌，揭示最冰冷严酷的现实。

烬余录

张爱玲

⊙ 张爱玲　莫丹绘

张爱玲（1920—1995），中国台湾现代女作家。代表作有《金锁记》《倾城之恋》《半生缘》等。

我与香港之间已经隔了相当的距离了——几千里路，两年，新的事，新的人。战时香港所见所闻，唯其因为它对于我有切身的、剧烈的影响，当时我是无从说起的。现在呢，定下心来了，至少提到的时候不至于语无伦次。然而香港之战予我的印象几乎完全限于一些不相干的事。

我没有写历史的志愿，也没有资格评论史家应持何种态度，可是私下里总希望他们多说点不相干的话。现实这样东西是没有系统的，像七八个话匣子同时开唱，各唱各的，打成一片混沌。在那不可解的喧嚣中偶然也有清澄的，使人心酸眼亮的一刹那，听得出音乐的调子，但立刻又被重重黑暗拥上来，淹没了那点了解。画家、文人、作曲家将零星的、凑巧发现的和谐联系起来，造成艺术上的完整性。历史如果过于注重艺术上的完整性，便成为小说了。像威尔斯的《历史大纲》，所以不能跻于正史之列，便是因为它太合理化了一点，自始至终记述的是小我与大我的斗争。

清坚决绝的宇宙观，不论是政治上的还是哲学上的，总未免使人嫌烦。人生的所谓“生趣”全在那些不相干的事。

在香港，我们初得到开战的消息的时候，宿舍里的一个女同学发起急来，道：“怎么办呢？没有适当的衣服穿！”她是有钱的华侨，对于社交上的不同的场合需要不同的行头，从水上跳舞会到隆重的晚餐，都有充分的准备，但是她没想到打仗。后来她借到了一件宽大的灰布棉袍，对于头上营营飞绕的空军大约是没有多少吸引力的。逃难的时候，宿舍的学生“各自奔前程”。战后再度相会，她已经剪短了头发，梳了男式的菲律宾头，那在香港是风行一时的，为了可以冒充男性。

战争期中各人不同的心理反应，确与衣服有关。譬如说，苏雷珈。苏雷珈是马来半岛一个偏僻小镇的西施，瘦小，棕黑皮肤，睡沉沉的眼睛与微微外露的白牙。像一般受过修道院教育的女孩子，她是天真得可耻。她选了医科，医科要解剖人体，被解剖的尸体穿衣服不穿？苏雷珈曾经顾虑到这一层，向人打听过。这笑话在学校里早出了名。

一个炸弹掉在我们宿舍的隔壁，舍监不得不督促大家避下山去。在急难中苏雷珈并没忘记把她最显贵的衣服整理起来，虽然许多有见识的人苦口婆心地劝阻，她还是在炮火下将那只累赘的大皮箱设法搬运下山。苏雷珈加入防御工作，在红十字会分所充当临时看护，穿着赤铜地绿寿字的织锦缎棉袍蹲在地上劈柴生火，虽觉可惜，也还是值得的。那一身伶俐的装束给了她空前的自信心，不然，她不会同那些男护士混得那么好。同他们一起吃苦，担风险，开玩笑，她渐渐惯了，话也多了，人也干练了。战争对于她是很难得的教育。

至于我们大多数的学生，我们对于战争所抱的态度，可以打个譬喻，是像一个人坐在硬板凳上打瞌盹，虽然不舒服，而且没结没完地抱怨着，到底还是睡着了。

能够不理会的，我们一概不理会，出生入死，沉浮于最富色彩的经验中，我们还是我们，一尘不染，维持着素日的生活典型。有时候仿佛有点反常，然而仔细分析起来，还是一贯作风。像艾芙林，她是从中国内地来的，身经百战，据她自己说是吃苦耐劳，担惊受怕惯了的。可是轰炸我们邻近的军事要塞的时候，艾芙林第一个受不住，歇斯底里起来，大哭大闹，说了许多可怖的战争的故事，把旁的女学生一个个吓得面无人色。

艾芙林的悲观主义是一种健康的悲观。宿舍里的存粮看看要完了，但是艾芙林比平时吃得特别多，而且劝我们大家努力地吃，因为不久便没得吃了。我们未尝不想极力撙节，试行配给制度，但是她百般阻挠，她整天吃饱了就坐在一边啜泣，因而得了便秘症。

我们聚集在宿舍的最下层，黑漆漆的箱子间里，只听见机关枪“忒啦啦啪啪”像荷叶上的雨。因为怕流弹，小大姐不敢走到窗户跟前迎着亮洗菜，所以我们的菜汤里满是蠕蠕的虫。

同学里只有炎樱胆大，冒死上城去看电影——看的是五彩卡通——回宿舍后又独自在楼上洗澡，流弹打碎了浴室的玻璃窗，她还在盆里从容地泼水唱歌，舍监听见歌声，大大地发怒了。她的不在乎仿佛是对众人的恐怖的一种讽嘲。

港大停止办公了，异乡的学生被迫离开宿舍，无家可归，不参加守城工作，就无法解决膳宿问题。我跟着一大批同学到防空总部去报名，报了名领了证章出来就遇着空袭。我们从电车上跳下来向人行道奔去，缩在门洞子里，心里也略有点怀疑我们是否尽了防空团员的责任——究竟防空员的责任是什么，我还没来得及弄明白，仗已经打完了——门洞子里挤满了人，有脑油气味的，棉墩墩的冬天的人。从人头上看出去，是明净的浅蓝的天。一辆空电车停在街心，电车外面，淡淡的太阳，电车里面，也是太阳——单只这电车便有一种原始的荒凉。

我觉得非常难受——竟会死在一群陌生人之间么？可是，与自己家里人死在一起，一家骨肉被炸得稀烂，又有什么好处呢？有人大声发出命令："摸地！摸地！"哪儿有空隙让人蹲下地来呢？但是我们一个磕在一个的背上，到底是蹲下来了。飞机往下扑，砰的一声，就在头上。我把防空员的铁帽子罩住了脸，黑了好一会，才知道我们并没有死，炸弹落在对街。一个大腿上受了伤的青年店伙被抬进来了，裤子卷上去，稍微流了点血。他很愉快，因为他是群众的注意集中点。门洞子外的人起先捶门捶不开，现在更理直气壮了，七嘴八舌嚷："开门呀，有人受了伤在这里！开门！开门！"不怪里面不敢开，因为我们人太杂了，什么事都做得出。外面气得直骂"没人心"。到底里面开了门，大家一哄而入，几个女太太和女佣木着脸不敢做声，穿堂里的箱笼，过后是否短了几只，不得而知。飞机继续掷弹，可是渐渐远了。警报解除之后，大家又不顾命地轧上电车，唯恐赶不上，牺牲了一张电车票。

我们得到了历史教授佛朗士被枪杀的消息——是他们自己人打死的。像其他的英国人一般，他被征入伍。那天他在黄昏后回到军营里去，大约是在思索着一些什么，没听见哨兵的吆喝，哨兵就放了枪。

佛朗士是一个豁达的人，彻底地中国化，中国字写得不错，（就是不大知道笔画的先后），爱喝酒。曾经和中国教授们一同游广州，到一个名声不大好的尼庵里去看小尼姑。他在人烟稀少处造有三幢房屋，一幢专门养猪。家里不装电灯自来水，因为不赞成物质文明。汽车倒有一辆，破旧不堪，是给仆欧买菜赶集用的。

他有孩子似的肉红脸，瓷蓝眼睛，伸出来的圆下巴，头发已经稀了，颈上系一块暗败的蓝字宁绸作为领带。上课的时候他抽烟抽得像烟囱。尽管说话，嘴唇上永远险伶伶地吊着一支香烟，跷板似的一上一下，可是再也不会落下来。烟蒂子他顺手向窗外一甩，从女学生蓬松的鬈发上飞过，很有着火的危险。

他研究历史很有独到的见地。官样文章被他耍着花腔一念，便显得非常滑稽，我们从他那里得到一点历史的亲切感和扼要的世界观，可以从他那里学到的还有很多很多，可是他死了——最无名目的死。第一，算不了为国捐躯。即使是“光荣殉国”，又怎样？他对于英国的殖民地政策没有多大同情，但也看得很随便，也许因为世界上的傻事不止那一件。每逢志愿兵操演，他总是拖长了声音通知我们：“下礼拜一不能同你们见面了，孩子们，我要去练武功。”想不到“练武功”竟送了他的命——一个好先生，一个好人。人类的浪费……

围城中种种设施之糟与乱，已经有好些人说在我头里了。政府的冷藏室里，冷气管失修，堆积如山的牛肉，宁可眼看着它腐烂，不肯拿出来，做防御工作的人只分到米与黄豆，没有油，没有燃料。各处的防空机关只忙着争柴争米，设法喂养手下的人员，哪儿有闲工夫去照料炸弹？接连两天我什么都没吃，飘飘然去上工。当然，像我这样不尽职的人，受点委曲也是该当的。在炮火下我看完了《官场现形记》。小时候看过而没能领略它的好处，一直想再看一遍，一面看，一面担心能够不能够容我看完。字印得极小，光线又不充足，但是，一个炸弹下来，还要眼睛做什么呢？——“皮之不存，毛将焉附？”

围城的十八天里，谁都有那种清晨四点钟的难挨的感觉——寒噤的黎明，什么都是模糊，瑟缩，靠不住。回不了家，等回去了，也许家已经不存在了。房子可以毁掉，钱转眼可以成废纸，人可以死，自己更是朝不保暮。像唐诗上的“凄凄去亲爱，泛泛入烟雾”，可是那到底不像这里的无牵无挂的虚空与绝望。人们受不了这个，急于攀住一点踏实的东西，因而结婚了。

有一对男女到我们办公室里来向防空处长借汽车去领结婚证书。男的是医生，在平日也许并不是一个“善眉善眼”的人，但是他不时地望着他的新娘子，眼里只有近于悲哀的恋恋的神情。新娘是看护，矮小美丽，红颧骨，喜气洋洋，弄不到结婚礼服，只穿着一件淡绿绸夹袍，镶着墨绿花边。他们来了几次，一等等上几个钟头，默默对坐，对看，熬不住满脸的微笑，招得我们全笑了。实在应当谢谢他们带来无端的快乐。

到底仗打完了。乍一停，很有一点弄不惯，和平反而使人心乱，像喝醉酒似的。看见青天上的飞机，知道我们尽管仰着脸欣赏它而不至于有炸弹落在头上，单为这一点便觉得它很可爱。冬天的树，凄迷稀薄像淡黄的云；自来水管子里流出来的清水，电灯光，街头的热闹，这些又是我们的了。第一，时间又是我们的了——白云，黑夜，一年四季——我们暂时可以活下去了，怎不叫人欢喜得发疯呢？就是因为这种特殊的战后精神状态，一九二〇年在欧洲号称“发烧的一九二〇年”。

我记得香港陷落后我们怎样满街地找寻冰淇淋和嘴唇膏。我们撞进每一家吃食店去问可有冰淇淋。只有一家答应说明天下午或许有，于是我们第二天步行十来里路去践约，吃到一盘昂贵的冰淇淋，里面吱咯吱咯全是冰屑子。街上摆满了摊子，卖胭脂、西药、罐头牛羊肉，抢来的西装、绒线衫，素丝窗帘，雕花玻璃器皿，整匹的呢绒。我们天天上城买东西，名为买，其实不过是看看而已。从那时候起我学会了怎样以买东西当作一件消遣——无怪大多数的女人乐此不疲。

香港重新发现了“吃”的喜悦。真奇怪，一件最自然、最基本的功能，突然得到过分的注意，在情感的光强烈的照射下，竟变成了下流的，反常的。在战后的香港，街上每隔五步十步便蹲着个衣冠济楚的洋行职员模样的人，在小风炉上炸一种铁硬的小黄饼。香港城不比上海有作为，新的投机事业发展得极慢。许久许久，街上的吃食仍旧为小黄饼所垄断。渐渐有试验性质的甜面包、三角饼，形迹可疑的椰子蛋糕。所有的学校教员、店伙、律师帮办，全都改行做了饼师。

我们立在摊头上吃滚油煎的萝卜饼，尺来远脚底下就躺着穷人的青紫的尸首。上海的冬天也是那样的罢？可是至少不是那么尖锐肯定。香港没有上海有涵养。

因为没有汽油，汽车行全改了吃食店，没有一家绸缎铺或药房不兼卖糕饼。香港从来没有这样馋嘴过。宿舍里的男女学生整天谈讲的无非是吃。

在这狂欢的气氛里，唯有乔纳生孤单单站着，充满了鄙夷和愤恨。乔纳生也是个华侨同学，曾经加入志愿军上阵打过仗。他大衣里只穿着一件翻领衬衫，脸色苍白，一绺头发垂在眉间，有三分像诗人拜伦，就可惜是重伤风。乔纳生知道九龙作战的情形。他最气的便是他们派两个大学生出壕沟去把一个英国兵抬进来——“我们两条命不抵他们一条。招兵的时候他们答应特别优待，让我们归我们自己的教授管辖，答应了全不算话！”他投笔从戎之际大约以为战争是基督教青年会所组织的九龙远足旅行。

休战后我们在“大学堂临时医院”做看护。除了由各大医院搬来的几个普通病人，其余大都是中流弹的苦力与被捕时受伤的趁火打劫者。有一个肺病患者比较有点钱，雇了另一个病人服侍他，派那人出去采办东西，穿着宽袍大袖的病院制服满街跑，院长认为太不成体统了，大发脾气，把二人都撵了出去。另有个病人将一卷绷带，几把手术刀叉，三条病院制服的裤子藏在褥单底下，被发觉了。

难得有那么戏剧化的一刹那。病人的日子是悠长得不耐烦的。上头派下来叫他们拣米，除去里面的沙石与稗子，因为实在没事做，他们似乎很喜欢这单调的工作。时间一长，跟自己的伤口也发生了感情。在医院里，各个不同的创伤就代表了他们整个的个性。每天敷药换棉花的时候，我看见他们用温柔的眼光注视新生的鲜肉，对之仿佛有一种创造性的爱。

他们住在男生宿舍的餐室里。从前那间房子充满了喧哗——留声机上唱着卡门，麦兰达的巴西情歌，学生们动不动就摔碗骂厨子。现在这里躺着三十几个沉默、烦躁、有臭气的人，动不了腿，也动不了脑筋，因为没有思想的习惯。枕头不够用，将他们的床推到柱子跟前，他们头抵在柱子上，颈项与身体成九十度角。就这样眼睁睁躺着，每天两顿红米饭，一顿干，一顿稀。太阳照亮了玻璃门，玻璃上糊的防空纸条经过风吹雨打，已经撕去了一大半了，斑驳的白迹子像巫魔的小纸人，尤其在晚上，深蓝的玻璃上现出奇形怪状的小白魍魉的剪影。

我们倒也不怕上夜班，虽然时间特别长，有十小时。夜里没有什么事做。病人大小便，我们只消走出去叫一声打杂的：“二十三号要屎乒（“乒”是广东话，英文Pan的音译）”，或是“三十号要溺壶”。我们坐在屏风后面看书，还有宵夜吃，是特地给送来的牛奶面包。唯一的遗憾便是：病人的死亡，十有八九是在深夜。

有一个人，尻骨生了奇臭的蚀烂症。痛苦到了极点，面部表情反倒近于狂喜……眼睛半睁半闭，嘴拉开了仿佛痒丝丝抓捞不着地微笑着。整夜地叫唤："姑娘啊！姑娘啊！"悠长地，颤抖地，有腔有调。我不理。我是一个不负责任的，没良心的看护。我恨这个人，因为他在那里受磨难，终于一房间的病人都醒过来了。他们看不过去，齐声大叫"姑娘"。我不得不走出来，阴沉地站在他床前，问道："要什么？"他想了一想，呻吟道："要水。"他只要人家给他点东西，不拘什么都行。我告诉他厨房里没有开水，又走开了。他叹口气，静了一会，又叫起来，叫不动了，还哼哼："姑娘啊……姑娘啊……哎，姑娘啊……"

三点钟，我的同伴正在打瞌盹，我去烧牛奶，老着脸抱着肥白的牛奶瓶穿过病房往厨下去。多数的病人全都醒了，眼睁睁望着牛奶瓶，那在他们眼中是比卷心百合花更为美丽的。

香港从来未曾有过这样寒冷的冬天。我用肥皂去洗那没盖子的黄铜锅，手疼得像刀割。锅上腻着油垢，工役们用它煨汤，病人用它洗脸。我把牛奶倒进去，铜锅坐在蓝色的煤气火焰中，像一尊铜佛坐在青莲花上，澄静，光丽。但是那拖长腔的"姑娘啊！姑娘啊！"追踪到厨房里来了。小小的厨房只点一支白蜡烛，我看守着将沸的牛奶，心里发慌，发怒，像被猎的兽。

这人死的那天我们大家都欢欣鼓舞。是天快亮的时候，我们将他的后事交给有经验的职业看护。自己缩到厨房里去。我的同伴用椰子油烘了一炉小面包，味道颇像中国酒酿饼。鸡在叫，又是一个冻白的早晨。我们这些自私的人若无其事地活下去了。

除了工作之外我们还念日文。派来的教师是一个年轻的俄国人，黄头发剃得光光的。上课的时候他每每用日语问女学生的年纪。她一时答不上来，他便猜："十八岁？十九岁？不会超过二十岁罢？你住在几楼？待会儿我可以来拜访么？"她正在盘算着如何托辞拒绝，他便笑了起来道："不许说英文。你只会用日文说：'请进来。请坐。请用点心'，你不会说'滚出去！'"说完了笑话，他自己先把脸涨得通红。起初学生黑压压拥满一课堂，渐渐减少了。少得不成样，他终于赌气不来了，另换了先生。

这俄国先生看见我画的图，独独赏识其中的一张，是炎樱单穿着一件衬裙的肖像。他愿意出港币五元购买，看见我们面有难色，连忙解释："五元，不连画框。"

由于战争期间特殊空气的感应，我画了许多图，由炎樱着色。自己看了自己的作品欢喜赞叹，似乎太不像话，但是我确实知道那些画是好的，完全不像我画的，以后我再也休想画出那样的图来。就可惜看了略略使人发糊涂。即使以一生的精力为那些杂乱重叠的人头写注解式的传记，也是值得的。譬如说，那暴躁的二房东太太，斗鸡眼突出像两只自来水龙头；那少奶奶，整个的头与颈便是理发店的电气吹风管；像狮子又像狗的、蹲踞着的有传染病的妓女，衣裳底下露出红丝袜的尽头与吊袜带。

有一幅，我特别喜欢炎樱用的颜色，全是不同的蓝与绿，使人联想到"沧海月明珠有泪，蓝田日暖玉生烟"那两句诗。

一面在画，一面我就知道不久我会失去那点能力。从那里我得到了教训——老教训：想做什么，立刻去做，都许来不及了。"人"是最拿不准的东西。

有个安南[①]青年，在同学群中是个有点小小名气的画家。他抱怨说战后他笔下的线条不那么有力了。因为自己动手做菜，累坏了臂膀。因之我们每天看见他炸茄子（他只会做一样炸茄子），总觉得凄惨万分。

战争开始的时候，港大的学生大都乐得欢蹦乱跳，因为十二月八日正是大考的第一天，平白地免考是千载难逢的盛事。那一冬天，我们总算吃够了苦，比较知道轻重了。可是"轻重"这两个字，也难讲……去掉了一切的浮文，剩下的仿佛只有饮食男女这两项。人类的文明努力要想跳出单纯的兽性生活的圈子，几千年来的努力竟是枉费精神么？事实是如此。香港的外埠学生困在那里没事做，成天就只买菜，烧菜，调情——不是普通的学生式的调情，温和而带一点感伤气息的。在战后的宿舍里，男学生躺在女朋友的床上玩纸牌一直到夜深。第二天一早，她还没起床，他又来了，坐在床沿上。隔壁便听见她娇滴滴叫喊："不行！不吗！不，我不！"一直到她穿衣下床为止。这一类的现象给人不同的反应作用——会使人悚然回到孔子跟前去，也说不定。到底相当的束缚是少不得的。原始人天真虽天真，究竟不是一个充分的"人"。

医院院长想到"战争小孩"（战争期间的私生子）的可能性，极其担忧。有一天，他瞥见一个女学生偷偷摸摸抱着一个长形的包裹溜出宿舍，他以为他的噩梦终于实现了。后来才知道她将做工得到的米运出去变钱，因为路上流氓多，恐怕中途被劫，所以将一袋米改扮了婴儿。

论理，这儿聚集了八十多个死里逃生的年轻人，因为死里逃生，更是充满了生气：有的吃，有的住，没有外界的娱乐使他们分心；没有教授，（其实一般的教授们，没有也罢），可是有许多书，诸子百家，诗经，圣经，莎士比亚——正是大学教育的最理想的环境。然而我们的同学只拿它当做一个沉闷的过渡时期——过去是战争的苦恼，未来是坐在母亲膝上哭诉战争的苦恼，把憋了许久的眼泪出清一下。眼前呢，只能够无聊地在污秽的玻璃窗上涂满了"家，甜蜜的家"的字样。为了无聊而结婚，虽然无聊，比这种态度还要积极一点。

缺乏工作与消遣的人们不得不提早结婚。但看香港报上挨挨挤挤的结婚广告便知道了。学生中结婚的人也有。一般的学生对于人们的真性情素鲜有认识，一旦有机会刮去一点浮皮，看见底下的畏缩，怕痒，可怜又可笑的男人或女人，多半就会爱上他们最初的发现。当然，恋爱与结婚是于他们有益无损，可是自动地限制自己的活动范围，到底是青年的悲剧。

时代的车轰轰地往前开。我们坐在车上，经过的也许不过是几条熟悉的街衢，可是在漫天的火光中也自惊心动魄。就可惜我们只顾忙着在一瞥即逝的店铺的橱窗里找寻我们自己的影子——我们只看见自己的脸，苍白，渺小；我们的自私与空虚，我们恬不知耻的愚蠢——谁都像我们一样，然而我们每人都是孤独的。

【注释】

①安南：越南的简称。

（选自《张爱玲文集》1994年2月，中国华侨出版社，2002年版）

【交流之窗】

这是一篇表现"二战"中香港沦陷期间港大学生生存状态的回忆性文章。战争本来是兽性的，是残酷的，普通人在炮火中挣扎求生更是悲惨，甚至悲壮的，但作者既不着重去诅咒战争，也不悲天悯人，却是以一种冷峻的笔调，淡漠的语气，不动声色地去揭示战火中展现出来的自我与他人灵魂的苍白与渺小、自私与空虚及恬不知耻与愚蠢，甚至认为几千年人类文明跳出兽性圈子的努力几近白费，“超越了世俗视角，没有善恶的对立，只有活生生的人，深入灵魂”。（《罪与文学》，刘再复、林岗著，中信出版集团2011年7月1日第1版）作者从形而上的高度观照人存在的本质。

此类作品通过想象、虚构、夸张、变形，把现实世界寓言化、陌生化，描绘光怪陆离的世界，编织荒诞不经的情节，塑造神奇怪异的形象，从而产生丰富的象征意义，传达深刻的哲理。

黑　羊

卡尔维诺

伊塔罗·卡尔维诺（1923—1985），意大利新闻工作者、作家。代表作有《树上的男爵》《看不见的城市》《如果在冬夜，一个旅人》等。

从前有个国家，里面人人是贼。

一到傍晚，他们手持万能钥匙和遮光灯笼出门，走到邻居家里行窃。破晓时分，他们提着偷来的东西回到家里，总能发现自己家也失窃了。

他们就这样幸福地居住在一起。没有不幸的人，因为每个人都从别人那里偷东西，别人又再从别人那里偷，依次下去，直到最后一个人去第一个窃贼家行窃。该国贸易也就不可避免地是买方和卖方的双向欺骗。政府是个向臣民行窃的犯罪机构，而臣民也仅对欺骗政府感兴趣。所以日子倒也平稳，没有富人和穷人。

有一天——到底是怎么回事没人知道——总之是有个诚实人到了该地定居。到晚上，他没有携袋提灯地出门，却待在家里抽烟读小说。

贼来了，见灯亮着，就没进去。

这样持续了有一段时间。后来他们感到有必要向他挑明一下，纵使他想什么都不做地过日子，可他没理由妨碍别人做事。他天天晚上待在家里，这就意味着有一户人家第二天没了口粮。

诚实人感到他无力反抗这样的逻辑。从此他也像他们一样，晚上出门，次日早晨回家，但他不行窃。他是诚实的。对此，你是无能为力的。他走到远处的桥上，看河水打桥下流过。每次回家，他都会发现家里失窃了。

不到一星期，诚实人就发现自己已经一文不名了；他家徒四壁，没任何东西可吃。但这算不了什么，因为那是他自己的错；不，问题是他的行为使其他人很不安。因为他让别人偷走了他的一切却不从别人那儿偷任何东西；这样总有人在黎明回家时，发现家里没被动过——那本该是由诚实人进去行窃的。不久以后，那些没有被偷过的人家发现他们比人家富了，就不想再行窃了。更糟的是，那些跑到诚实人家里去行窃的人，总发现里面空空如也，因此他们就变穷了。

同时，富起来的那些人和诚实人一样，养成了晚上去桥上的习惯，他们也看河水打桥下流过。这样，事态就更混乱了，因为这意味着更多的人在变富，也有更多的人在变穷。

现在，那些富人发现，如果他们天天去桥上，他们很快也会变穷的。他们就想："我们雇那些穷的去替我们行窃吧。"他们签下合同，敲定了工资和如何分成。自然，他们依然是贼，依然互相欺骗。但形势表明，富人是越来越富，穷人是越来越穷。

有些人富裕得已经根本无须亲自行窃或雇人行窃就可保持富有。但一旦他们停止行窃的话，他们就会变穷，因为穷人会偷他们。因此他们又雇了穷人中的最穷者来帮助他们看守财富，以免遭穷人行窃，这就意味着要建立警察局和监狱。

因此，在那诚实人出现后没几年，人们就不再谈什么偷盗或被偷盗了，而只说穷人和富人；但他们个个都还是贼。

唯一诚实的只有开头的那个人，但他不久便死了，饿死的。

（选自《在你说"喂"之前》，译林出版社，2015年版）

【交流之窗】

这是一篇寓言体的现代派小说。这样的小说常常没有真实具体的时间、地点、国家、民族，情节是虚构的、荒诞的，人物概念化，无个性，但是能在整体上构成一种深刻的象征。这篇寓言用朴素简洁的语言，给我们讲了一个荒诞不经的故事。在一个国家里，人人都是贼，每天晚上，人人都要出去偷别人家的东西，而自已家也一定被偷，这里没有富人、穷人之分，大家都过着“幸福”的生活。一个诚实人的到来打破了这种平衡，他因为不偷别人，造成了有人富有、有人挨饿的结果，并逐步出现了贫富差别，出现了雇佣和剥削，出现了警察和监狱，但偷者照偷，于是导致那个诚实的人最终被饿死。荒诞的背后有逻辑的合理性，有对人类现成政治经济秩序的影射和批判，更有对人性黑暗的悲观态度。在英语里，黑色是邪恶的象征，白色是善良纯洁的象征，想一想，作者把小说命名为“黑羊”，又有什么深刻寓意呢？

叙述情节跌宕起伏，辗转腾挪，极尽曲折变化，描写人、事、物、景丰富多彩，摇曳多姿，情感内蕴深厚，表达含蓄婉转，使读之者心动，味之者无穷。

草 莓

伊瓦什凯维奇

伊瓦什凯维奇（1894—1980），波兰作家，主要作品有诗集《酒神》等。

时值九月，但夏意正浓。天气反常地暖和，树上也见不到一片黄叶。葱茏茂密的枝柯之间，也许个别地方略见疏落，也许这儿或那儿有一片叶子颜色稍淡；但它并不起眼，不去仔细寻找便难以发现。天空像蓝宝石一样晶莹璀璨，挺拔的槲树生机盎然，充满了对未来的信念。农村到处是欢歌笑语。秋收已顺利结束，挖土豆的季节正碰上艳阳天。地里新翻的玫瑰红土块，有如一堆堆深色的珠子，又如野果一般的娇艳。我们许多人一起去散步，兴味酣然。自从我们五月来到乡下以来，基本上一切都没有变，依然是那样碧绿的树，湛蓝的天，欢快的心田。

我们漫步田野。在林间草地上我意外地发现了一颗晚熟的硕大草莓。我把它含在嘴里，它是那样的香，那样的甜，真是一种稀世的佳品！它那沁人心脾的气味，在我的嘴角唇边久久地不曾消逝。这香甜把我的思绪引向了六月，那是草莓最盛的时光。

此刻我才察觉到早已不是六月。每一月，每一周，甚至每一天都有它自己独特的色调。我以为一切都没有变，其实只不过是一种幻觉！草莓的香味形象地使我想起，几个月前跟眼下是多么不一般。那时，树木是另一种模样，我们的欢笑是另一番滋味，太阳和天空也不同于今天。就连空气也不一样，因为那时送来的是六月的芬芳。而今已是九月，这一点无论如何也不能隐瞒。树木是绿的，但只需吹第一阵寒风，顷刻之间就会枯黄；

天空是蔚蓝的，但不久就会变得灰惨惨；鸟儿尚没有飞走，只不过是由于天气异常温暖。空气中已弥漫着一股秋的气息，这是翻耕了的土地、土豆和向日葵散发出的芳香。还有一会儿，还有一天，也许两天……

我们常以为自己还是妙龄十八的青年，还像那时一样戴着桃色眼镜观察世界，还有着同那时一样的爱好，一样的思想，一样的情感。一切都没有发生任何的突变。简而言之，一切都如花似锦，韶华灿烂。大凡已成为我们的禀赋的东西都经得起各种变化和时间的考验。

但是，只需去重读一下青年时代的书信，我们就会相信，这种想法是何其荒诞。从信的字里行间飘散出的青春时代呼吸的空气，与今天我们呼吸的已大不一般。直到那时我们才察觉我们度过的每一天时光，都赋予了我们不同的色彩和形态。每日朝霞变幻，越来越深刻地改变着我们的心性和容颜；似水流年，彻底再造了我们的思想和情感。有所剥夺，也有所增添。当然，今天我们还很年轻，但只不过是“还很年轻”！还有许多的事情在前面等着我们去办。激动不安、若明若暗的青春岁月之后，到来的是成年期成熟的思虑，是从容不迫的有节奏的生活，是日益丰富的经验，是一座内心的信仰和理性的大厦的落成。

然而，六月的气息已经一去不返了。它虽然曾经使我们惴惴不安，却浸透了一种不可取代的香味，真正的六月草莓的那种妙龄十八的馨香。

（选自《世界散文随笔精品文库（东欧卷）》，中国社会科学出版社，1993年版）

【交流之窗】

本文首先给读者描绘了九月乡野一片葱绿、万物生机勃勃的景象，接着以一颗晚熟但清香甘甜的“草莓”为“触媒”，回忆六月原野的色调与芬芳，进而联想到一年四季自然万物生命状态之不同，同时也触发了作者对青春岁月的激情、迷茫与荒诞的追怀，流年似水、青春不再的慨叹，更引起他对人生的深刻感悟——生命在时光流转中不断成熟丰富，珍惜过往，正视未来。全文思路曲折多变，情感跌宕起伏，感慨悠远深邃，是一篇融情入景、因物悟理的散文佳篇。

本指书法布白宽松有致，用笔疾徐有度，借用来称呼文学风格，是指叙事从容不迫，情节发展不紧不慢，张弛有度；描写人、物、景色简洁，疏淡，明白晓畅，既是一种鲜明的作品风格，也是一种独特的人生态度。

故乡的野菜

周作人

周作人（1885—1967），中国现代散文作家。

我的故乡不止一个，我住过的地方都是故乡。故乡对于我并没有什么特别的情分，只因钓于斯游于斯的关系，朝夕会面，遂成相识，正如乡村里的邻舍一样，虽然不是亲属，别后有时也要想念到他。我在浙东住过十几年，南京东京都住过六年，这都是我的故乡，现在住在北京，于是北京就成了我的家乡了。

日前我的妻往西单市场买菜回来，说起有荠菜在那里卖着，我便想起浙东的事来。荠菜是浙东人春天常吃的野菜，乡间不必说，就是城里只要有后园的人家都可以随时采食，妇女小儿各拿一把剪刀一只“苗篮”，蹲在地上搜寻，是一种有趣味的游戏的工作。那时小孩们唱道：“荠菜马兰头，姊姊嫁在后门头。”后来马兰头有乡人拿来进城售卖了，但荠菜还是一种野菜，须得自家去采。关于荠菜向来颇有风雅的传说，不过这似乎以吴地为主。《西湖游览志》云：“三月三日男女皆戴荠菜花。谚云：三春戴荠花，桃李羞繁华。”顾禄的《清嘉录》上亦说：“荠菜花俗呼野菜花，因谚有三月三蚂蚁上灶山，之语，三日人家皆以野菜花置灶陉上，以厌虫蚁。侵晨村童叫卖不绝。或妇女簪髻上以祈清目，俗号眼亮花。”但浙东人却不很理会这些事情，只是挑来做菜或炒年糕吃罢了。

黄花麦果通称鼠曲草，系菊科植物，叶小微圆互生，表面有白毛，花黄色，簇生梢头。春天采嫩叶，捣烂去汁，和粉作糕，称黄花麦果糕。小孩们有歌赞美之云：

黄花麦果韧结结，
关得大门自要吃：
半块拿弗出，一块自要吃。

清明前后扫墓时，有些人家——大约是保存古风的人家——用黄花麦果作供，但不作饼状，做成小颗如指顶大，或细条如小指，以五六个作一攒，名曰茧果，不知是什么意思，或因蚕上山时设祭，也用这种食品，故有是称，亦未可知。自从十二三岁时外出不参与外祖家扫墓以后，不复见过茧果，近来住在北京，也不再见黄花麦果的影子了。日本称作"御形"，与荠菜同为春天的七草之一，也采来做点心用，状如艾饺，名曰"草饼"，春分前后多食之，在北京也有，但是吃去总是日本风味，不复是儿时的黄花麦果糕了。

扫墓时候所常吃的还有一种野菜，俗名草紫，通称紫云英。农人在收获后，播种田内，用作肥料，是一种很被贱视的植物，但采取嫩茎瀹[①]食，味颇鲜美，似豌豆苗。花紫红色，数十亩接连不断，一片锦绣，如铺着华美的地毯，非常好看，而且花朵状若蝴蝶，又如鸡雏，尤为小孩所喜。间有白色的花，相传可以治病，很是珍重，但不易得。日本《俳句大辞典》云，"此草与蒲公英同是习见的东西，从幼年时代便已熟识。在女人里边，不曾采过紫云英的人，恐未必有吧。"中国古来没有花环，但紫云英的花球却是小孩常玩的东西，这一层我还替那些小人们欣幸的。浙东扫墓用鼓吹，所以少年常随了乐音去看"上坟船里的姣姣"；没有钱的人家虽没有鼓吹，但是船头上篷窗下总露出些紫云英和杜鹃的花束，这也就是上坟船的确实的证据了。

【注释】

①瀹（yuè）：煮。

（选自《中国现当代著名作家文库周作人代表作》，河南人民出版社，1989年版）

【交流之窗】

本文被定义为小品文，较典型地体现了周作人“平和冲淡”的风格。作者为文颇重“雅趣”，然而在本文中，“雅趣”却脱胎于“野趣”，二者相辅相成，使全文达成雅俗共赏的效果。文中，作者用舒缓的笔调，从容不迫的语气，给读者介绍了习见于故乡田畔地头的荠菜、马兰头、通称鼠曲草的黄花麦果、紫云英等野菜，并引用民谣、方志、辞典，述说了它们的形状、颜色与用途，以及围绕它们而展开的有关浙东民俗的回忆，为读者描绘出一幅幅生动的民俗风景画。开合自然、行云流水般的结构，简洁恬淡、不事雕琢的语言，融知识性、趣味性于一体的内容，素朴清新而又典丽深远的意境，耐人咀嚼，回味无穷。

该类作品写景状物力求画面感，并从角度、层次、线条、光色、虚实、动静等方面彰显绘画美。注重意象的选择，意境的营造，景与情的融合。

秋日行吟

郭 枫

郭枫，生于1933年，原名郭少鸣，著名诗人、文学评论家、作家。

到旷野来，我是来探访秋天的。

秋，在旷野里，一天有一天的消息。凝望着天空吧，那一片蓝啊！多么澄清，多么幽邃。

秋已深了。

秋天，在这南国的海岛上，虽然像一只穿花飞舞的蝴蝶，令人扑朔迷离；而我是一个耽美于秋天的人，从小草的微语里，早已寻得了秋讯。

知道秋天来了，便老是想着秋。我爱在默默中想望，每当心灵十分充实或者极度空虚的时候，我更不爱言语。于是，就朝向旷野，跑来，倚着高挺的椰子树，凝望这一片天空。心灵常常收获到：几声风哨，一朵彩云，许多暖暖的日光。

可是，从什么时候起，占领了整个空间，那些飘浮在椰子梢头，伸手可撷的云朵，哪里去了呢？只有蓝，纯净而明亮的蓝，闪耀在天空。天空，一下子升得好高好远。

收敛了热烘烘的金芒，太阳的光辉也变成银白色，几乎像月华似的有些寒意哪！收割后的田野，裸露着一地苍黄；干裂了的泥土，没有汩汩的流水来湿润了。灌木丛在田埂上肃立着；矢车菊的香味，在空气中凝定；空气，在冷冷的日光里，清澈而透明。

天空高阔，大地空旷，这一片肃穆的天地正是我所寻觅的。啊！秋是沉静，秋是成熟；秋，是浸透了智慧的季节。

我爱秋，爱秋日深沉的肃穆。我爱秋，因为我心中常住着秋的形象。

怎能忘记故乡的那片秋色呢？怎能忘记那一声惊寒的秋雁呢？

是一个深秋的傍晚，我独自行于古黄河的沙滩上。那一泻千里的长河，已变成涓涓细流。对岸的青山，也失去夏日的苍翠，被一层紫气笼罩着，崇高而又庄严。山腰上，枫林醉红了脸，灿烂得云霞似的照亮了半个天！九月的风，吹着浪荡的哨子，打从旷野袭来，而后徘徊在寂寞的河干。黄河荡里，那一大片芦花全都绽开了！风过处，竟波涛般地汹涌着一片银白。

——在众芳摇落的季节，芦花，为什么白得如此冷艳？枫叶，为什么红得如此美丽？

我浸在遐思里。

当我发现自己的影子，渐渐变长的时候，蓦然抬头，秋阳，已将落山了，正斜斜地投来黯淡的黄晕，把大地罩在迷茫的光影中。一霎时，秋，好像更浓了。

"嘎——"

一声鸿雁的长鸣，划过静谧的蓝空，像一支长箭，穿透岑寂的圆心，呼啸而去。我的心灵，突然感到一种震撼，目送那一队整齐的雁阵，渐去渐远，渐渐地不见。我仿佛领悟了些什么，却又有点懵懵。可是，一种苍凉的古意，竟永远留在我的心头。

自从离开了故乡，每个秋季，我都要跑向旷野。我想寻觅，寻觅一分秋色，来疗我思念的饥渴！

风起了，林间有萧萧的声音。"是秋声哪！"我告诉自己。便走进了林子，静静地谛听着。

真的，再没有什么音乐比秋声更让人怡悦了。秋，把世间的喧嚣沉淀下来，留下一片宁静。飒飒的风，以冷冷的琴弦，弄着幽幽的小曲，让人陶醉而不会沉迷，启人灵智而不至错聩，多么爽心的秋声啊！

为什么会沉迷？又怎能再错聩？离开那生我哺育我的大平原，20年了！20年远离故乡，谁还能像惨绿的少年一样，装扮出悲秋的姿态呢？

独步在林子里，我细聆着秋声。占据在心头的，不再是淡淡的哀愁。我要的是仰天长啸，像鸿雁一样振翅于云霄，在这一长串的日子里，我已懂得生的真实和死的静美！

秋是沉静，秋天不是伤感的季节。

秋色让人神清，秋声让人气爽。度过了错暗的长夏，我们该准备金色的秋收了。

秋是成熟，秋天不是凋落的季节。

生命怎样会凋落呢？花谢了，是为了果实的生长；叶落了，仍化作护根的泥土。死灭即是长存，刹那就是永恒。生命，永远不会凋落。

枯叶在风中舞着。

秋已深了。

在北方，在那寂寞的河滩上，冷艳的芦花，应该抖擞着精神又绽开了吧！而那满山红叶，在冷厉的秋风中，也该有激昂的高呼啊！

（选自《九月的眸光——郭枫散文选》，中国友谊出版公司，1987年版）

【交流之窗】

本文以探访秋天为线索，由实到虚，描绘了两幅完整的秋日风景图。首先是眼前的南国秋天。然后是由此联想起的故乡北方黄河平原上的秋天。两幅画面虽然展现的都是秋季景物，却风格迥异，一个清丽旖旎，一个肃穆浓烈，洋溢着不同的诗意风格。作者还特别为我们撷取了丰富的秋日意象，如南方的淡云高天，北方的枫叶芦花，飘零的枯叶，长鸣的归雁，都给人苍凉的古意，并引领我们感受作者那绵绵不绝的乡愁，领悟生生不已的生命哲理。

此类作品表现对历史与现实、自然与社会、客体与自我的深刻思考和独到见解，立意高远、深邃，善于透过事物表象揭示其深刻的本质，常常在大众的共识或盲从之外发出不同的声音，充满辩证的哲思，彰显清醒的批判意识与对真理执着的追求精神。

灯下漫笔

鲁 迅

一

有一时，就是民国二三年时候，北京的几个国家银行的钞票，信用日见其好了，真所谓蒸蒸日上。听说连一向执迷于现银的乡下人，也知道这既便当，又可靠，很乐意收受，行使了。至于稍明事理的人，则不必是“特殊知识阶级”，也早不将沉重累坠的银元装在怀中，来自讨无谓的苦吃。想来，除了多少对于银子有特别嗜好和爱情的人物之外，所有的怕大都是钞票了罢，而且多是本国的。但可惜后来忽然受了一个不小的打击。

就是袁世凯想做皇帝的那一年[①]，蔡松坡先生[②]溜出北京，到云南去起义。这边所受的影响之一，是中国和交通银行的停止兑现。虽然停止兑现，政府勒令商民照旧行用的威力却还有的；商民也自有商民的老本领，不说不要，却道找不出零钱。假如拿几十几百的钞票去买东西，我不知道怎样，但倘使只要买一支笔，一盒烟卷呢，难道就付给一元钞票么？不但不甘心，也没有这许多票。那么，换铜元，少换几个罢，又都说没有铜元。那么，到亲戚朋友那里借现钱去罢，怎么会有？于是降格以求，不讲爱国了，要外国银行的钞票。但外国银行的钞票这时就等于现银，他如果借给你这钞票，也就借给你真的银元了。

我还记得那时我怀中还有三四十元的中交票[3]，可是忽而变了一个穷人，几乎要绝食，很有些恐慌。俄国革命以后的藏着纸卢布的富翁的心情，恐怕也就这样的罢；至多，不过更深更大罢了。我只得探听，钞票可能折价换到现银呢？说是没有行市。幸而终于，暗暗地有了行市了：六折几。我非常高兴，赶紧去卖了一半。后来又涨到七折了，我更非常高兴，全去换了现银，沉甸甸地坠在怀中，似乎这就是我的性命的斤两。倘在平时，钱铺子如果少给我一个铜元，我是决不答应的。

但我当一包现银塞在怀中，沉垫垫地觉得安心，喜欢的时候，却突然起了另一思想，就是：我们极容易变成奴隶，而且变了之后，还万分喜欢。

假如有一种暴力，"将人不当人"，不但不当人，还不及牛马，不算什么东西；待到人们羡慕牛马，发生"乱离人，不及太平犬"的叹息的时候，然后给与他略等于牛马的价格，有如元朝定律，打死别人的奴隶，赔一头牛，则人们便要心悦诚服，恭颂太平的盛世。为什么呢？因为他虽不算人，究竟已等于牛马了。

我们不必恭读《钦定二十四史》，或者入研究室，审察精神文明的高超。只要一翻孩子所读的《鉴略》，——还嫌烦重，则看《历代纪元编》，就知道"三千余年古国古"的中华，历来所闹的就不过是这一个小玩艺。但在新近编纂的所谓"历史教科书"一流东西里，却不大看得明白了，只仿佛说：咱们向来就很好的。

但实际上，中国人向来就没有争到过"人"的价格，至多不过是奴隶，到现在还如此，然而下于奴隶的时候，却是数见不鲜的。中国的百姓是中立的，战时连自己也不知道属于那一面，但又属于无论那一面。强盗来了，就属于官，当然该被杀掠；官兵既到，该是自家人了罢，但仍然要被杀掠，仿佛又属于强盗似的。这时候，百姓就希望有一个一定的主子，拿他们去做百姓，——不敢，是拿他们去做牛马，情愿自己寻草吃，只求他决定他们怎样跑。

假使真有谁能够替他们决定，定下什么奴隶规则来，自然就"皇恩浩荡"了。可惜的是往往暂时没有谁能定。举其大者，则如五胡十六国的时候，黄巢的时候，五代时候，宋末元末时候，除了老例的服役纳粮以外，都还要受意外的灾殃。张献忠的脾气更古怪了，不服役纳粮的要杀，服役纳粮的也要杀，敌他的要杀，降他的也要杀：将奴隶规则毁得粉碎。这时候，百姓就希望来一个另外的主子，较为顾及他们的奴隶规则的，无论仍旧，或者新颁，总之是有一种规则，使他们可上奴隶的轨道。

"时日曷丧，予及汝偕亡！"④愤言而已，决心实行的不多见。实际上大概是群盗如麻，纷乱至极之后，就有一个较强，或较聪明，或较狡猾，或是外族的人物出来，较有秩序地收拾了天下。厘定规则：怎样服役，怎样纳粮，怎样磕头，怎样颂圣。而且这规则是不像现在那样朝三暮四的。于是便"万姓胪欢"了；用成语来说，就叫作"天下太平"。

任凭你爱排场的学者们怎样铺张，修史时候设些什么"汉族发祥时代""汉族发达时代""汉族中兴时代"的好题目，好意诚然是可感的，但措辞太绕弯子了。有更其直截了当的说法在这里——

一，想做奴隶而不得的时代；

二，暂时做稳了奴隶的时代。

这一种循环，也就是"先儒"之所谓"一治一乱"；那些作乱人物，从后日的"臣民"看来，是给"主子"清道辟路的，所以说："为圣天子驱除云尔。"⑤

现在入了那一时代，我也不了然。但看国学家的崇奉国粹，文学家的赞叹固有文明，道学家的热心复古，可见于现状都已不满了。然而我们究竟正向着那一条路走呢？百姓是一遇到莫名其妙的战争，稍富的迁进租界，妇孺则避入教堂里去了，因为那些地方都比较的"稳"，暂不至于想做奴隶而不得。总而言之，复古的，避难的，无智愚贤不肖，似乎都已神往于三百年前的太平盛世，就是"暂时做稳了奴隶的时代"了。

但我们也就都像古人一样，永久满足于"古已有之"的时代么？都像复古家一样，不满于现在，就神往于三百年前的太平盛世么？

自然，也不满于现在的，但是，无须反顾，因为前面还有道路在。而创造这中国历史上未曾有过的第三样时代，则是现在的青年的使命！

二

但是赞颂中国固有文明的人们多起来了，加之以外国人。我常常想，凡有来到中国的，倘能疾首蹙额而憎恶中国，我敢诚意地捧献我的感谢，因为他一定是不愿意吃中国人的肉的!

鹤见祐辅氏在《北京的魅力》中,记一个白人将到中国,预定的暂住时候是一年,但五年之后,还在北京,而且不想回去了。有一天,他们两人一同吃晚饭——

"在圆的桃花心木的食桌前坐定,川流不息地献着出海的珍味,谈话就从古董,画,政治这些开头。电灯上罩着支那式的灯罩,淡淡的光洋溢于古物罗列的屋子中。什么无产阶级呀,Proletariat⑥呀那些事,就像不过在什么地方刮风。

"我一面陶醉在支那生活的空气中,一面深思着对于外人有着'魅力'的这东西。元人也曾征服支那,而被征服于汉人种的生活美了;满人也征服支那,而被征服于汉人种的生活美了。现在西洋人也一样,嘴里虽然说着Democracy⑦呀,什么什么呀,而却被魅于支那人费六千年而建筑起来的生活的美。一经住过北京,就忘不掉那生活的味道。大风时候的万丈的沙尘,每三月一回的督军们的开战游戏,都不能抹去这支那生活的魅力。"

这些话我现在还无力否认他。我们的古圣先贤既给与我们保古守旧的格言,但同时也排好了用子女玉帛所做的奉献于征服者的大宴。中国人的耐劳,中国人的多子,都就是办酒的材料,到现在还为我们的爱国者所自诩的。西洋人初入中国时,被称为蛮夷,自不免个个蹙额,但是,现在则时机已至,到了我们将曾经献于北魏,献于金,献于元,献于清的盛宴,来献给他们的时候了。出则汽车,行则保护:虽遇清道,然而通行自由的;虽或被劫,然而必得赔偿的;孙美瑶⑧掳去他们站在军前,还使官兵不敢开火。何况在华屋中享用盛宴呢?待到享受盛宴的时候,自然也就是赞颂中国固有文明的时候;但是我们的有些乐观的爱国者,也许反而欣然色喜,以为他们将要开始被中国同化了罢。古人曾以女人作苟安的城堡,美其名以自欺曰"和亲",今人还用子女玉帛为作奴的贽敬,又美其名曰"同化"。所以倘有外国的谁,到了已有赴宴的资格的现在,而还替我们诅咒中国的现状者,这才是真有良心的真可佩服的人!

但我们自己是早已布置妥帖了,有贵贱,有大小,有上下。自己被人凌虐,但也可以凌虐别人;自己被人吃,但也可以吃别人。一级一级的制驭着,不能动弹,也不想动弹了。因为倘一动弹,虽或有利,然而也有弊。我们且看古人的良法美意罢——

“天有十日，人有十等。下所以事上，上所以共神也。故王臣公，公臣大夫，大夫臣士，士臣皁，皁臣舆，舆臣隶，隶臣僚，僚臣仆，仆臣台[⑨]。”（《左传》昭公七年）

但是“台”没有臣，不是太苦了么？无须担心的，有比他更卑的妻，更弱的子在。而且其子也很有希望，他日长大，升而为“台”，便又有更卑更弱的妻子，供他驱使了。如此连环，各得其所，有敢非议者，其罪名曰不安分！

虽然那是古事，昭公七年离现在也太辽远了，但“复古家”尽可不必悲观的。太平的景象还在：常有兵燹，常有水旱，可有谁听到大叫唤么？打的打，革的革，可有处士来横议么？对国民如何专横，向外人如何柔媚，不犹是差等的遗风么？中国固有的精神文明，其实并未为共和二字所埋没，只有满人已经退席，和先前稍不同。

因此我们在目前，还可以亲见各式各样的筵宴，有烧烤，有翅席，有便饭，有西餐。但茅檐下也有淡饭，路傍也有残羹，野上也有饿殍；有吃烧烤的身价不资的阔人，也有饿得垂死的每斤八文的孩子[⑩]（见《现代评论》二十一期）。所谓中国的文明者，其实不过是安排给阔人享用的人肉的筵宴。所谓中国者，其实不过是安排这人肉的筵宴的厨房。不知道而赞颂者是可恕的，否则，此辈当得永远的诅咒！

外国人中，不知道而赞颂者，是可恕的；占了高位，养尊处优，因此受了蛊惑，昧却灵性而赞叹者，也还可恕的。可是还有两种，其一是以中国人为劣种，只配悉照原来模样，因而故意称赞中国的旧物。其一是愿世间人各不相同以增自己旅行的兴趣，到中国看辫子，到日本看木屐，到高丽看笠子，倘若服饰一样，便索然无味了，因而来反对亚洲的欧化。这些都可憎恶。至于罗素在西湖见轿夫含笑，便赞美中国人，则也许别有意思罢。但是，轿夫如果能对坐轿的人不含笑，中国也早不是现在似的中国了。

这文明，不但使外国人陶醉，也早使中国一切人们无不陶醉而且至于含笑。因为古代传来而至今还在的许多差别，使人们各各分离，遂不能再感到别人的痛苦；并且因为自己各有奴使别人，吃掉别人的希望，便也就忘却自己同有被奴使被吃掉的将来。于是大小无数的人肉的筵宴，即从有文明以来一直排到现在，人们就在这会场中吃人，被吃，以凶人的愚妄的欢呼，将悲惨的弱者的呼号遮掩，更不消说女人和小儿。

这人肉的筵宴现在还排着，有许多人还想一直排下去。扫荡这些食人者，掀掉这筵席，毁坏这厨房，则是现在的青年的使命！

1925年4月29日

【注释】

①袁世凯（1859—1916）：他在1911年的辛亥革命后窃夺了国家的政权，于1912年3月就任中华民国临时大总统。②蔡松坡：即蔡锷。辛亥革命时任云南都督。1915年组织护国军，讨伐袁世凯。③中交票：中国银行和交通银行（都是当时的国家银行）发行的钞票。④“时日曷丧，予及汝偕亡”：语见《尚书·汤誓》。时日，指夏桀。⑤“为圣天子驱除云尔”：语出《汉书·王莽传》。唐代颜师古注：“言驱逐蠲除以待圣人也。”⑥Proletariat：英语，无产阶级。⑦Democracy：英语，民主。⑧孙美瑶：当时占领山东抱犊崮的土匪头领。⑨王、公、大夫、士、皁、舆、隶、僚、仆、台是奴隶社会等级的名称。前四种是统治者的等级，后六种是被奴役者的等级。⑩每斤八文的孩子：1925年5月2日《现代评论》载有仲瑚的《一个四川人的通信》，叙说当时军阀统治下四川劳动人民的悲惨生活，其中说：“男小孩只卖八枚铜子一斤，女小孩连这个价钱也卖不了。”

（选自《鲁迅全集第1卷》，人民文学出版社，2005年版）

【交流之窗】

本文分两部分。第一部分开头写了一件当时生活中的小事：国家银行的钞票失去信用，只好打折兑成现银，虽然吃亏，却安了心，沾沾自喜。鲁迅先生由此以小见大，悟出国民的普遍心态：“我们极容易变成奴隶，而且变了之后，还万分喜欢。”并进一步生发开去，引述中国大量的历史资料，得出结论：几千年的“文明古国”史，所谓的“一治一乱”，其实质就是：“一，想做奴隶而不得的时代；二，暂时做稳了奴隶的时代。”一语道破本质，可谓前无古人，石破天惊，闪耀着高超的理性智慧。第二部分，引述了一段外国人在中国吃饭的笔记，再结合中华民族几千年被征服的历史事实，深刻剖析了“中国固有文明”的实质：“所谓中国的文明者，其实不过是安排给阔人享用的人肉的筵宴。所谓中国者，其实不过是安排这人肉的筵宴的厨房。”正像作者《狂人日记》中所说，几千年的中国历史就是一部“吃人”的历史，显示了先生最清醒的批判现实风格。结尾，作者又热情洋溢地激励当代青年，“扫荡这些食人者，掀掉这筵席，毁坏这厨房”，这是时代所赋予青年的神圣使命。

此类作品构思常从小处着笔，描写往往细致入微，表现事物的最精妙微细的状态，于细微处见意蕴。表情达意委婉含蓄，曲径通幽，细如抽丝。

雨 伞

川端康成

川端康成（1899—1972），日本著名作家。代表作有《伊豆的舞女》《古都》《雪国》《千只鹤》等，1968年获诺贝尔文学奖。

雾一般蒙蒙的春雨，虽湿不透全身，但洒在皮肤上，还能觉出湿润来。姑娘跑到门外，看见如约前来的小伙子打着伞，这才喊道：

“哎呀！怎么下雨了？”

少女正坐在店门前。小伙子将脸藏在伞内，这伞与其说挡雨，倒不如说是他来到姑娘所坐铺面前时，为了掩藏自己走过少女面前时流露出来的羞涩。

但是，少年默默地将雨伞移过去给少女挡雨。少女只有一侧肩膀在雨伞下。尽管挨淋，少年却难以启齿说出：“请过来”，然后让少女靠近过来。少女虽然也曾想过自己用一只手扶着伞把，但总是想从雨伞下溜走。

两个人走进了照相馆。少年的父亲是个官吏，即将调任远方。这是为他拍的临别赠相。

“二位请并排坐在这儿。”摄影师指着长椅子说。

少年无法同少女并肩而坐，就站在少女的背后。为了让两人的身体在某一点上接合起来，他把扶着椅子的手指轻轻地触摸少女的短外褂。这是他初次触及少女的身体。透过手指传导过来的微微的体温，使少年感受到一阵似是紧紧拥抱着赤身少女的温馨。

这一生中每逢看到这帧照片，也许就会想起她的体温来吧。

“再照一张好吗？二位肩并肩，把上半身照大些。”

少年只顾点点头。

“头发……”少年对少女小声地说。

少女猛然抬头望了望少年，脸颊倏地绯红，眼睛闪烁着光芒，充满了明朗的喜悦，像孩子般乖乖地碎步走到了化妆室。

方才少女看见少年经过门口，顾不及整理一下头发就飞跑出来，头发蓬乱得像是刚摘下游泳帽似的。少女一直为这乱发耿耿于怀，可是在男子面前连拢拢两鬓的短发修饰一下也觉着害羞。少年也觉得，如果对她说声“拢拢头发吧”都会羞辱少女的。

向化妆室走去的少女那股子快活劲儿，也感染了少年，喜悦之余，两个人理所当然地互相偎依坐在长椅子上。

刚要走出照相馆，少年寻找起雨伞来。忽然看见先走的少女手里已经拿着那把雨伞站在门口。少女发现少年望着自己才意识到自己是拿着少年的雨伞走出来的，她不觉一惊。这种无意识的举止，难道不正是流露出她已经感觉到“那是他的东西”了吗？

少年难以启齿说出“让我拿雨伞吧”，少女则无法把雨伞交给少年。然而，此时此刻两个人与在来照相馆前的他们迥异，突然间变成了大人，带着夫妻般的心情踏上了归途。这仅仅是关于雨伞的一桩韵事……

（选自《川端康成掌小说全集》，中国社会科学出版社，1996年版）

【交流之窗】

本文用细腻、恬淡的笔墨，描绘了一对少男少女彼此心间朦胧、羞涩、纯真的细微情愫。本来用来遮雨的“雨伞”是一件作者精心设计的道具，开始少年用它掩饰自己的羞涩，后来又为少女挡雨，但同一雨伞下，二人却仍有疏远，此时是互相之间渴望走近但又羞于表达的状态。照完相后，少女却下意识地拿了少年的雨伞先出门了，此刻两个人内心发生了微妙的变化，已然觉得“突然间变成了大人，带着夫妻般的心情踏上了归途”，自如代替了羞涩，亲近代替了疏远。作为新感觉派作家，川端康成特别善于捕捉平常生活细节中人物内心纤细微妙的活动。

本文就特别描写了少年在指尖触摸到少女的短外褂时引发的内心奇妙感受和无边的遐想，表现了青涩少年初次接触异性时的心灵颤动，堪称神来之笔。“雨”在文中也起了特别重要的作用。一方面为“伞”的出现和情节发展张本；另一方面，为全文营造了一种诗意朦胧的氛围，与少男少女情窦初开的朦胧情愫浑然一体，形成了全文细腻朦胧的诗意风格。

第二编

角度之美

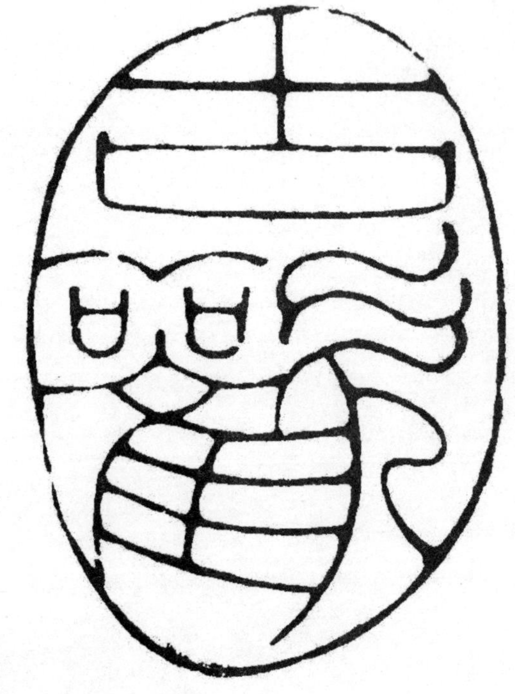

⊙ 秦秋寒印

写作的角度首先决定于我们认识事物的角度。在日常生活中，我们总是借助于感官认识各种事物的，因此当我们想把人、物、景生动形象地表现出来时，就需要描写视觉、听觉、味觉、嗅觉、触觉等各个感官对事物的感受，使事物的形影光色、声音动静、冷热酸甜、光滑粗糙等性状特点，具体可感。作家在描写自然景色时，常常通过描绘其色彩、形状、气味、口里尝到的滋味，身体触到的感觉，耳朵听到的声音，多角度地表现景物特点，让读者有置身其中的感觉。所以在济慈给我们描绘的秋天里，我们能看到秋野的五彩绚烂，葡萄像珠子一样圆滚滚的果实，能闻到弥漫在空气里的罂粟花香，能尝到葡萄酒的甜蜜馥郁，也能听到蟋蟀、燕子和知更鸟的和鸣。但是，一个高明的艺术家，并不止于描写某一感官的对应感受，或是组合各种感官的感受，以达到全方位表现事物的效果，他们还能打通各种感官之间的界限，形成通感。所以在林清玄的笔下，阳光就有了色彩，有了香气，有了味道，有了触感。

其次写作的角度还取决于读者的认识角度。说话看对象，写作看读者，一个好的作者写作时会时刻把读者装在心里。一部皇皇《资治通鉴》，每篇的结尾都有“臣光言”之类的话语，那是在向皇帝进言，提供治理天下的鉴策。触龙深入了解赵太后的心理，才没有像别人那样直接劝谏，而是从谈养生、拉家常开始，最终达到了劝说的目的。

另外，古今中外如此众多的艺术家，还创造出了多种多样不同的写作角度。盲作家宫城道雄纯从听觉，就给了我们一个丰富美丽的世界；刘亮程从动物的角度观照这个时代，也写出了深刻的哲理意蕴；笔之所至，沿着自己的情绪去描绘事物，表达思想，也能感人至深；而把熟悉的世界陌生化，恰能起到特别的效果。角度越多，作品越是精彩纷呈，也就越能给读者更多美的享受。

以不同的主体或者同一主体从不同的空间角度、时间角度、逻辑角度，或者借助各类感官，从多层次、多个侧面观照和表现事物，使作品形象的表现更加鲜明、突出、完整，对事理的认识和揭示更加客观真实。

光之四书

林清玄

林清玄，生于1953年，台湾当代著名作家；代表作有《清净之莲》《桃花心木》《生命的化妆》等。

光之色

当塞尚把苹果画成蓝色以后，大家对颜色突然开始有了奇异的视野，更不要说马蒂斯蓝色的向日葵，毕加索鲜红色的人体，夏卡尔绿色的脸了。

艺术家们都在追求绝对的真实，其实这种绝对往往不是一种常态。

我是真正见过蓝色苹果的人。有一次去参加朋友的舞会，舞会不免有些水果点心，我发现就在我坐的位子旁边一个摆设得精美的果盘，中间有几只梨山的青苹果，苹果之上一个色纸包扎的蓝灯，一束光正好打在苹果上，那苹果的蓝色正是塞尚画布上的色泽。那种感动竟使我微微地颤抖起来，想到诗人里尔克称赞塞尚的画："是法国式的雅致与德国式的热情之平衡。"

设若有一个人，他从来没有见过苹果，那一刻，我指着那苹果说：苹果是蓝色的。他必然要相信不疑。

然后，灯光变了，是一支快速度的舞，七彩的光在屋内旋转，打在果盘上，所有的水果顿时成为七彩的斑点流动。我抬头，看到舞会男女，每个人脸上的肤色隐去，都是霓虹灯一样，只是一些活动的碎点，像极了秀拉用细点的描绘。当刻，我不仅理解了马蒂斯、毕加索、夏卡尔种种，甚至看见了除去阳光以外的真实。

在阳光下，所有的事物自有它的颜色，当阳光隐去，在黑暗里，事物全失去了颜色。设若我们换了灯，同样是灯，灯泡与日光灯会使色泽不同，即使同是灯泡，百烛与十烛间相去甚巨，不要说是一支蜡烛了。我们时常说在黑夜的月光与烛光下就有了气氛，那是我们多出一种想像的空间，少去了逼人的现实，即使在阳光艳照的天气，我们突然走进树林，枝叶掩映，点点丝丝，气氛仿佛滤过，就围绕了周边。什么才是气氛呢？因为不真实，才有气氛，令人迷惑。或者说除去直接无情的真实，留下迂回间接的真实，那就是一般人口里的气氛了。

有一回在乡下，听到一位农夫说到现今社会风气的败德，他说："都是电灯害的，电灯使人有了夜里的活动，而所有的坏事全是在黑暗里进行的。"想想，人在阳光的照耀下，到底还是保持着本色，黑暗里本色失去，一只苹果可以蓝，可以七彩，人还有什么不可为呢？

这样一想，阳光确实是无情，它让我们无所隐藏，它的无情在于它的无色，也在于它的永恒，又在于它的自然。不管人世有多少沧桑，阳光总不改变它的颜色，所以仿佛也不值得歌颂了。

熟知中国文学的人应该发现，中国诗人词家少有写阳光下的心情，他们写到的阳光尽是日暮（天寒翠袖薄，日暮倚修竹），尽是黄昏（月上柳梢头，人约黄昏后），尽是落日（大漠孤烟直，长河落日圆），尽是夕阳（去年天气旧亭台，夕阳西下几时回），尽是斜阳（斜阳外，寒鸦数点，流水绕孤村），尽是落照（家住苍烟落照间，丝毫尘事不相关）……阳光的无所不在，无地不照，反而只有离去时最后的照影，才能勾起艺术家诗人的灵感，想起来真是奇怪的事。

一朝唐诗、一代宋词，大部分是在月下、灯烛下进行，你说奇怪不奇怪？说起来就是气氛作怪，如果是日正当中，仿佛都与情思、离愁、国仇、家恨无缘，思念故人自然是在月夜空山才有气氛，怀忧边地也只有在清风明月里才能服人，即使饮酒作乐，不在有月的晚上难道是在白天吗？其实天底下最大的痛苦不是在夜里，而是在大太阳下也令人战栗，只是没有气氛，无法描摹罢了。

有阳光的天色，是给人工作的，不是给人艺术的，不是给人联想和忧思的。有阳光的艺术不是诗人词家的，是画家的专利，中国一部艺术史大部分写着阳光，西方的艺术史也是亮灿照耀，到印象派的时候更是光影辉煌，只是现代艺术家似乎不满意这样，他们有意无意地改变光的颜色。抽象自不必说了，写实，也不要俗人都看得见的颜色，而是透过画家的眼睛，他们说这是“超脱”，这是“真实”，这是“爱怎么画就怎么画才是创作”。

我常说艺术家是上帝的错误设计，因为他们要在阳光的永恒下，另外做自己的永恒，以为这样就成为永恒的主宰。艺术背叛了阳光的原色，生活也是如此。我们的黑夜愈来愈长，我们的屋子益来益密，谁还在乎有没有阳光呢？现在我如果批评塞尚的蓝苹果，一定引来一阵乱棒，就像齐白石若画了蓝色的柿子也会挨骂一样，其实前后还不过是百年的时间，一百年，就让现代人相信没有阳光，日子一样自在，让现代人相信艺术家的真实胜过阳光的真实。

阳光本色的失落是现代人最可悲的一种，许多人不知道在阳光下，稻子可以绿成如何，天可以蓝到什么程度，玫瑰花可以红到透明，那是因为过去在阳光下工作的占人类的大部分，现在变成小部分了，即使是在有光的日子，推窗究竟看的是什么颜色呢？

我常在都市热闹的街路上散步，有时走过长长的一条路，找不到一根小草，有时一年看不到一只蝴蝶；这时我终于知道：我们心里的小草有时候是黑的，而在繁屋的每一面窗中，埋藏了无数苍白没有血色的蝴蝶。

光之香

我遇见一位年轻的农夫，在南方一个充满阳光的小镇。

那时是春末了，一期稻作刚刚收成，春日阳光的金线如雨倾盆地泼在温暖的土地上，牵牛花在篱笆上缠绵盛开，苦苓树上鸟雀追逐，竹林里的笋子正纷纷涨破土地。细心地想着植物突破土地，在阳光下成长的声音，真是人间里非常幸福的感觉。

农夫和我坐在稻埕旁边，稻子已经铺平张开在场上。由于阳光的照射，稻埕闪耀着金色的光泽，农夫的皮肤染了一种强悍的铜色。我在农夫家作客，刚刚是我们一起把谷包的稻子倒出来，用犁耙推平的，也不是推平，是推成小小山脉一般，一条棱线接着一条棱线，这样可以让山脉两边的稻谷同时接受阳光的照射，似乎几千年来就是这样晒谷子，因为等到阳光晒过，八爪耙把棱线推进原来的谷底，则稻谷翻身，原来埋在里面的谷子全翻到向阳的一面来——这样晒谷比平面有效而均衡，简直是一种阴阳的哲学了。

农夫用斗笠扇着脸上的汗珠，转过脸来对我说："你深呼吸看看。"

我深深地吸了一口气，缓缓吐出。

他说："你吸到什么没有？"

我吸到的是稻子的气味，有一点香。我说。

他开颜地笑了，说："这不是稻子的气味，是阳光的香味。"

阳光的香味？我不解地望着他。

那年轻的农夫领着我走到稻埕中间，伸手抓起一把向阳一面的谷子，叫我用力地嗅，那时稻子成熟的香气整个扑进我的胸腔，然后，他抓起一把向阴的埋在内部的谷子让我嗅，却是没有香味了。这个实验让我深深地吃惊，感觉到阳光的神奇，究竟为什么只有晒到阳光的谷子才有香味呢？年轻的农夫说他也不知道，是偶然在翻稻谷晒太阳时发现的，那时他还是大学学生，暑假偶尔帮忙农作，想像着都市里多彩多姿的生活，自从晒谷时发现了阳光的香味，竟使他下决心要留在家乡。我们坐在稻埕边，漫无边际地谈起阳光的香味来，然后我几乎闻到了幼时刚晒干的衣服上的味道，新晒的棉被、新晒的书画，光的香气就那样淡淡地从童年中流泄出来。自从有了烘干机，那种衣香就消失在记忆里，从未想过竟是阳光的关系。

农夫自有他的哲学，他说："你们都市人可不要小看阳光，有阳光的时候，空气的味道都是不同的。就说花香好了，你有没有分辨过阳光下的花与屋里的花，香气不同呢？"

我说："那夜来香、昙花香又作何解呢？"

他笑得更得意了："那是一种阴香，没有壮怀的。"

我便那样坐在稻埕边，一再地深呼吸，希望能细细品味阳光的香气，看我那样正经庄重，农夫说："其实不必深呼吸也可以闻到，只是你的嗅觉在都市里退化了。"

光之味

在澎湖访问的时候，我常在路边看渔民晒鱿鱼，发现晒鱿鱼有两种方式：一种是把鱿鱼放在水泥地上，隔一段时间就翻过身来。在没有水泥地的土地，为了怕蒸起的水汽，渔民把鱿鱼像旗子一样，一面面挂在架起的竹竿上——这种景观是在澎湖、兰屿随处可见的，有的台湾沿海也看得见。

有一次一位渔民请我吃饭，桌子上就有两盘鱿鱼，一盘是新鲜的刚从海里捕到的鱿鱼，一盘是阳光晒干以后，用水泡发，再拿来煮的。渔民告诉我，鱿鱼不同于其他的鱼，其他的鱼当然是新鲜最好，鱿鱼则非经过阳光烤炙，不会显出它的味道来。我仔细地吃起鱿鱼，发现新鲜虽脆，却不像晒干的那样有味、有劲，为什么这样，真是没什么道理。难道阳光真有那样大的力量吗？

渔民见我不信，捞起一碗鱼翅汤给我，说："你看这鱼翅好了，新鲜的鱼翅，卖不到什么价钱的，因为一点也不好吃，只有晒干的鱼翅才珍贵，因为香味百倍。"

为什么鱿鱼、鱼翅经过阳光曝晒以后会特别好吃呢？确是不可思议，其实不必说那么远，就是一只乌鱼子，干的乌鱼子价钱何止是新鲜乌鱼卵的十倍？

后来我在各地旅行的时候，特别留意这个问题，有一次在南投竹山吃东坡肉油焖笋尖，差一点没有吞下盘子。主人说那是今年的阳光特别好，晒出了最好吃的笋干，阳光差的时候，笋干也显不出它的美味，嫩笋虽自有它的鲜美，经过阳光，却完全不同了。

对鱿鱼、鱼翅、乌鱼子、笋干等等，阳光的功能不仅让它干燥、耐于久藏，也仿若穿透它，把气味凝聚起来，使它发散不同味道。我们走入南货行里所闻到的干货聚集的味道，我们走进中药铺子扑鼻而来的草香药香，在从前，无一不是经由阳光的凝结。现在有毋需阳光的干燥方法，据说味道也不如从前了。一位老中医师向我描述从前"当归"的味道，说如今怎样熬炼也不如昔日，我没有吃过旧日当归，不知其味，但这样说，让我感觉现今的阳光也不像古时有味了。

不久前，我到一个产制茶叶的地方，茶农对我说，好天气采摘的茶叶与阴天采摘的，烘焙出来的茶就是不同，同是一株茶，春茶与冬茶也全然两样，则似乎一天与一天的阳光味觉不同，一季与一季的阳光更天差地别了，而它的先决条件，就是要具备一只条感的舌头。不管在什么时代，总有一些人具备好的舌头能辨别阳光的壮烈与阴柔——阳光那时刻像是一碟精心调制的小菜，差一些些，在食家的口中已自有高下了。

这样想，使我悲哀，因为盘中的阳光之味在时代的进程中似乎日渐清淡起来。

光之触

八月的时候，我在埃及，沿着尼罗河自北向南，从开罗逆流而溯。一直往路可索、帝王谷、亚斯文诸地经过。那是埃及最热的天气，晒两天，就能让人换过一层皮肤。

由于埃及阳光可怕的热度，我特别留心到当地人的穿戴，北非各地，夏天的衣着也是一袭长袍长袖的服装，甚至头脸全包扎起来。我问一位埃及人："为什么太阳这么大，你们不穿短袖的衣服，反而把全身包扎起来呢？"他的回答很妙："因为太阳实在太大，短袖长袖同样热，长袖反而可以保护皮肤。"

在埃及八天的旅行，我在亚斯文旅店洗浴时，发现皮肤一层一层地凋落，如同干去的黄叶。埃及经验使我真实感受到阳光的威力，它不只是烧灼着人，甚至是刺痛、鞭打、揉搓着人的肌肤，阳光热烘烘地把我推进一个不可回避的地方，每一秒的照射都能真实地感应。

后来到了希腊，在爱琴海滨，阳光也从埃及那种磅礴波澜里进入一个细致的形式，虽然同样强烈地包围着我们。海风一吹，阳光在四周汹涌，有浪大与浪小的时候，我感觉希腊的阳光像水一样推涌着，好像手指的按摩。

再来是意大利，阳光像极文艺复兴时代米开朗瑾罗的雕像，开朗强壮，但给人一种美学的感应，那时阳光是轻拍着人的一双手，让我们面对艺术时真切地清醒着。

到了中欧诸国，阳光简直成为慈和温柔的怀抱，拥抱着我们。我感到相当的惊异，因为同是八月盛暑，阳光竟有着种种变化的触觉：或狂野，或壮朗，或温和，或柔腻，变化万千，加以欧洲空气的干燥，更触觉到阳光直接的照射。

那种触觉简直不只是肌肤的，也是心灵的，我想起中国的一个寓言：

有一个瞎子，从来没有见过太阳，有一天他问一个好眼睛的人："太阳是什么样子呢？"

那人告诉他："太阳的样子像个铜盘。"

瞎子敲了敲铜盘，记住了铜盘的声音，过了几天，他听见敲钟的声音，以为那就是太阳了。

后来又有一个好眼睛的人告诉他："太阳是会发光的，就像蜡烛一样。"

瞎子摸摸蜡烛，认出了蜡烛的形式，又过了几天，他摸到一支箫，以为这就是太阳了。

他一直无法搞清太阳是什么样子。

瞎子永远不能看见太阳的样子，自然是可悲的，但幸而瞎子同样能有阳光的触觉。寓言里只有手的触觉，而没有心灵的触觉，失去这种触觉，就是好眼睛的人，也不能真正知道太阳的。

冬天的时候，我坐在阳台上晒太阳，同一个下午的太阳，我们能感觉到每一刻的触觉都不一样，有时温暖得让人想脱去棉衫，有时一片云飘过，又冷得令人战栗。晒太阳的时候，我觉得阳光虽大，它却是活的，是宇宙大心灵的证明，我想只要真正地面对过阳光，人就不会觉得自己是神，是万物之主宰。

只要晒过太阳，也会知道，冬天里的阳光是向着我们，但走远了，夏天则又逼近，不管什么时刻，我们都触及了它的存在。

记得梭罗在瓦尔登湖畔，清晨吸到新鲜空气，希望将那空气用瓶子装起，卖给那些迟起的人。我在晒太阳时则想，是不是有一种瓶子可以装满阳光，卖给那些没有晒过太阳的人呢？

每一天出门的时候，我们对阳光有没有触觉呢？如果没有，我们的感官能力正在消失，因为当一个人对阳光竟能无感，如果说他能对花鸟虫鱼、草木山河有观，都是自欺欺人的了。

（选自《感性的蝴蝶》，人民文学出版社，2016年版）

【交流之窗】

全文分四部分内容，分别从色、香、味、触四个角度写对光的特殊认识与感受。“光之色”告诉人们：西方艺术家想追求颜色的绝对真实，却远离了阳光下万物的本色；中国古代的诗词作者，常常是在阳光离去时才能焕发出灵感，营造诗意的氛围，表达出他们的痛苦和忧思；而现代都市人更是远离了阳光下的生活，灵魂也变得苍白没有血色。健康而真实的生活应该是在阳光本色照耀下的生活，那时你才能知道“稻子可以绿成如何，天可以蓝到什么程度，玫瑰花可以红到透明”。“光之香”写道：阳光是有香味的。它照射稻谷，把自己的香味存储进去，然后通过稻谷散发出来，我们嗅到的稻谷的香气，就是阳光的香味。“光之味”写道：某些食物，如鱿鱼、鱼翅、乌鱼子、笋干、茶叶等，一经阳光曝晒，味道格外鲜美，因为其中凝聚了阳光的味道。“光之触”说：阳光也是会触摸的，不同的时间，不同的地点，人们感受到的阳光的触觉也是不一样的，或狂野，或壮朗，或温和，或柔腻，变化万千。而且，阳光的触摸还可以触及人的心灵，对阳光的触觉无感的人，是无法真正认识这个世界的。司空见惯的阳光对一般人来说无非就是眼睛可见的单纯光线或光亮，但作者却能从视觉、嗅觉、味觉、触觉四个维度来写阳光，拓宽了人们对阳光的感受和认识，扩张了人的心灵空间，号召现代人回归自然，回归本色，去过真实的、健康的生活。

即写作时心里装着读者，根据特定的阅读对象或者读者群体，选择自己的表达方式和语言风格，以期对读者形成最大的影响，达到最佳的社会效果。

赐南粤王赵佗书

刘 恒

刘恒（前203—前157），即汉文帝。汉高祖刘邦第四子，母薄姬，西汉第五位皇帝。

皇帝谨问南粤王，甚苦心劳意。朕，高皇帝侧室之子[①]，弃外，奉北藩于代[②]，道里辽远，壅蔽朴愚，未尝致书。高皇帝弃群臣，孝惠皇帝即世，高后自临事，不幸有疾，日进不衰[③]，以故悖暴乎治。诸吕为变故乱法，不能独制，乃取他姓子为孝惠皇帝嗣。赖宗庙之灵，功臣之力，诛之已毕。朕以王侯吏不释[④]之故，不得不立，今即位。

乃者闻王遗将军隆虑侯书，求亲昆弟，请罢长沙两将军。朕以王书，罢将军博阳侯[⑤]。亲昆弟在真定者，已遣人存问。修治先人冢。

前日闻王发兵於边，为寇灾不止。当其时，长沙苦之，南郡[⑥]尤甚。虽王之国，庸独利乎[⑦]？必多杀士卒，伤良将吏，寡人之妻，孤人之子，独人父母，得一亡十，朕不忍为也。

朕欲定地犬牙相入者[⑧]，以问吏。吏曰："高皇帝所以介[⑨]长沙土也。"朕不得擅变焉。吏曰："得王之地，不足以为大；得王之财，不足以为富。"服领[⑩]以南，王自治之。

虽然，王之号为帝，两帝并立，亡一乘之使以通其道，是争也。争而不让，仁者不为也。愿与王分弃[⑪]前患，终今以来[⑫]，通使如故。故使贾驰谕告王朕意。王亦受之，毋为寇灾矣。

上褚[⑬]五十衣，中褚三十衣，下褚二十衣，遗王。愿王听乐娱忧[⑭]，存问邻国[⑮]。（东汉·班固《汉书·西南夷两粤朝鲜传》）

【注释】

①侧室之子：言非正嫡所生。②代：汉代王国名。③日进不衰：谓日益严重。④不释：意谓自己辞让帝位而不被大臣官吏们放过。⑤博阳侯：陈濞。⑥南郡：郡治江陵（今湖北江陵）。⑦此意谓南粤兵寇边，使得长沙郡受害，而汉军反击，对南粤也不利。⑧定地犬牙相入者：谓划定彼此间犬牙交错之地。⑨介：隔也。⑩服岭：山岭名。约在今湖南南部。⑪分弃：谓彼此共弃。⑫终今以来：谓自今以后。⑬褚：以绵装成之衣。以绵之多少厚薄，分为上、中、下三等。⑭听乐娱忧：谓听听音乐以消忧愁。⑮邻国：指东越与西瓯。

（选自《汉书·两粤传》，中华书局，2000年版）

【交流之窗】

据《史记·南越王列传》载，赵佗本真定人（今河南正定县），秦朝时为南海郡龙川令（今广东龙川县）。秦亡后赵陀兼并桂林、象郡、南海，建立南越国，自立为王。刘邦平定天下后顾虑到连年战争，人民劳苦，放弃对赵佗的征讨。汉高祖十一年，派陆贾立赵佗为南越王，要他集中百越的民心，和睦相处，不要成为中国南边的祸害。南越国与长沙国接境，吕后当权时，赵佗派兵攻打长沙国，乘坐天子的黄屋车，车左竖着天子的大纛。汉文帝刘恒登位后要安抚天下民心，派使者到各国，说明自己的盛德。于是陆贾第二次出使南越，并带有汉文帝刘恒的一封诏令，即这篇《赐南粤王赵佗书》。

文章开头汉文帝首先对南越王表达了关心和问候，这是书信的一般格式，也表示对南越王这个身份和地位的尊重。然后解释了长期以来，大汉没能和南粤通好的原因，一方面是自己出身侧室，做皇帝前一直没有机会，另一方面孝惠皇帝去世、吕后有疾都没顾得上。现在天下安定了，我身处帝位，已经有条件照顾到您了。这几句话，客气，谦恭，又绵里藏针，暗示大汉朝当今的强势。接着，语势又转，看似在真诚告慰南越王，你对我提出的要求我都已经满足了，罢免了和你打过仗的那位将军，帮你找到了你的亲兄弟（你的亲兄弟并没被杀），还由政府出面重修了你家的祖坟，同时也在暗示，你还是有人质、有把柄在我这边的。然后，语气再转，晓之以理，动之以情，温和地批评了南越王进攻长沙郡造成的生灵涂炭的严重后果，指出战争对双方都没有好处。

接着，语气转为严厉，告诫南粤王我现在随时都有实力夺回你拥有的地盘，只是为了维持祖先的政策才没有行动，所以我还是承认你对南粤的管辖权，但你今后一定要和大汉天子加强沟通，不要再生事端。最后，列数送给南粤王的礼物，再次表达问候，并希望南粤王向邻国传达自己的意思，大家都和睦共处，使天下太平，为百姓造福。

这封书信依据双方当时的形势对比，以标题上的一个“赐”字定下了全文的基调，既显示强大汉朝的国威，又表达大国天子的气度；既有无微不至的关怀，也有婉转温和的批评；既有晓之以理、动之以情的劝说，也有含蓄而又严厉的告诫，是一篇言语得体的外交奇文，以至于南越王见信后，立即自去帝号，北面称臣。

情绪是人对客观事物的态度体验及相应的反应。在不同的情绪状态下，创作者、作品的抒情主人公或者作品中塑造的人物在观照人、事、物、景时，都会多多少少地带上主观的情绪烙印。即使是同一个人，在不同的情绪背景下看待同一事物时，也会有不同感受。因此，从特定的情绪视角构建作品、描写事物、铸炼语言，会使作品更具强烈的抒情效果、鲜明的个性风格和独特深刻的思想内涵。

冬　天

朱自清

说起冬天，忽然想到豆腐。是一"小洋锅"（铝锅）白煮豆腐，热腾腾的。水滚着，像好些鱼眼睛，一小块一小块豆腐养在里面，嫩而滑，仿佛反穿的白狐大衣。锅在"洋炉子"（煤油不打气炉）上，和炉子都熏得乌黑乌黑，越显出豆腐的白。这是晚上，屋子老了，虽点着"洋灯"，也还是阴暗。围着桌子坐的是父亲跟我们哥儿三个。"洋炉子"太高了，父亲得常常站起来，微微地仰着脸，觑着眼睛，从氤氲的热气里伸进筷子，夹起豆腐，一一地放在我们的酱油碟里。我们有时也自己动手，但炉子实在太高了，总还是坐享其成的多。这并不是吃饭，只是玩儿。父亲说晚上冷，吃了大家暖和些。我们都喜欢这种白水豆腐；一上桌就眼巴巴望着那锅，等着那热气，等着热气里从父亲筷子上掉下来的豆腐。

又是冬天，记得是阴历十一月十六晚上，跟S君P君在西湖里坐小划子。S君刚到杭州教书，事先来信说："我们要游西湖，不管它是冬天。"那晚月色真好，现在想起来还像照在身上。本来前一晚是"月当头"；也许十一月的月亮真有些特别吧。那时九点多了，湖上似乎只有我们一只划子。有点风，月光照着软软的水波；当间那一溜儿反光，像新研的银子。湖上的山只剩了淡淡的影子。山下偶尔有一两星灯火。S君口占两句诗道：

"数星灯火认渔村，淡墨轻描远黛痕。"我们都不大说话，只有均匀的桨声。我渐渐地快睡着了。P君"喂"了一下，才抬起眼皮，看见他在微笑。船夫问要不要上净寺去；是阿弥陀佛生日，那边蛮热闹的。到了寺里，殿上灯烛辉煌，满是佛婆念佛的声音，好像醒了一场梦。这已是十多年前的事了，S君还常常通着信，P君听说转变了好几次，前年是在一个特税局里收特税了，以后便没有消息。

在台州过了一个冬天，一家四口子。台州是个山城，可以说在一个大谷里。只有一条二里长的大街。别的路上白天简直不大见人；晚上一片漆黑。偶尔人家窗户里透出一点灯光，还有走路的拿着的火把；但那是少极了。我们住在山脚下。有的是山上松林里的风声，跟天上一只两只的鸟影。夏末到那里，春初便走，却好像老在过着冬天似的；可是即便真冬天也并不冷。我们住在楼上，书房临着大路；路上有人说话，可以清清楚楚地听见。但因为走路的人太少了，间或有点说话的声音，听起来还只当远风送来的，想不到就在窗外。我们是外路人，除上学校去之外，常只在家里坐着。妻也惯了那寂寞，只和我们爷儿们守着。外边虽老是冬天，家里却老是春天。有一回我上街去，回来的时候，楼下厨房的大方窗开着，并排地挨着她们母子三个；三张脸都带着天真微笑地向着我。似乎台州空空的，只有我们四人；天地空空的，也只有我们四人。那时是民国十年，妻刚从家里出来，满自在。现在她死了快四年了，我却还老记着她那微笑的影子。

无论怎么冷，大风大雪，想到这些，我心上总是温暖的。

（选自《朱自清散文选》，译林出版社，2016年版）

【交流之窗】

本文的标题虽然是"冬天"，但作者着意表现的却不是寒风凛冽、冰天雪地等寒冷的感受，而是写了三段冬天里的温暖记忆。第一段描绘童年时期在寒冷的冬夜与父亲兄弟围着洋铁锅吃煮豆腐的热气腾腾的场面，第二段叙述冬夜和挚友在西湖泛舟和游寺的过程，第三段追忆在台州教书时，寒冷与寂寞的冬日里与妻儿温馨相守的情景。为什么这样写？结尾的句子是全文的“文眼”，作者珍重的是父子、夫妻、好友在一起时的那种温暖情愫，由这一情绪视角选材和描写，作者注重的都是温暖的回忆。虽然如今父子相隔，朋友离散，爱妻去世，但这份温暖的亲情、友情，足以抵御自然界和人生的所有冬天。

（一）另类视角

独树一帜、标新立异的视角，具体表现为分析评价问题标准的非主流化，情感态度和价值观的反传统、非世俗倾向。

金岳霖先生

汪曾祺

西南联大有许多很有趣的教授，金岳霖先生是其中的一位。金先生是我的老师沈从文先生的好朋友。沈先生当面和背后都称他为“老金”。大概时常来往的熟朋友都这样称呼他。

关于金先生的事，有一些是沈先生告诉我的。我在《沈从文先生在西南联大》一文中提到过金先生。有些事情在那篇文章里没有写进去，觉得还应该写一写。

金先生的样子有点怪。他常年戴着一顶呢帽，进教室也不脱下。每一学年开始，给新的一班学生上课，他的第一句话总是：“我的眼睛有毛病，不能摘帽子，并不是对你们不尊重，请原谅。”他的眼睛有什么病，我不知道，只知道怕阳光。

因此他的呢帽的前檐压得比较低，脑袋总是微微地仰着。他后来配了一副眼镜，这副眼镜一只的镜片是白的，一只是黑的。这就更怪了。后来在美国讲学期间把眼睛治好了，——好一些，眼镜也换了，但那微微仰着脑袋的姿态一直还没有改变。他身材相当高大，经常穿一件烟草黄色的麂皮夹克，天冷了就在里面围一条很长的驼色的羊绒围巾。联大的教授穿衣服是各色各样的。闻一多先生有一阵穿一件式样过时的灰色旧夹袍，是一个亲戚送给他的，领子很高，袖口极窄。联大有一次在龙云的长子、蒋介石的干儿子龙绳武家里开校友会，——龙云的长媳是清华校友，闻先生在会上大骂“蒋介石，王八蛋！混蛋！”那天穿的就是这件高领窄袖的旧夹袍。

朱自清先生有一阵披着一件云南赶马人穿的蓝色毡子的一口钟。除了体育教员，教授里穿夹克的，好像只有金先生一个人。他的眼神即使是到美国治了后也还是不大好，走起路来有点深一脚浅一脚。他就这样穿着黄夹克，微仰着脑袋，深一脚浅一脚地在联大新校舍的一条土路上走着。

金先生教逻辑。逻辑是西南联大规定文学院一年级学生的必修课，班上学生很多，上课在大教室，坐得满满的。在中学里没有听说有逻辑这门学问，大一的学生对这课很有兴趣。金先生上课有时要提问，那么多的学生，他不能都叫得上名字来，——联大是没有点名册的，他有时一上课就宣布：

“今天，穿红毛衣的女同学回答问题。”于是所有穿红衣的女同学就都有点紧张，又有点兴奋。那时联大女生在蓝阴丹士林旗袍外面套一件红毛衣成了一种风气。——穿蓝毛衣、黄毛衣的极少。问题回答得流利清楚，也是件出风头的事。金先生很注意地听着，完了，说：“Yes！请坐！”

学生也可以提出问题，请金先生解答。学生提的问题深浅不一，金先生有问必答，很耐心。有一个华侨同学叫林国达，操广东普通话，最爱提问题，问题大都奇奇怪怪。他大概觉得逻辑这门学问是挺“玄”的，应该提点怪问题。有一次他又站起来提了一个怪问题，金先生想了一想，说：“林国达同学，我问你一个问题：‘Mr. 林国达is perpendicular to the blackboard（林国达君垂直于黑板）’，这什么意思？”

林国达傻了。林国达当然无法垂直于黑板，但这句话在逻辑上没有错误。

林国达游泳淹死了。金先生上课，说：“林国达死了，很不幸。”这一堂课，金先生一直没有笑容。

有一个同学，大概是陈蕴珍，即萧珊，曾问过金先生：

“您为什么要搞逻辑？”逻辑课的前一半讲三段论，大前提、小前提、结论、周延、不周延、归纳、演绎……还比较有意思。后半部全是符号，简直像高等数学。她的意思是：这种学问多么枯燥！金先生的回答是：“我觉得它很好玩。”

除了文学院大一学生必修逻辑，金先生还开了一门“符号逻辑”，是选修课。这门学问对我来说简直是天书。选这门课的人很少，教室里只有几个人。学生里最突出的是王浩。金先生讲着讲着，有时会停下来，问：“王浩，你以为如何？”这堂课就成了他们师生二人的对话。王浩现在在美国。前些年写了一篇关于金先生的较长的文章，大概是论金先生之学的，我没有见到。

王浩和我是相当熟的。他有个要好的朋友王景鹤，和我同在昆明黄土坡一个中学教学，王浩常来玩。来了，常打篮球。大都是吃了午饭就打。王浩管吃了饭就打球叫“练盲肠”。王浩的相貌颇“土”，脑袋很大，剪了一个光头，——联大同学剪光头的很少，说话带山东口音。他现在成了洋人——美籍华人，国际知名的学者，我实在想象不出他现在是什么样子。前年他回国讲学，托一个同学要我给他画一张画。

我给他画了几个青头菌、牛肝菌，一根大葱，两头蒜，还有一块很大的宣威火腿。——火腿是很少人画的。我在画上题了几句话，有一句是“以慰王浩异国乡情”。王浩的学问，原来是师承金先生的。一个人一生哪怕只教出一个好学生，也值得了。当然，金先生的好学生不止一个人。

金先生是研究哲学的，但是他看了很多小说。从普鲁斯特到福尔摩斯，都看。听说他很爱看平江不肖生的《江湖奇侠传》。有几个联大同学住在金鸡巷，陈蕴珍、王树藏、刘北汜、施载宣（萧荻）。楼上有一间小客厅。沈先生有时拉一个熟人去给少数爱好文学、写写东西的同学讲一点什么。金先生有一次也被拉了去。他讲的题目是《小说和哲学》。题目是沈先生给他出的。大家以为金先生一定会讲出一番道理。不料金先生讲了半天，结论却是：小说和哲学没有关系。有人问：那么《红楼梦》呢？金先生说：“红楼梦里的哲学不是哲学。”他讲着讲着，忽然停下来：“对不起，我这里有个小动物。”他把右手伸进后脖颈，捉出了一个跳蚤，捏在手指里看看，甚为得意。

金先生是个单身汉（联大教授里不少光棍，杨振声先生曾写过一篇游戏文章《释鳏》，在教授间传阅），无儿无女，但是过得自得其乐。他养了一只很大的斗鸡（云南出斗鸡）。这只斗鸡能把脖子伸上来，和金先生一个桌子吃饭。他到处搜罗大梨、大石榴，拿去和别的教授的孩子比赛。比输了，就把梨或石榴送给他的小朋友，他再去买。

金先生朋友很多，除了哲学家的教授外，时常来往的，据我所知，有梁思成、林徽因夫妇，沈从文，张奚若……君子之交淡如水，坐定之后，清茶一杯，闲话片刻而已。金先生对林徽因的谈吐才华，十分欣赏。现在的年轻人多不知道林徽因。她是学建筑的，但是对文学的趣味极高，精于鉴赏，所写的诗和小说如《窗子以外》《九十九度中》风格清新，一时无二。林徽因死后，有一年，金先生在北京饭店请了一次客，老朋友收到通知，都纳闷：老金为什么请客？到了之后，金先生才宣布："今天是徽因的生日。"

金先生晚年深居简出。毛主席曾经对他说："你要接触接触社会。"金先生已经八十岁了，怎么接触社会呢？他就和一个蹬平板三轮车的约好，每天拉着他到王府井一带转一大圈。

我想象金先生坐在平板三轮上东张西望，那情景一定非常有趣。王府井人挤人，熙熙攘攘，谁也不会知道这位东张西望的老人是一位一肚子学问，为人天真、热爱生活的大哲学家。

金先生治学精深，而著作不多。除了一本大学丛书里的《逻辑》，我所知道的，还有一本《论道》。其余还有什么，我不清楚，须问王浩。

我对金先生所知甚少。希望熟知金先生的人把金先生好好写一写。

联大的许多教授都应该有人好好地写一写。

1987年2月23日

（选自《蒲桥集》，作家出版社，2000年版）

【交流之窗】

金岳霖先生是大哲学家，大学问家。虽是作者老师的朋友，作者没有去过多地介绍和称赞他的学术成就，而是把写作的重点放在他的生活和为人方面，从另类的角度给我们描绘出一位怪异又有趣的大知识分子形象。金先生的怪异首先表现在他的外貌和行动上，其次表现在他特殊的上课方式上。在性情上，金先生为人童心未泯，和同事家的孩子都能玩得很好，而且朋友很多，重情重义。本文所突出的金岳霖先生表面上的“另类”，其实质是一种大智若愚的深厚学养的显示，是一种不假雕饰真性情的流露，更是一种坚守自我、独立不倚的做人风格的体现。作者把许多细节写的得人忍俊不禁，也并非为了猎奇，而是献上对金老师的敬仰。

（二）独特视角

观察认识事物的角度新颖，叙述事件、描写人物、写景状物的角度也超出常规，具有独特性，因此本来是寻常的世界，从独特的视角呈现给读者也就具有了新奇感，给人以全新意义及情感体验。

四季的情趣

宫城道雄　　程在里　译

宫城道雄（1894—1956），日本民族音乐家和散文家。主要作品有《戏水》《春之海》《越天乐变奏曲》及《盘涉调协奏曲》等。

一位远走南洋的熟人，阔别十年之后突然来访。他说："我常回日本，不过总是在夏天回来，没赶上过日本的冬天。这次回来幸好是冬天，很想好好领略一下日本冬天的风味。"而我拥有四季，并不感到对生活的厌倦。

首先，春天到来，熏风吹拂，浑身酥暖。每年一到春天，便有一只小鸟飞到我的住处来，明年还会以同样的声音鸣叫，来的时间也似乎相同。这样相遇三年，从声音的高低和音色来判断，是同一只鸟无疑。我根据这印象谱写出《春来到》一曲。心想，连鸟儿也每年过着同样的生活呀！

春天的早晨，它似乎在告诉人们要抓紧工作，令人内心充满希望。当朝晖射进自己的窗户时，就感到该做点什么工作了。

春天的中午过后，如果是风和日丽，闲适静谧的日子，当感到和煦的日光爬上自己的面颊时，便传来省线电车驶过的声音。这一切使人感到悠闲自在。连听到院内鸟儿振翅起飞或高声鸣叫，都令人陶醉。

周围一丝风也没有，好像陡然忆起似的刮来一阵微风，庭园中的树叶和矮竹子叶摇曳不定，给人以舒畅之感。自古以来，每当月夜，人们往往思念故乡旧友以及遥远的往事。春闲之夜，来到昏沉欲睡的廊檐边，心头不禁涌现许多往事。

外面传来赏花的人们熙熙攘攘的声音时，而我独自蛰居家中潜心学习也是桩乐事。春夜外出散步更让人心旷神怡，我虽不能目睹朦胧的月光，但我的身子却感到了这一点。这样的夜晚也常想起往事。

春雨连绵之日，听着各种雨声作曲时，心神集中，完成得好，尤其在夜间，睡卧在被窝里，倾听着院中落雨声是很有趣的。这时心中意识到春雨在敲打着刚刚发芽抽叶的树木。

雨天外出，一边听着雨落在雨伞上的声响，一边朝前走，怡然自得。这时，穿鞋的足音，不如穿高木屐的声音悦耳。

由春入夏，雨前或气候突变时，不知怎的，市内电车和汽车声，在我听来宛如海啸。

夏天，大清早起虽也心情爽快，但究竟不如夜晚更好。蚊烟香的气味，扇团扇的声音，都让人喜爱。一到夏天，也许因为门窗敞开的关系，近邻变得更近，各种声响传进我的耳中，夏夜吹横笛的声音最为美妙，被蚊子咬虽可厌，可是两三个蚊子一起飞来，发出的嗡嗡声宛如筚篥，也叫人难舍。同时，静听着电风扇的哼叫声，仿佛远海落日，波浪起伏的声音。这时，就像孤独一人被抛弃在那里，一种莫名的寂寞、悲凉之感油然而生。所以我时常默默地倾听电扇的声音。

夏天，我也不太愿意去避暑。因为出门在外，不如在家方便。怕麻烦别人，所以我尽量不去。虽说如此，近两三年来，却也时而出去一游。从去年起，夏天到叶山的家去住。盛夏，海岸喧闹异常。我住的地方背后便是山，下面连着海，房子正好位于半山腰。大海的喧闹对我的影响倒不大。因为身在山坡之上，可以尽情享受山间风趣。

早晨，群鸟争鸣。我去到房后，侧耳聆听这鸟鸣之声。有的长鸣，有的声声短啼，有的宛似人类嘲笑别人时的笑声，而有的声音低而悠长，犹如在召唤别人。根据这些个观察，我心里常想，鸟类的世界里也有语言。刚才还成群结队猬集此处的鸟群，不久之后，好像全飞走了，周围一片寂静。到某个时间，它们又都回到原来的地方来了。

在山上，茅蜩这种蝉叫得很起劲。原以为它傍晚才叫，它却从早起就叫。当然它最喜欢在黄昏时叫，我不知道山上太阳偏移的情况，但在白昼也常听到它叫。茅蜩的叫声，照我的观察，声音高低只有两类，是固定不移的。这就是以相差半个音来鸣叫。用日本高调来说，一个以do音在叫，一个以xi音在叫。在哪儿听也是如此。在街里，只听一只叫固然也不错，以半音之差，百蝉齐鸣，其妙趣简直无法形容。听着听着，似乎被吸进了奇妙的音的世界。

躺在被窝里静听海滨机帆船起航出海，也是种乐趣。船渐渐离岸远去，以为船声大概听不见了，不料却还能听得见。自己的心仿佛也随船远去。我认为海滨的夏天同样是很好玩的。

盛夏时节，开始叫的是梨蜩，螟螟蝉和茅蜩，一到寒蝉叫起，便知秋天临近了。

我儿时时常看到的是，一到初秋，空中打闪。听祖母说，这是稻谷丰收的预兆。其实，我就是从这闪电中体察到初秋的气氛的。

我曾记下这样一点，一到立秋，奇怪的是，蟋蟀等似乎固定在同一时刻开始叫。在立秋这天前后，秋虫便陆续开始唧唧鸣叫。而且我经常最早听到的秋虫声是蟋蟀的叫声，其次是变色吟蛩的叫声。有趣的是最初只有一只，顶多两只左右在叫，日子一长，叫的虫就多了起来。

一进入初秋，不知不觉地风也变了。八月过半，便感到空气澄澈，头脑清晰。我的曲子，一年当中，完成于秋天的最多。我总是吊起金属的风铃来，喜欢听风吹铃的响声。秋风吹得铃响，声音虽无变化，也让人感到莫名的寂寞，好像它与从前的响声不同。风力恰到好处时，铃声悲凉而清晰；狂风大作时，挂着的长纸条皱皱巴巴发不出声来，即便有声，也是干巴巴的，让人想到已是晚秋了。还有秋天的阳光，照儿时留下的记忆，似乎带有黄色。

街里举行秋祭时，在大鼓、笛子等祭神的音乐伴奏下，抬着神舆走过的声音，凑近去听倒不如远远地听更有祭祀的情调。我喜欢祭祀的气氛，就我来讲，永远不希望废止这类活动。

到秋天，小鸟等也以和春天不同的声音在叫。老鹰沉静的叫声，给人以悠然之感。而且两只对叫比一只独鸣更有意思。也是听祖母说的，老鹰一叫，三天之内准下雨，是因为一下雨会冲走它父母的坟墓，所以它发出悲鸣。我至今还认为，一听见老鹰的叫声，不出三天就该下雨了。

秋夜，虽整夜聆听秋虫的声音，我也不感到厌倦。草云雀等不间歇地拉长声叫个不停。用短促的断音叫的是变色吟蛩，保持准确的拍节来叫的是蟋蟀。油葫芦的样子听说挺严肃，而声音其实比草云雀等还要平淡无奇，这倒也颇为有趣。油葫芦的叫声先高后低，我用音调笛子一比，最初是用比xi低半个音的声音叫起，然后变成比la低半个音的了。这声音听起来清亮柔和。

瘠螽叫时，开始是咻的一声，停一下，然后嚯的一声，收住翅膀，那拍节很有趣儿。蝈蝈儿、金琵琶也很有意思。但不论怎么说，人们最珍爱的是金铃子，把它推上秋虫的王座是有道理的，它的叫声高雅，可说最能代表秋声。

听秋虫叫，有趣的是，不管什么虫子，只要是同类的虫子，叫声的高低无大差别是很可怪的。即使有差别时，顶多不过半音。

谈到虫子，我想起一件事，内田百闲先生有一天下午提着虫笼子来到我家。内田先生对音的世界颇有研究。这天他带来的是草云雀，我说："这草云雀我的院子里有。"第二天，他打发人送来了金琵琶。送来的时候，正赶上我练习弹筝很忙，所以竟不知道什么时候送来的。练筝结束，身子非常累，连话都懒得说，对于唱呀拉呀都感到厌烦，对弟子们也没好气儿。就在这时，金琵琶突然叫了起来。我就像听见了朋友安慰的话语一般，本来浑身累得软瘫瘫的，怎么都不得劲，这时仿佛全身的疲乏霍然消失，顿时身心轻松，非常快活。使我深感到朋友的可贵。那只金琵琶现在还活着，我走过走廊时，常常停下步来，倾听它的叫声。

秋月高悬的夜晚，我虽看不见，但能感觉到它，并且心里立即想象出儿时看见过的月亮。

秋天的落叶声，给人以似凄凉又似怕人之感，颇像梅特林克的《盲人》中的无形的东西，躺在被窝里听，这种感觉更加强烈。

秋未，一场晚秋雨过后，虫声也有声无力时，便感到苍凉的冬意袭人。再过一阵子，虫声一下停止，就到枯叶飞舞之时了。初冬，遇上晴和天气，如同小阳春一般。

秋天的食物松蕈上市时，最富于秋意。秋天吃用松蕈做的菜，非常可口。春天吃竹笋，初夏吃鲣鱼，实际上，人们往往因食物而忆起季节来，也会联想起往事。有个故事说：有个穷木匠，人们不敢随便给他小豆饭吃，如果在平常干活儿的日子给他小豆饭吃，他便撂下活计不定跑到什么地方去玩。这是祭祀之日必定吃小豆饭，而他把这事牢记在心的缘故。

到了冬天，我便想起儿时看见过的青桔子，因为是刚摘下来的，皮硬，一摸疙疙的，同时气味也最强烈。这些，使我意识到初冬的来临。

入冬，把一直敞开着的拉门关闭起来，面向长火盆一坐，产生一种安适感。

冬夜，围着火盆，家人闲话；或跟彼此不客气的来客无休止地闲聊，不觉就是深夜，这也另有一番情趣。

吃食里，一家团圆吃肉素烧是件乐事。近来汽车多了，已享受不到了。从前我常送艺上门，夜间坐人力车回家，饿着肚子经过饭馆门前，眼睛虽看不见，但也能知道现在正走过什么饭馆的门前。不坐车步行时，各种饭菜的香味，更易钻进鼻孔。闻着鸡素烧的香味、西餐馆的气味，还有鳝鱼馆子的味儿，忍受着寒风吹扑面颊和脖颈，又冷又饿又累，不禁胸中涌起快些到家安享家庭温暖的念头。这时，回家便是个乐趣。

话头有些岔开了，我在汉城时，一个寒冷的黄昏，从北汉山刮来刺骨的寒风。我暖乎乎地坐在车上。那时父亲在釜山的衙门里做事，薪俸微薄。我忽然想到父亲现在干什么呢？想到父亲的处境，遂给他寄去了钱。这不算孝敬父母，只不过是在天寒时才想起来的。还有，听见枯树的声响，便会想起朋友及其他许许多多的事。

我一到冬天，因惧怕寒冷，便懒散地躺在被窝里用功。这也不用点灯，仰面而卧，用手摸着读放在肚皮上的盲文书，或使用点字的工具书写。越到寒冷的深夜，越能沉下心去。一边听着拉门咔嗒咔嗒作响，一边作曲，格外舒畅。即便熬个通宵，也决不感到劳累，而且用脑子，不久身子也会热起来的。不作曲时，照这样子读书，也能安下心去，字句容易印入脑海。这是盲人所独有的世界，那乐趣是好眼睛的人想象不到的。我常在自己的头脑中进行合奏，想象着音乐的世界，很有意思。

某精神病科的博士给我讲过这样的事，即有所谓内声，如心里想着神谕之类时，就能听到那声音。当我们想象着某种音乐时，照样也能听见那音乐。当然它与精神病科所说的神谕不同，但却很相似。

我在四季当中，对冬雨不太喜欢。雪对谁来说都是好东西。大体上雪是不声不响的。但下大了时，也能接连不断听到细小的声响。雪打在树叶上的声音和雨不同，非常有趣。还有不是雪，而是霰敲打发硬的树叶，发出的声响也很有趣。

下雪的早晨，在寂静无声中积下厚厚的雪，听着行人从雪上走过的声音，宛如听船上在摇橹。我在雪天喜欢到外面去走走。雪花敲打着雨伞，和雨点不同，让人心情愉快。走着走着，发现个子在变高，还有人闪到路旁去，敲打塞进木屐齿里的雪，极富于冬天的情趣。

雪后放晴，朝阳一照，雪开始融化，水滴落下发出各种声响。有的地方融化滴落得非常快，还有的地方竟以三连音滴落，而慢慢滴落的似乎是因为惧怕什么。我想象着在山里发生大雪崩时该是什么样子，于是想起波涛发出的哗哗声。树枝等也有沉甸甸地折落的时候。由于天气寒冷，白天化不尽，到了半夜，出乎意料，雪吧嗒一声落地，吓人一跳。

我一到冬天，最怕北风。凛冽的北风刮来，我的心情沉郁，身上也不得劲。在这样的日子，偏巧碰上有重要的演奏，便常因产生不出兴头而感为难。

还有，冬天邻近的山丘一下雪，我的住处即便不下，凭身上的冷感也能觉察到附近在下雪。妻子常常嘲弄我说："一到冬天，不定什么地方在下雪呀！"其实下没下我都知道。

我最喜欢冬天刮南风。这种时候，心绪好，身子也舒展。总之，细细体味四季的气氛，有种用口形容不出的乐趣。

（选自《永恒的经典　流传千古的130篇传世散文》，天津科学技术出版社，2010年版）

【交流之窗】

本文作者是位盲人，所以这篇散文主要用听觉来写一年四季的大自然的变化，通过描摹自然界及身边环境里的各种音响，抒发自己的内心感受和情绪变化。春天，各种鸟鸣声令人陶醉，春雨洒落的声音让人觉得安闲、有趣；夏天，蚊虫的飞鸣，电扇的风声，群鸟和蜩蝉的鸣叫，喧闹而奇妙；秋天，昆虫的哀音，以及秋风、秋雨、落叶声，常常给人悲凉的诗意；冬天，霰雪打树声，人群踏雪声，融雪滴水声，凛冽北风声，别有意趣。作者拥有一颗热爱生活、热爱大自然的细腻而敏感的心灵，即使只用听觉感受世界、描绘自然，在他的心中，世界同样是丰富多彩、充满生机，而又诗意盎然的。

（三）非人视角

所谓“非人视角”，虽然归根结底仍是“人的视角”，但却是人借助“物”的视角来看人、看物、看世界，于是人对一切，包括对自己，有了全新的认识与体验，世界也因此获得了新的意义。

从阿尔卑斯山归来

都 德

都德（1840—1897），法国著名作家。代表作有长篇小说《小东西》、短篇小说《最后一课》等。

在普鲁文斯省，当天气温暖起来时，把家畜送到阿尔卑斯山里去已经是习惯了。牲畜和人在那里要过五个月或者六个月，夜间便睡在露天底下高齐腰际的草里；随后，当秋天最初战栗的时候，他们又下山回到农庄上来，重新在被迷迭香的花熏香了的灰色的小山上过着单调的牧羊的生活……

因此，昨天晚上羊群回来了。从早上起，大门便敞开等待着；羊圈里铺了新鲜的干草。

不时地，人们重复着说：“现在，他们已经到艾杰尔了，现在，已经到巴拉都了。”

接着，近黄昏的时候，突然间，一声大叫：“他们到那儿啦！”而在那边，在远处，我们看见羊群在尘土腾起的光辉里前进着。

整个的路好像在跟羊群一起蠕动……老公羊走在最前边，角往前伸着，现出凶野的神气；在它们后边，是羊群的主要部分：有点疲倦了的母亲们，偎挤在腿间的乳儿——篮子里驮着新生的羊羔，一边走一边摇晃着的、头上戴着红线球的骡子；再后边，是全身浸在汗里、舌头伸到地上的狗，和两个高大的裹在褐色毛布外套里的牧羊的家伙。他们的外套像袈裟一样，一直拖到脚后跟。

所有这一切，在我们面前快乐地排成行列，带着一阵急雨般的践踏声拥进了大门。

那时院子里是怎样骚乱呵。金绿两色相间的大孔雀，戴着绢绒般的冠，从它们的栖木上认出了来者，并用一种惊人的号筒般的鸣叫迎接着它们。

沉睡着的鸡窝突然被惊醒了。所有的留守者都站了起来：鸽子，鸭子，火鸡，竹鸡。整个的家禽场像是疯狂了一般。母鸡们谈着要玩一整夜……

好像是每一只羊在它的沾染着阿尔卑斯草的芬芳的毛里，带回一种使人沉醉、使人舞蹈的田野的活跃的气氛似的。

在这样的骚扰中间，羊群各自找到了自己的住所。没有比这样的安置看来更可爱了。老公羊看到了它们的石槽，感动得流出了眼泪。

那些在旅途中生出来而还从未看见过农庄的羊羔和极小的羔儿，惊奇地看着它们的周围。

但是最动人的是那些狗，是那些忠于职守的牧羊人的狗，它们跟在羊群后边十分忙碌，在农庄上就只看到它们。

守夜的狗在它的窝里唤它们回来是徒劳的；站在井边盛满了新鲜水的水桶旁向它们做手势也全无用处；在羊群进来以前，在粗大的门闩把小栅栏门关了以前，在牧羊人到低矮的小屋里坐在桌子周围以前，它们是什么也不要看，什么也不要听的。

而到这时候，它们才仅仅同意进到群狗的窝里去；在那儿，它们一边舐着它们的菜汤桶，一边同它们农庄上的同伴们谈论着它们在山里所做的事情，在那可怕的地方，有狼，有洋溢着露珠的大朵的紫色的毛地黄……

（选自《精美散文》，中国华侨出版社，2013年版）

【交流之窗】

从人的角度看动物，动物不过是无知无识无情的动物而已。但本文从动物的角度看动物，动物世界即充满了人类社会所具有的亲情、友情、责任感、分工协作、蓬勃向上、和谐共处等一切美好的东西。羊的家族从阿尔卑斯山放牧归来，大孔雀高声欢迎，鸡鸭们为了庆祝要彻夜狂欢，老公羊看到自己的石槽感动得流出了眼泪，守夜的狗坚守岗位不肯回窝……换一个角度，我们看到一个如此温馨、和乐、充满生机的动物世界。

(四)陌生视角

陌生化角度是指作为观察者和叙述主体的作者,由全知全能变为有限知情,让读者参与情节的构建,以激发阅读的参与度,或在叙事方式上通过悬念、发展、突转,给读者制造审美愉悦层次上的波折性。在使用材料时则对人物、情境作变形化处理,增加审美的刺激性。陌生视角可以造成读者与作品的间离效果,使读者摆脱对所熟悉世界的成见,进而唤起他们对世界原初面貌和意义的追寻的渴望。

妈　妈

江　非

江非,生于1974年,本名王学涛,当代诗人。

妈妈,你见过地铁吗
妈妈,你见过电车吗
妈妈,你见过玛丽莲·梦露
她的照片吗
妈妈,你见过飞机
不是飞在天上的一只白雀
而是落在地上的十间大屋吗
你见过银行的点钞机
国家的印钞机
门前的小河一样
哗哗的点钱声和刷刷的印钞声吗
妈妈,你知道吗
地铁在地下

电车有辫子
梦露也是个女人她一生很少穿长裤吗
妈妈，今天你已经爬了两次山坡
妈妈，今天你已拾回了两捆柴火
天黑了，四十六岁了
你第三次背回的柴火
总是比前两次高得多

（选自《一只蚂蚁上了路》，作家出版社，2004年版）

【交流之窗】

这是一首献给妈妈的诗，诗中的母亲是一个整日辛苦劳作的农村妇女。按照惯常的写法，本应该从母亲最熟悉的农村事物写起。但作者却一反常理，开头即用一连串“妈妈，你见过……吗”的排比句，从听话者的陌生视角，列举了一系列对妈妈来说既不知道、又不熟悉却为现代城市人所司空见惯的事物：如地铁、电车、玛丽莲·梦露、飞机、点钞机、印钞机等，为下文正面描写母亲辛苦劳作的场景做了充分的反衬与铺垫。结尾处，写母亲的诗句虽然只有寥寥五行，却抓住了最典型的细节，与前面的城市生活描写形成强烈对比，有力表现了母亲生活处境的贫困、落后、闭塞和精神世界的贫乏，同时也歌颂了像母亲一样的农村千千万万劳动妇女的勤劳与坚韧。

第三编

结构之美

⊙ 邢永峰绘

文章结构是指文章内容材料的组织形式和呈现方式，可分为表层结构和深层结构。按照逻辑思维的规律，文章结构一般有纵式和横式两种最基本的形式。比如层进式，就是纵式结构，文章内容材料间的关系安排符合层层递进的逻辑顺序。再如串珠式，文章内容材料之间是并列关系，并用一线贯穿。有些处于动态发展过程中的内容，如游记类散文，常常采用移步换景的呈现方式，而情节性较强的诗文小说则常以情节的发展过程安排材料。

为了某种特殊的表达需要，作者在作品的结构形式上也会采取一些富有创造性的技巧，如双线结构。郑振铎的散文《海燕》交替描写了眼前所见大海中的海燕和回忆中故乡的燕子，从而表达了漂泊异乡带来的如烟似雾的乡愁；鲁迅的《药》则设置了华家买药治病和夏瑜被害鲜血被吃这一明一暗两条线索，经过刑场连接、茶馆交织、坟场融合等阶段，表现了革命者的悲哀、刽子手的凶残和群众的麻木。

艺术家们有时在文学作品中还会借鉴其他艺术形式的结构方式，来丰富自己的创作形式。比如把电影中的蒙太奇、逐渐聚焦等手法运用到文学作品中，可以达到特殊的表达效果。前者是把几个描写对象或场景按照某种合理的方式组接在一起，可以起到象征、隐喻或对比等表达作用。后者由近及远、由大到小，最后把表现的重点集中在某一特定的描写对象及其特征上，以达到突出强调的目的。

反向铺垫、错格都是异于常态的结构方式。前者是在文章开头即进行充分的铺垫，但铺垫的目的却是从反面衬托要表现的对象。如《欢乐》一诗开头用了大量的诗句表现欢乐的颜色、声音、质地等，但最后却是为了反衬忧郁，忧郁才是作者要表现的主体。错格则是在安排材料时故意造成前后不能按顺序正确对位，以达到强调重点、突出主题的作用。但不管如何变化创新，结构要为塑造人物形象服务、为表达主题服务这一宗旨都是不会改变的。

又称推进式结构或纵式结构。文章的几部分内容之间的关系渐次递进，层次向纵深展开，一层比一层揭示事物的本质更深入，一层比一层表达的情感更强烈。

中国人，你为什么不生气

龙应台

龙应台，生于 1952 年，台湾籍现代女作家。代表作品有《野火集》等。

在昨晚的电视新闻中，有人微笑着说："你把检验不合格的厂商都揭露了，叫这些生意人怎么吃饭？"

我觉得恶心，觉得愤怒。但我生气的对象倒不是这位人士，而是台湾一千八百万懦弱自私的中国人。

我所不能了解的是：中国人，你为什么不生气？

包德甫的《苦海余生》英文原本中有一段他在台湾的经验：他看见一辆车子把小孩撞伤了，一脸的血。过路的人很多。却没有一个人停下来帮助受伤的小孩，或谴责肇事的人。我在美国读到这一段，曾经很肯定地跟朋友说：不可能！中国人以人情味自许，这种情况简直不可能！

回国一年了，我睁大眼睛，发觉包德甫所描述的不只可能，根本就是每天发生、随地可见的生活常态。在台湾，最容易生存的不是蟑螂，而是"坏人"，因为中国人怕事、自私，只要不杀到他床上去，他宁可闭着眼假寐。

我看见摊贩占据着你家的骑楼，在那儿烧火洗锅，使走廊垢上一层厚厚的油污，腐臭的菜叶塞在墙角。半夜里，吃客喝酒猜拳作乐，吵得鸡犬不宁。

你为什么不生气？你为什么不跟他说"滚蛋"？

哎呀！不敢呀！这些摊贩都是流氓，会动刀子的。

那么为什么不找警察呢？

警察跟摊贩相熟，报了也没有用；到时候若曝了光，那才真惹祸上门了。

所以呢？

所以忍呀！反正中国人讲忍耐！你耸耸肩、摇摇头！

在一个法治上轨道的社会里，人是有权利生气的。受折磨的你首先应该双手叉腰，很愤怒地对摊贩说："请你滚蛋！"他们不走，就请警察来。若发觉警察与小贩有勾结——那更严重。这一团怒火应该往上烧，烧到警察肃清纪律为止，烧到摊贩离开你家为止。可是你什么都不做；畏缩地把门窗关上，耸耸肩、摇摇头！

我看见成百的人到淡水河畔去欣赏落日、去钓鱼。我也看见淡水河畔的住家整笼整笼地把恶臭的垃圾往河里倒；厕所的排泄管直接通到河底。河水一涨，污秽气直逼到呼吸里来。

爱河的人，你又为什么不生气？

你为什么没有勇气对那个丢汽水瓶的少年郎大声说："你敢丢我就把你也丢进去？"你静静坐在那儿钓鱼（那已经布满癌细胞的鱼），想着今晚的鱼汤，假装没看见那个几百年都化解不了的汽水瓶。你为什么不丢掉鱼竿，站起来，告诉他你很生气？

我看见计程车穿来插去，最后停在右转线上，却没有右转的意思。一整列想右转的车子就停滞下来，造成大阻塞。你坐在方向盘前，叹口气，觉得无奈。

你为什么不生气？

哦！跟计程车可理论不得！报上说，司机都带着扁钻的。

问题不在于他带不带扁钻。问题在于你们这几个受他阻碍的人没有种推开车门，很果断地让他知道你们不齿他的行为，你们很愤怒！

经过郊区，我闻到刺鼻的化学品燃烧的味道。走近海滩，看见工厂的废料大股大股地流进海里，把海水染成一种奇异的颜色。湾里的小商人焚烧电缆，使湾里生出许多缺少脑子的婴儿。我们的下一代——眼睛明亮、嗓音稚嫩、脸颊透红的下一代，将在化学废料中学游泳，他们的血管里将流着我们连名字都说不出来的毒素——

你又为什么不生气呢？难道一定要等到你自己的手臂也温柔地捧着一个无脑婴儿，你再无言地对天哭泣？

西方人来台湾观光，他们的旅行社频频叮咛：绝对不能吃摊子上的东西，最好也少上餐厅；饮料最好喝瓶装的，但台湾本地出产的也别喝，他们的饮料不保险……

这是美丽宝岛的名誉；但是名誉还真是其次；最重要的是我们自己的健康、我们下一代的健康。一百位交大的学生食物中毒——这真的只是一场笑话吗？中国人的命这么不值钱吗？好不容易总算有几个人生起气来，组织了一个消费者团体。现在却又有“占着茅坑不拉屎”的卫生署、为不知道什么人做说客的“立法委员”要扼杀这个还没做几桩事的组织。

你怎么能够不生气呢？你怎么还有良心躲在角落里做“沉默的大多数”？你以为你是好人，但是就因为你不生气、你忍耐、你退让，所以摊贩把你的家搞得像个破落大杂院，所以台北的交通一切乌烟瘴气，所以淡水河是条烂肠子；就是因为你不讲话、不骂人、不表示意见，所以你疼爱的娃娃每天吃着、喝着、呼吸着化学毒素，你还在梦想他大学毕业的那一天：你忘了，几年前在南部有许多孕妇，怀胎九月中，她们也闭着眼梦想孩子长大的那一天。却没想到吃了滴滴纯净的沙拉油，孩子生下来是瞎的、黑的！

不要以为你是大学教授。所以做研究比较重要；不要以为你是杀猪的，所以没有人会听你的话；也不要以为你是个学生，不够资格管社会的事。你今天不生气，不站出来说话，明天你——还有我，还有你我的下一代，就要成为沉默的牺牲者、受害人！如果你有种、有良心，你现在就去告诉你的公仆——“立法委员”，告诉卫生署，告诉环保局：你受够了，你很生气！

你一定要很大声地说。

（选自《野火集》，文汇出版社，2005年版）

【交流之窗】

文章开头，作者首先通过一则电视新闻引出了全文的中心问题：面对不讲公德、损人利己的行为，中国人，你为什么不生气？在议论过程中，开始是回忆在国外耳闻此类事件不愿相信，接着写回台湾亲眼所见方信为实，然后列举众多此类现象，说明司空见惯，又进一步剖析中国人不生气的深层原因，接着再进一层告诫人们不生气的严重后果：我们每个人都将成为受害者。最后，作者热切地告诉所有中国人该怎么做：大声地喊出来，你受够了，你很生气！纵观全文，作者围绕中心话题，由远及近，由现象到原因，由原因到危害，由危害到做法，步步深入，形成层层递进的严密结构。最后，由“很生气”结束，照应了开头的“不生气”。

是衬托的一种形式。指利用与主要形象相反、相异的次要形象，从反面衬托主要形象。反衬能更鲜明突出主要形象的特征，更强烈地抒发感情，更深刻地表达主旨。

冬天之美

乔治·桑

乔治·桑（1804—1876），十九世纪法国著名女性小说家，代表作有长篇小说《安蒂亚娜》《康素爱萝》《安吉堡的磨工》等。

我从来热爱乡村的冬天。我无法理解富翁们的情趣，他们在一年当中最不适于举行舞会、讲究穿着和奢侈挥霍的季节，将巴黎当作狂欢的场所。大自然在冬天邀请我们到火炉边去享受天伦之乐，而且正是在乡村才能领略这个季节罕见的明朗的阳光。在我国的大都市里，臭气熏天和冻结的烂泥几乎永无干燥之日，看见就令人恶心。在乡下，一片阳光或者刮几小时风就使空气变得清新，使地面干爽。可怜的城市工人对此十分了解，他们滞留在这个垃圾场里，实在是由于无可奈何。我们的富翁们所过的人为的、悖谬的生活，违背大自然的安排，结果毫无生气。英国人比较明智，他们到乡下别墅里去过冬。

在巴黎，人们想象大自然有六个月毫无生机，可是小麦从秋天就开始发芽，而冬天惨淡的阳光——大家惯于这样描写它——是一年之中最灿烂、最辉煌的。当太阳拨开云雾，当它在严冬傍晚披上闪烁发光的紫红色长袍坠落时，人们几乎无法忍受它那令人炫目的光芒。即使在我们严寒却偏偏不恰当地称为温带的国家里，自然界万物永远不会除掉盛装和失去盎然的生机，广阔的麦田铺上了鲜艳的地毯，而天际低矮的太阳在上面投下了绿宝石的光辉。地面披上了美丽的苔藓。华丽的常春藤涂上了大理石般的鲜红和金色的斑纹。报春花、紫罗兰和孟加拉玫瑰躲在雪层下面微笑。由于地势的起伏，由于偶然的机缘，还有其他几种花儿躲过严寒幸存下来，而随时使你感到意想不到的欢愉。虽然百灵鸟不见踪影，但有多少喧闹而美丽的鸟儿路过这儿，在河边栖息和休憩！当地面的白雪像璀璨的钻石在阳光下闪闪发光，或者当挂在树梢的冰凌组成神奇的连笔都无法描绘的水晶的花彩时，有什么东西比白雪更加美丽呢？在乡村的漫漫长夜里，大家亲切地聚集一堂，甚至时间似乎也听从我们使唤。由于人们能够沉静下来思索，精神生活变得异常丰富。这样的夜晚，同家人围炉而坐，难道不是极大的乐事吗？

（选自《世界散文精华（欧洲卷）》，江苏文艺出版社，1994年版）

【交流之窗】

文章开头，作者即明确表达了对乡村冬天的热爱。接下来，描绘了冬天里城市和乡村的两种环境、两种生活：城市环境污浊、潮湿、臭气熏天，毫无生机；乡下环境干爽、清新、美丽，阳光灿烂，生机勃勃。富翁们在城里过的是违背大自然的安排、悖谬的、奢华的物质化生活，毫无意义；而在乡下，人们围炉而坐，亲密、快乐，能够沉静下来思索，过的是异常丰富的精神生活。在详略取舍上，作者详写乡下，略写城市，用城市反衬乡村，把冬日的乡村之美写得令人无限向往。

铺垫是为主要人物出场或主要事件发生预先描述渲染、谋势布局、蓄积酝酿、陪衬衬托的过程。铺垫是情节发展的基石，既使情节具有合理性，又能制造悬念，增加情节张力。

（一）正向铺垫

正向铺垫是指铺垫方向与情节发展的方向完全一致，又叫做顺向铺垫。

明湖居听书

刘 鹗

刘鹗（1857—1909），字铁云，号老残，清末小说家，代表作有《老残游记》等。

到了十二点半钟，看那台上，从后台帘子里面，出来一个男人：穿了一件蓝布长衫，长长的脸儿，一脸疙瘩，仿佛风干福橘皮似的，甚为丑陋，但觉得那人气味倒还沉静。出得台来，并无一语，就往半桌后面左手一张椅子上坐下。慢慢的三弦子取来，随便和了和弦，弹了一两个小调，人也不甚留神去听。后来弹了一支大调，也不知道叫什么牌子。只是到后来，全用轮指，那抑扬顿挫，入耳动心，恍若有几十根弦，几百个指头，在那里弹似的。这时台下叫好的声音不绝于耳，却也压不下那弦子去，这曲弹罢，就歇了手，旁边有人送上茶来。

停了数分钟时，帘子里面出来一个姑娘，约有十六七岁，长长鸭蛋脸儿，梳了一个抓髻，戴了一副银耳环，穿了一件蓝布外褂儿，一条蓝布裤子，都是黑布镶滚的。虽是粗布衣裳，倒十分洁净。来到半桌后面右手椅子上坐下。那弹弦子的便取了弦子，铮铮锹锹弹起。这姑娘便立起身来，左手取了梨花简，夹在指头缝里，便丁丁当当地敲，与那弦子声音相应；右手持了鼓槌子，凝神听那弦子的节奏。忽羯鼓一声，歌喉遽发，字字清脆，声声宛转，如新莺出谷，乳燕归巢，每句七字，每段数十句，或缓或急，忽高忽低；其中转腔换调之处，百变不穷，觉一切歌曲腔调俱出其下，以为观止矣。

旁坐有两人，其一人低声问那人道："此想必是白妞了罢？"其一人道："不是。这人叫黑妞，是白妞的妹子。她的调门儿都是白妞教的，若比白妞，还不晓得差多远呢！她的好处人说得出，白妞的好处人说不出；她的好处人学得到，白妞的好处人学不到。你想，这几年来，好顽耍的谁不学她们的调儿呢？就是窑子里的姑娘，也人人都学，只是顶多有一两句到黑妞的地步。若白妞的好处，从没有一个人能及她十分里的一分的。"说着的时候，黑妞早唱完，后面去了。这时满园子里的人，谈心的谈心，说笑的说笑。卖瓜子、落花生、山里红、核桃仁的，高声喊叫着卖，满园子里听来都是人声。

正在热闹哄哄的时节，只见那后台里，又出来了一位姑娘，年纪约十八九岁，装束与前一个毫无分别，瓜子脸儿，白净面皮，相貌不过中人以上之姿，只觉得秀而不媚，清而不寒，半低着头出来，立在半桌后面，把梨花简丁当了几声，煞是奇怪：只是两片顽铁，到她手里，便有了五音十二律以的。又将鼓槌子轻轻地点了两下，方抬起头来，向台下一盼。那双眼睛，如秋水，如寒星，如宝珠，如白水银里头养着两丸黑水银，左右一顾一看，连那坐在远远墙角子里的人，都觉得王小玉看见我了；那坐得近的，更不必说。就这一眼，满园子里便鸦雀无声，比皇帝出来还要静悄得多呢，连一根针跌在地下都听得见响！

王小玉便启朱唇，发皓齿，唱了几句书儿。声音初不甚大，只觉入耳有说不出来的妙境：五脏六腑里，像熨斗熨过，无一处不伏贴；三万六千个毛孔，像吃了人参果，无一个毛孔不畅快。唱了十数句之后，渐渐地越唱越高，忽然拔了一个尖儿，像一线钢丝抛入天际，不禁暗暗叫绝。那知他于那极高的地方，尚能回环转折。几啭之后，又高一层，接连有三四叠，节节高起，恍如由傲来峰西面攀登泰山的景象：初看傲来峰削壁千仞，以为上与天通；及至翻到傲来峰顶，才见扇子崖更在傲来峰上；及至翻到扇子崖，又见南天门更在扇子崖上——愈翻愈险，愈险愈奇。那王小玉唱到极高的三四叠后，陡然一落，又极力骋其千回百折的精神，如一条飞蛇在黄山三十六峰半中腰里盘旋穿插。顷刻之间，周匝数遍。从此以后，愈唱愈低，愈低愈细，那声音渐渐地就听不见了。满园子的人都屏气凝神，不敢少动。约有两三分钟之久，仿佛有一点声音从地底下发出。这一出之后，忽又扬起，像放那东洋烟火，一个弹子上天，随化作千百道五色火光，纵横散乱。这一声飞起，即有无限声音俱来并发。那弹弦子的亦全用轮指，忽大忽小，同她那声音相和相合，有如花坞春晓，好鸟乱鸣。耳朵忙不过来，不晓得听那一声的为是。正在撩乱之际，忽听霍然一声，人弦俱寂。这时台下叫好之声，轰然雷动。

停了一会，闹声稍定，只听那台下正座上，有一个少年人，不到三十岁光景，是湖南口音，说道："当年读书，见古人形容歌声的好处，有那'余音绕梁，三日不绝'的话，我总不懂。空中设想，余音怎样会得绕梁呢？又怎会三日不绝呢？及至听了小玉先生说书，才知古人措辞之妙。每次听他说书之后，总有好几天耳朵里无非都是她的书，无论做什么事，总不入神，反觉得'三日不绝'，这'三日'二字下得太少，还是孔子'三月不知肉味'，'三月'二字形容得透彻些！"旁边人都说道："梦湘先生论得透辟极了！'于我心有戚戚焉'！"

（选自《老残游记》，人民文学出版社，1982年版）

【交流之窗】

在这一片断里，作者着重表现了白妞说书的高超艺术造诣。为了使白妞的形象更加突出，在她出场之前，首先安排一个弹三弦的乐师出场，这乐师样貌虽丑陋，弹唱技艺却高超，但听众虽然也叫好，却并不很在意。然后是黑妞出场，作者对黑妞的外貌、气质及演唱水平也大为夸赞，并叹为观止，但台下观众仍是不以为意，并且还有人对黑白二妞的演唱水平进行了对比："她的调门儿都是白妞教的，若比白妞，还不晓得差多远呢！她的好处人说得出，白妞的好处人说不出；她的好处人学得到，白妞的好处人学不到。"如此这般，白妞尚未出场，作者已经做足了各种铺垫，让读者对白妞的出现产生了强烈的期待。最后白妞终于出场，作者用了大量的篇幅，正面描写与侧面烘托相结合，并化虚为实，借助视觉、听觉、触觉等多种感官，采用博喻的修辞，对白妞的歌喉进行了全方位的表现，堪称文学史上描写音乐的经典之作。

（二）反向铺垫

反向铺垫是指铺垫的方向与情节发展的方向完全相反，结局出乎意料，又叫反面铺垫。

雪　夜

星新一

星新一（1926—1997），日本著名的科幻小说家，以1000多篇精巧别致、富于哲理的超短篇小说享誉世界。

雪花像无数白色的小精灵，悠悠然从夜空中飞落到地球的脊背上。整个大地很快铺上了一条银色的地毯。

在远离热闹街道的一幢旧房子里，冬夜的静谧和淡淡的温馨笼罩着这一片小小的空间。火盆中燃烧的木炭偶尔发出的响动，更增浓了这种气氛。

“啊！外面下雪了。”坐在火盆边烤火的房间主人自言自语地嘟哝了一句。

“是啊，难怪这么静呢！”老伴儿靠他身边坐着，将一双干枯的手伸到火盆上。

“这样安静的夜晚，我们的儿子一定能多学一些东西。”房主人说着，向楼上望了一眼。

“孩子大概累了，我上楼给他送杯热茶去。整天闷在屋里学习，我真担心把身体搞坏了。”

“算了，算了，别去打搅他了。他要是累了，或想喝点什么，自己会下楼来的。你就别操这份心了。父母的过分关心，往往容易使孩子头脑负担过重，反而不好。”

“也许你说得对。可我每时每刻都在想，这毕业考试不是件轻松事。

我真盼望孩子能顺利地通过这一关。”老伴儿含糊不清地嘟哝着，往火盆里加了几块木炭。

突然，一阵急促的敲门声打破了这寂静的气氛。

两人同时抬起头来，相互望着。

“有人来。”

房主人慢吞吞地站了起来，蹒跚地向门口走去。随着开门声，一股寒风带着雪花挤了进来。“谁啊？”

“别问是谁。老实点，不许出声！”

门外一个陌生中年男子手里握着一把闪闪发光的匕首。声音低沉，却掷地有声。

“你要干什么？”

“少啰嗦，快老老实实地进去！不然……”陌生人晃了晃手中的匕首。

房主人只好转身向屋子里走去。

老伴儿迎了上来：“谁呀？是找我儿子……”她周身一颤，后边的话咽了回去。

“对不起，我是来取钱的。如果识相的话，我也不难为你们。”陌生人手中的匕首在炭火的映照下，更加寒光闪闪。

“啊，啊，我和老伴儿都是上了年纪的人，不中用了。你想要什么就随便拿吧。但请您千万不要到楼上去。”房主人哆哆嗦嗦地说。

“噢？楼上是不是有更贵重的东西？”陌生人眼睛顿时一亮，露出一股贪婪的神色。

“不，不，是我儿子在上面学习呢。”房主人慌忙解释。

“如此说来，我更得小心点。动手之前，必须先把他捆起来。”

“别，别这样。恳求您别伤害我们的儿子。”

“滚开！”陌生人三步两步蹿上楼梯。陈旧的楼梯发出吱吱呀呀的声音。

两位老人无可奈何，呆呆地站在那里。

突然，喀嚓一声，随着一声惨叫，一个沉重的物体从楼梯上滚落下来。

房主人从呆愣中醒了过来，慌忙对老伴儿说：“一定是我们的儿子把这家伙打倒的。快给警察打电话……”

很快，警察们赶来了。在楼梯口，警察发现了摔伤了腿躺在那里的陌生人。

“哪有这样的人，学习也不点灯。害得我一脚踩空。真晦气。”陌生人一副懊丧的样子。

上楼搜查的警察很快下来了。

“警长，整个楼上全搜遍了，没有发现第二个人，可房主人明明在电话中说是他儿子打倒的强盗，是不是房主人神经不正常？”“不是的。他们唯一在上学的儿子早在数年前的一个冬天死了。可他们始终不愿承认这一事实。总是说，儿子在楼上学习呢。”

谁也没有再说话。屋里很静，屋外也很静。那白色的小精灵依然悠悠然然地飞落下来……

（选自《星新一短篇小说集》，译林出版社，2004年版）

【交流之窗】

雪夜，一对老人围着火盆取暖，不断谈论着他们的正在楼上学习的儿子；一名抢劫犯闯进来，他们首先要保护的也是正在楼上学习的儿子；把上楼的凶犯打倒的也是这两位老人挚爱的儿子。不过，警察来了，真相大白，原来他们的儿子早就不在了。前面的所有或温馨，或紧张的细节仿佛都是为了铺垫这个儿子的存在，我们也期待这个儿子的出现，但结局却是相反，这个反向的铺垫产生了震撼人心的力量。雪依旧下，这对老人的儿子也会在他们心里永远地活着。

逐渐聚焦是借用摄影技巧的术语，用于文学创作中，是指一种由大到小、由整体到局部的描写顺序。写作的着眼点由整体逐渐缩小，最后定格在特定的局部或个体上。一方面为主要描写对象提供了准确的空间定位，另一方面为其勾画出广大而又完整的背景。

汉家寨

张承志

张承志，生于1948年，当代作家，学者，代表作有中篇小说《黑骏马》《北方的河》，长篇小说《金牧场》等。

那是大风景和大地貌汇集的一个点。我从天山大坂上下来，心被四野的宁寂——那充斥天宇六合的恐怖一样的死寂包裹着，听着马蹄声单调地试探着和这静默碰击，不由得屏住了呼吸。

若是没有这匹马弄出的蹄音，或许还好受些。300里空山绝谷，一路单骑，我回想着不觉一阵阵阴凉袭向周身。那种山野之静是永恒的；一旦你被它收容过，有生残年便再也无法离开它了。无论后来我走到哪里，总是两眼幻视、满心幻觉，天涯何处都像是那个铁色戈壁，都那么空旷宁寂、四顾无援。我只有凭着一种茫然的感觉，任那匹伊犁马负着我，一步步远离了背后的雄伟天山。

和北麓的蓝松嫩草判若两地——天山南麓是大地被烤伤的一块皮肤。除开一种维吾尔语叫uga的毒草是碧绿色以外，岩石是酥碎的红石，土壤是淡红色的焦土。山坳褶皱之间，风蚀的痕迹像刀割一样清晰，狞恶的尖石棱一浪浪堆起，布满着正对太阳的一面山坡。马在这种血一样的碎石中谨慎地选择着落蹄之地，我在曝晒中晕眩了，怔怔地觉得马的脚踝早已被那些尖利的石刃割破了。

然而，亲眼看着大地倾斜，亲眼看着从高山牧场向不毛之地的一步步一分分的憔悴衰老，心中感受是奇异的。这就是地理，我默想。前方蜃气溟蒙处是海拔负154米的吐鲁番盆地最低处的艾丁湖。那湖早在万年之前就被烤干了，我想。背后却是天山；冰峰泉水，松林牧场都远远地离我去了。一切只有大地的倾斜；左右一望，只见大地斜斜地延伸。嶙峋石头，焦渴土壤，连同我的坐骑和我自己，都在向前方向深处斜斜地倾斜。

——那时，我独自一人，八面十方数百里内只有我一人单骑，向导已经返回了。在那种过于雄大磅礴的荒凉自然之中，我觉得自己渺小得连悲哀都是徒劳。

就这样，走近了汉家寨。

仅仅有一炷烟在怅怅升起，猛然间感到所谓“大漠孤烟直”并没有写出一种残酷。

汉家寨只是几间破泥屋，它坐落在新疆吐鲁番北、天山以南的一片铁灰色的砾石戈壁正中。无植被的枯山像铁渣堆一样，在三个方向汇指着它——三道裸山之间，是三条巨流般的黑戈壁，寸草不生，平平地铺向三个可怕的远方。因此，地图上又标着另一个地名叫三岔口；这个地点在以后我的生涯中总是被我反复回忆，咀嚼吟味，我总是无法忘记它。

仿佛它是我人生的答案。

我走进汉家寨时，天色昏暮了。太阳仍在肆虐，阳光射入眼帘时，一瞬间觉得疼痛。可是，那种将结束的白炽已经变了，汉家寨日落前的炫目白昼中已经有一种寒气存在。

几间破泥屋里，看来住着几户人。

不知从什么时候起，有了这样一个地名。新疆的汉语地名大多起源久远，汉代以来这里便有中原人屯垦生息，唐宋时又设府置县，使无望的甘陕移民迁到了这种异域。

真是异域——三道巨大空茫的戈壁滩一望无尽，前是无人烟的盐碱低地，后是无植被的红石高山，汉家寨，如一枚被人丢弃的棋子，如一粒生锈的弹丸，孤零零地存在于这巨大得恐怖的大自然中。

三个方向都像可怕的暗示。我只敢张望，再也不敢朝那些入口催动一下马蹄了。

独自伫立在汉家寨下午的阳光里，我看见自己的影子一直拖向地平线，又黑又长。

三面平坦坦的铁色砾石滩上，都反射着灼烫的亮光，像热带的海面。

默立久了，突然意识到什么。转过头来，左右两座泥屋门口，各有一个人在盯着我。一个是位老汉，一个是七八岁的小女孩。

他们痴痴盯着我。我猜他们已经好久没有见过外来人了。老少两人都是汉人服饰；一瞬间我明白了，这地方确实叫做汉家寨。

我想了想，指着一道戈壁问道：

——它通到哪里？

老人摇摇头。女孩不眨眼地盯着我。

我又指着另一道：

——这条路呢？

老人只微微摇了一下头，便不动了。女孩还是那么盯住我不眨眼睛。

犹豫了一下，我费劲地指向最后一条戈壁滩。太阳正向那里滑下，白炽得令人无法瞭望。地平线上铁色熔成银色，闪烁着数不清的亮点。

我刚刚指着，还没有开口，那老移民突然钻进了泥屋。

我呆呆地举着手站在原地。

那小姑娘一动不动，她一直凝视着我，不知是为了什么。这女孩穿一件破红花棉袄，污黑的棉絮露在肩上襟上。她的眼睛黑亮——好多年以后，我总觉得那便是我女儿的眼睛。

在那块绝地里，他们究竟怎样生存下来，种什么，吃什么，至今仍是一个谜。但是这不是幻觉也不是神话。汉家寨可以在任何一张好一点的地图上找到。《宋史·高昌传》据使臣王延德旅行记，有“又两日至汉家砦”之语。砦就是寨，都是人坚守的地方。从宋至今，汉家寨至少已经坚守着生存了一千多年了。

独自再面对着那三面绝境，我心里想：这里一定还是有一口食可觅，人一定还是能找到一种生存下去的手段。

次日下午，我离开了汉家寨，继续向吐鲁番盆地前行。大地倾斜得更急剧了；笔直的斜面上，几百里铺伸的黑砾石齐齐地晃闪着白光。回首天山，整个南麓都浮升出来了，峥嵘嶙峋，难以言状。俯瞰前方的吐鲁番，蜃气中已经隐约现出了绿洲的轮廓。在如此悲凉严峻的风景中上路，心中涌起一股决绝的气概。

我走下第一道坡坎时，回转身来想再看看汉家寨。它已经被起伏的戈壁滩遮住了一半，只露出泥屋的屋顶窗洞。那无言的老人再也没有出现。我等了一会儿，最后遗憾地离开了。

千年以来，人为着让生命存活曾忍受了多少辛苦，像我这样的人是无法揣测的。我只是隐隐感到了人的坚守，感到了那坚守如这风景一般苍凉广阔。

走过一个转弯处——我知道再也不会有和汉家寨重逢的日子——我激动地勒转马缰。遥遥地，我看见了那堆泥屋的黄褐中，有一个小巧的红艳身影，是那小女孩的破红棉袄。那时的天山已经完全升起于北方，横挡住大陆，冰峰和干沟裸谷相衬映，向着我倾泻般伸延的，是汉家寨那三岔戈壁的万吨铁石。

我强忍住心中的激动，继续着我的长旅。从那一日我永别了汉家寨。也是从那一日起，无论我走到哪里，都在不知不觉之间，坚守着什么。

我不知道那是什么。我只觉得它与汉家寨这地名天衣无缝。在美国，在日本，我总是倔强地回忆着汉家寨，仔细想着每一个细节。直至南麓天山在阳光照耀下的、伤痕累累的山体都清晰地重现，直至大陆的倾斜面、吐鲁番低地的白色蜃气，以及每一块灼烫的砾石都逼真地重现，直至当年走过汉家寨戈壁时有过的那种空山绝谷的难言感受充盈在心底胸间。

（选自《中华散文珍藏本·张承志卷》，人民文学出版社，1997年版）

【交流之窗】

全文按照走近汉家寨、走进汉家寨、离开汉家寨的行文思路展开。第一部分，写汉家寨所处的荒凉雄阔的背景；第二部分写汉家寨的渺小、穷困、神秘的面貌；最后是离开汉家寨后的所感所思。作者从新疆吐鲁番北、天山南麓、300里空山绝谷写起，大力渲染沿途所见的铁色戈壁、岩石焦土及酷热干旱，然后视线停留在了三道戈壁滩交汇处的如一枚被丢弃的棋子一样渺小隔绝的千年移民村落——汉家寨，接着再把镜头对准了简陋泥屋门口的一老一少，最后聚焦到小女孩的破旧红花棉袄上。这一点红色，成了一种象征，它是与恶劣环境对抗的一种闪亮的精神，以至于多年后不管走到哪里，作者眼前都会不断闪现这一点红色。

串珠式结构是一种比喻的说法，指把与主题有关的材料用明晰的线索贯穿起来，形成散而不乱的并列式关系。

昆明的雨

汪曾祺

宁坤要我给他画一张画，要有昆明的特点。我想了一些时候，画了一幅：右上角画了一片倒挂着的浓绿的仙人掌，末端开出一朵金黄色的花；左下画了几朵青头菌和牛肝菌。题了这样几行字：

“昆明人家常于门头挂仙人掌一片以辟邪，仙人掌悬空倒挂，尚能存活开花。于此可见仙人掌生命之顽强，亦可见昆明雨季空气之湿润。雨季则有青头菌、牛肝菌，味极鲜腴。”

我想念昆明的雨。

我以前不知道有所谓雨季。“雨季”，是到昆明以后才有了具体感受的。

我不记得昆明的雨季有多长，从几月到几月，好像是相当长的。但是并不使人厌烦。因为是下下停停、停停下下，不是连绵不断，下起来没完。而且并不使人气闷。我觉得昆明雨季气压不低，人很舒服。

昆明的雨季是明亮的、丰满的，使人动情的。城春草木深，孟夏草木长。昆明的雨季，是浓绿的。草木的枝叶里的水分都到了饱和状态，显示出过分的、近于夸张的旺盛。

我的那张画是写实的。我确实亲眼看见过倒挂着还能开花的仙人掌。旧日昆明人家门头上用以辟邪的多是这样一些东西：一面小镜子，周围画着八卦，下面便是一片仙人掌，——在仙人掌上扎一个洞，用麻线穿了，挂在钉子上。昆明仙人掌多，且极肥大。有些人家在菜园的周围种了一圈仙人掌以代替篱笆。——种了仙人掌，猪羊便不敢进园吃菜了。仙人掌有刺，猪和羊怕扎。

昆明菌子极多。雨季逛菜市场，随时可以看到各种菌子。最多，也最便宜的是牛肝菌。牛肝菌下来的时候，家家饭馆卖炒牛肝菌，连西南联大食堂的桌子上都可以有一碗。牛肝菌色如牛肝，滑，嫩，鲜，香，很好吃。炒牛肝菌须多放蒜，否则容易使人晕倒。青头菌比牛肝菌略贵。这种菌子炒熟了也还是浅绿色的，格调比牛肝菌高。菌中之王是鸡枞，味道鲜浓，无可方比。鸡枞是名贵的山珍，但并不真的贵得惊人。一盘红烧鸡枞的价钱和一碗黄焖鸡不相上下，因为这东西在云南并不难得。有一个笑话：有人从昆明坐火车到呈贡，在车上看到地上有一棵鸡枞，他跳下去把鸡枞捡了，紧赶两步，还能爬上火车。这笑话用意在说明昆明到呈贡的火车之慢，但也说明鸡枞随处可见。有一种菌子，中吃不中看，叫做干巴菌。乍一看那样子，真叫人怀疑：这种东西也能吃？！颜色深褐带绿，有点像一堆半干的牛粪或一个被踩破了的马蜂窝。里头还有许多草茎、松毛、乱七八糟！可是下点功夫，把草茎松毛择净，撕成蟹腿肉粗细的丝，和青辣椒同炒，入口便会使你张目结舌：这东西这么好吃？！还有一种菌子，中看不中吃，叫鸡油菌。都是一般大小，有一块银圆那样大的溜圆，颜色浅黄，恰似鸡油一样。这种菌子只能做菜时配色用，没甚味道。

雨季的果子，是杨梅。卖杨梅的都是苗族女孩子，戴一顶小花帽子，穿着扳尖的绣了满帮花的鞋，坐在人家阶石的一角，不时吆唤一声："卖杨梅——"，声音娇娇的。她们的声音使得昆明雨季的空气更加柔和了。昆明的杨梅很大，有一个乒乓球那样大，颜色黑红黑红的，叫做"火炭梅"。这个名字起得真好，真是像一球烧得炽红的火炭！一点都不酸！我吃过苏州洞庭山的杨梅、井冈山的杨梅，好像都比不上昆明的火炭梅。

雨季的花是缅桂花。缅桂花即白兰花，北京叫做"把儿兰"（这个名字真不好听）。云南把这种花叫做缅桂花，可能最初这种花是从缅甸传入的，而花的香味又有点像桂花，其实这跟桂花实在没有什么关系。——不过话又说回来，别处叫它白兰、把儿兰，它和兰花也挨不上呀，也不过是因为它很香，香得像兰花。我在家乡看到的白兰多是一人高，昆明的缅桂是大树！我在若园巷二号住过，院里有一棵大缅桂，密密的叶子，把四周房间都映绿了。缅桂盛开的时候，房东（是一个五十多岁的寡妇）就和她的一个养女，搭了梯子上去摘，每天要摘下来好些，拿到花市上去卖。她大概是怕房客们乱摘她的花，时常给各家送去一些。有时送来一个七寸盘子，里面摆得满满的缅桂花！带着雨珠的缅桂花使我的心软软的，不是怀人，不是思乡。

雨，有时是会引起人一点淡淡的乡愁的。李商隐的《夜雨寄北》是为许多久客的游子而写的。我有一天在积雨少注的早晨和德熙从联大新校舍到莲花池去。看了池里的满池清水，看了作比丘尼装的陈圆圆的石像（传说陈圆圆随吴三桂到云南后出家，暮年投莲花池而死），雨又下起来了。莲花池边有一条小街，有一家小酒店，我们走进去，要了一碟猪头肉，半市斤酒（装在上了绿釉的土瓷杯里），坐了下来。雨下大了。酒店有几只鸡，都把脑袋反插在翅膀下面，一只脚着地，一动也不动地在檐下站着。酒店院子里有一架大木香花。昆明木香花很多。有的小河沿岸都是木香。但是这样大的木香却不多见。一棵木香，爬在架上，把院子遮得严严的。密匝匝的细碎的绿叶，数不清的半开的白花和饱涨的花骨朵，都被雨水淋得湿透了。我们走不了，就这样一直坐到午后。四十年后，我还忘不了那天的情味，写了一首诗：

莲花池外少行人，野店苔痕一寸深。浊酒一杯天过午，木香花湿雨沉沉。

我想念昆明的雨。

1984年5月19日

（选自《汪曾祺全集第三卷》，北京师范大学出版社，1998年版）

【交流之窗】

作者在抗战时期曾就读于昆明的西南联大，对昆明有着特殊的感情。忆写昆明，作者抓住了昆明最有特点也是自己印象最深的景象——多雨。怎么表现雨，作者又分写了雨季最常见又最有情味的四种风物：仙人掌，菌子，杨梅果，缅桂花。四段平行并列，如四颗珍珠，被有形的雨和无形的思念之情串起来，形成清晰的脉络结构。

作者在叙写人事物景时分设两条线索，二者或一显一隐，或平行发展，或交错进行，彼此相互对照，互相映衬，互为补充，使作品内蕴更深厚，层次更丰富，主题更突出。

苹果树下

闻 捷

闻捷（1923—1971），中国当代诗人，代表作有诗集《天山牧歌》等。

苹果树下那个小伙子，
你不要、不要再唱歌
姑娘沿着水渠走来了，
年轻的心在胸中跳啊。
她的心为什么跳呵？
为什么跳得失去节拍？……

春天，姑娘在果园劳作，
歌声轻轻从她的耳边飘过，
枝头的花苞还没有开放，
小伙子就盼望它早结果。
奇怪的念头姑娘不懂得，
她说：别用歌声打扰我。

小伙子夏天在果园度过，
一边劳动一边把姑娘盯着，
果子才结得葡萄那么大，

小伙子就唱着赶快去采摘。
满腔的心思姑娘猜不着，
她说：别像影子一样缠着我。

淡红的果子压弯绿枝
秋天是一个成熟季节，
姑娘整夜地睡不着，
是不是挂念那树好苹果？
这些事小伙子应该明白，
她说：有句话你怎么不说？

苹果树下那个小伙子，
你不要、不要再唱歌；
姑娘踏着草坪过来了，
她的笑容里藏着什么？……
说出那句真心的话吧！
种下的爱情已该收获。

（选自《新诗鉴赏辞典》，上海辞书出版社，1991年版）

【交流之窗】

本诗结构独特，它采用的是双线式结构，一方面描写姑娘小伙精心种植的苹果从春到秋，逐渐成熟的过程；另一方面，又写了二人的爱情由孕育、发展，到成熟的过程，二者互相映衬，以物喻情；既赞美了劳动的美好，也歌颂了这对哈萨克青年男女在劳动中结成的美好的爱情。

指行文当中通过精准独到的点评，精彩传神的细节，或者出人意料、发人深思的结局等，巧妙地传达文章的主题。

风景谈

茅 盾

茅盾（1896—1981），原名沈德鸿，字雁冰。中国现代著名作家。代表作品有《子夜》《春蚕》《白杨礼赞》等。

前夜看了《塞上风云》的预告片，便又回忆起猩猩峡外的沙漠来了。那还不能被称为“戈壁”，那在普通地图上，还不过是无名的小点，但是人类的肉眼已经不能望到它的边际，如果在中午阳光正射的时候，那单纯而强烈的反光会使你的眼睛不舒服；没有隆起的沙丘，也不见有半间泥房，四顾只是茫茫一片，那样的平坦，连一个“坎儿井”也找不到；那样的纯然一色，就使偶尔有些驼马的枯骨，它那微小的白光，也早融入了周围的苍茫；又是那样的寂静，似乎只有热空气在作哄哄的火响。然而，你不能说，这里就没有“风景”。

当地平线上出现了第一个黑点，当更多的黑点成为线，成为队，而且当微风把铃铛的柔声，丁当，丁当，送到你的耳鼓，而最后，当那些昂然高步的骆驼，排成整齐的方阵，安详然而坚定地愈行愈近，当骆驼队中领队驼所掌的那一杆长方形猩红大旗耀入你眼帘，而且大小叮当的谐和的合奏充满了你耳管，这时间，也许你不出声，但是你的心里会涌上了这样的感想的：多么庄严，多么妩媚呀！这里是大自然的最单调最平板的一面，然而加上了人的活动，就完全改观，难道这不是“风景”吗？自然是伟大的，然而人类更伟大。

于是我又回忆起另一个画面，这就在所谓“黄土高原”！那边的山多数是秃顶的，然而层层的梯田，将秃顶装扮成稀稀落落有些黄毛的癞头，特别是那些高秆植物颀长而整齐，等待检阅的队伍似的，在晚风中摇曳，别有一种惹人怜爱的姿态。可是更妙的是三五月明之夜，天是那样的蓝，几乎透明似的，月亮离山顶，似乎不过几尺，远看山顶的谷子丛密挺立，宛如人头上的怒发，这时候忽然从山脊上长出两支牛角来，随即牛的全身也出现，掮着犁的人形也出现，并不多，只有三两个，也许还跟着个小孩，他们姗姗而下，在蓝的天，黑的山，银色的月光的背景上，成就了一幅剪影，如果给田园诗人见了，必将赞叹为绝妙的题材。可是没有完。这几位晚归的种地人，还把他们那粗朴的短歌，用愉快的旋律，从山顶上飘下来，直到他们没入了山坳，依旧只有蓝天明月黑魆魆的山，歌声可是缭绕不散。

另一个时间。另一个场面。夕阳在山，干坼的黄土正吐出它在一天内所吸收的热，河水汤汤急流，似乎能把浅浅河床中的鹅卵石都冲走了似的。这时候，沿河的山坳里有一队人，从"生产"归来，兴奋的谈话中，至少有七八种不同的方音。忽然间，他们又用同一的音调，唱起雄壮的歌曲来了，他们的爽朗的笑声，落到水上，使得河水也似在笑。看他们的手，这是惯拿调色板的，那是昨天还拉着提琴的弓子伴奏着《生产曲》的，这是经常不离木刻刀的，那又是洋洋洒洒下笔如有神的，但现在，一律都被锄锹的木柄磨起了老茧了。他们在山坡下，被另一群所迎住。这里正燃起熊熊的野火，多少曾调朱弄粉的手儿，已经将金黄的小米饭，翠绿的油菜，准备齐全。这时候，太阳已经下山，却将它的余晖幻成了满天的彩霞，河水喧哗得更响了，跌在石上的便喷出了雪白的泡沫，人们把沾着黄土的脚伸在水里，任它冲刷，或者掬起水来，洗一把脸。在背山面水这样一个所在，静穆的自然和弥满着生命力的人，就织成了美妙的图画。

在这里，蓝天明月，秃顶的山，单调的黄土，浅濑的水，似乎都是最恰当不过的背景，无可更换。自然是伟大的，人类是伟大的，然而充满了崇高精神的人类的活动，乃是伟大中之尤其伟大者！

我们都曾见过西装革履烫发旗袍高跟鞋的一对儿，在公园的角落，绿阴下长椅上，悄悄儿说话，但是试想一想，如果在一个下雨天，你经过一边是黄褐色的浊水，一边是怪石峭壁的崖岸，马蹄很小心地探入泥浆里，有时还不免打了一下跌撞，四面是静寂灰黄，没有一般所谓的生动鲜艳，然而，你忽然抬头看见高高的山壁上有几个天然的石洞，三层楼的亭子间似的，一对人儿促膝而坐，只凭剪发式样的不同，你方能辨认出一个是女的，他们被雨赶到了那里，大概聊天也聊够了，现在是摊开着一本札记簿，头凑在一处，一同在看，——试想一想，这样一个场面到了你眼前时，总该和在什么公园里看见了长椅上有一对儿在偎倚低语，颇有点味儿不同罢！如果在公园时你一眼瞥见，首先会想到的是"这里有一对恋人"，那么，此时此际，倒是先感到那样一个沉闷的雨天，寂寞的荒山，原始的石洞，安上这么两个人，是一个"奇迹"，使大自然顿时生色！他们之是否是恋人，落在问题之外。你所见的，是两个生命力旺盛的人，是两个清楚明白生活意义的人，在任何情形之下，他们不倦怠，也不会百无聊赖，更不至于从胡闹中求刺激，他们能够在任何情况之下，拿出他们那一套来，怡然自得。但是什么能使他们这样呢?

不过仍旧回到"风景"罢；在这里，人依然是"风景"的构成者，没有了人，还有什么可以称道的？再者，如果不是内生活极其充满的人作为这里的主宰，那又有什么值得怀念？

再有一个例子：如果你同意，二三十棵桃树可以称为林，那么这里要说的，正是这样一个桃林。花时已过，现在绿叶满株，却没有一个桃子。半盘旧石磨，是最漂亮的圆桌面，几尺断碑，或是一截旧阶石，那又是难得的几案。现成的大小石块作为凳子，而这样的石凳也还是以奢侈品的姿态出现。这些怪样的家具之所以成为必要，是因为这里有一个茶社。桃林前面，有老百姓种的荞麦，也有大麻和玉米这一类高秆植物。荞麦正当开花，远望去就像一张粉红色的地毯，大麻和玉米就像是屏风，靠着地毯的边缘。太阳光从树叶的空隙落下来，在泥地上，石家具上，一抹一抹的金黄色。偶尔也听得有草虫在叫，带住在林边树上的马儿伸长了脖子就树干搔痒，也许是乐了，便长嘶起来。"这就不坏！"你也许要这样说。可不是，这里是有一般所谓"风景"的一些条件的！然而，未必尽然。在高原的强烈阳光下，人们喜欢把这一片树阴作为户外的休息地点，因而添上了什么茶社，这是这个"风景区"成立的因缘，但如果把那二三十棵桃树，半盘磨石，几尺断碣，还有荞麦和大麻玉米，这些其实到处可遇的东西，看成了此所谓风景区的主要条件，那或者是会贻笑大方的。中国之大，比这美得多的所谓风景区，数也数不完，这个值得什么？所以应当从另一方面去看。现在请你坐下，来一杯清茶，两毛钱的枣子，也作一次桃园的茶客罢。如果你愿意先看女的，好，那边就有三四个，大概其中有一位刚接到家里寄给她的一点钱，今天来请请同伴。那边又有几位，也围着一个石桌子，但只把随身带来的书籍代替了枣子和茶了。更有两位虎头虎脑的青年，他们走过“天下最难走的路”，现在却静静地坐着，温雅得和闺女一般。男女混合的一群，有坐的，也有蹲的，争论着一个哲学上的问题，时时哗然大笑，就在他们近边，长石条上躺着一位，一本书掩住了脸。这就够了，不用再多看。总之，这里有特别的氛围，但并不古怪。人们来这里，只为恢复工作后的疲劳，随便喝点，要是袋里有钱；或不喝，随便谈谈天；在有闲的只想找一点什么来消磨时间的人们看来，这里坐的不舒服，吃的喝的也太粗糙简单，也没有什么可以供赏玩，至多来一次，第二次保管厌倦。但是不知道消磨时间为何物的人们却把这一片简陋的绿阴看得很可爱，因此，这桃林就很出名了。

因此，这里的“风景”也就值得留恋，人类的高贵精神的辐射，填补了自然界的贫乏，增添了景色，形式的和内容的。人创造了第二自然！

最后一段回忆是五月的北国。清晨，窗纸微微透白，万籁俱静，嘹亮的喇叭声，破空而来。我忽然想起了白天在一本贴照簿上所见的第一张，银白色的背景前一个淡黑的侧影，一个号兵举起了喇叭在吹，严肃，坚决，勇敢和高度的警觉，都表现在小号兵的挺直的胸膛和高高的眉棱上边。我赞美这摄影家的艺术，我回味着，我从当前的喇叭声中也听出了严肃、坚决、勇敢和高度的警觉来，于是我披衣出去，打算看一看。空气非常清冽，朝霞笼住了左面的山，我看见山峰上的小号兵了。霞光射住他，只觉得他的额角异常发亮，然而，使我惊叹叫出声来的，是离他不远有一位荷枪的战士，面向着东方，严肃地站在那里，犹如雕像一般。晨风吹着喇叭的红绸子，只这是动的，战士枪尖的刺刀闪着寒光，在粉红的霞色中，只这是刚性的。我看得呆了，我仿佛看见了民族的精神化身而为他们两个。

如果你也当它是“风景”，那便是真的风景，是伟大中之最伟大者！

1940年12月，于枣子岚垭。

（选自《茅盾散文集》，浙江文艺出版社，2007年版）

【交流之窗】

这是一篇反映抗战时期延安军民战斗、生产和学习情况的散文，为了能在国统区发表，作者以“谈风景”的方式，委婉曲折地给我们描绘了一幅幅或雄浑壮阔，或自然纯朴，或快乐热情，或庄严肃穆的画面。为使当时的读者能正确理解画面的含义，作者特别在每一组场景后面加上简短精到、寓意深刻的评论，这些画龙点睛的点评之笔，不但为读者提供了一把正确读解的钥匙，同时也升华了文章的主题，对解放区抗日军民勤劳、勇敢、坚强、乐观的精神进行了热情的讴歌。

本是电影术语，意思指剪辑和组合。写作上的蒙太奇手法，是指把不同时空下的人、事、物、景按照一定的顺序组接起来，从而表达一种深刻的意蕴。

鹰之歌

丽 尼

丽尼（1909—1968），中国现代散文家。代表作有散文集《白夜》《鹰之歌》等。

黄昏是美丽的。我忆念着那南方的黄昏。

晚霞如同一片赤红的落叶坠到铺着黄尘的地上，斜阳之下的山岗变成了暗紫，好像是云海之中的礁石。

南方是遥远的；南方的黄昏是美丽的。

有一轮红日沐浴着在大海之彼岸；有欢笑着的海水送着夕归的渔船。

南方，遥远而美丽的！

南方是有着榕树的地方，榕树永远是垂着长须，如同一个老人安静地站立，在夕暮之中作着冗长的低语，而将千百年的过去都埋在幻想里了。

晚天是赤红的。公园如同一个废墟。鹰在赤红的天空之中盘旋，作出短促而悠远的歌唱，嘹唳地，清脆地。

鹰是我所爱的。它有着两个强健的翅膀。

鹰的歌声是嘹唳而清脆的，如同一个巨人的口在远天吹出了口哨。而当这口哨一响着的时候，我就忘却我的忧愁而感觉兴奋了。

我有过一个忧愁的故事。每一个年轻的人都会有一个忧愁的故事。

南方是有着太阳和热和火焰的地方。而且，那时，我比现在年轻。

那些年头！啊，那是热情的年头！我们之中，像我们这样大的年纪的人，在那样的年代，谁不曾有过热情的如同火焰一般的生活！谁不曾愿意把生命当作一把柴薪，来加强这正在燃烧的火焰！有一团火焰给人们点燃了，那么美丽地发着光辉，吸引着我们，使我们抛弃了一切其他的希望与幻想，而专一地投身到这火焰中来。

然而，希望，它有时比火星还容易熄灭。对于一个年轻人，只须一个刹那，一整个世界就会从光明变成了黑暗。

我们曾经说过："在火焰之中锻炼着自己"；我们曾经感觉过一切旧的渣滓都会被铲除，而由废墟之中会生长出新的生命，而且相信这一切都是不久就会成就的。

然而，当火焰苦闷地窒息于潮湿的柴草，只有浓烟可以见到的时候，一刹那间，一整个世界就变成黑暗了。

我坐在已经成了废墟的公园看着赤红的晚霞，听着嘹唳而清脆的鹰歌，然而我却如同一个没有路走的孩子，凄然地流下眼泪来了。

"一整个世界变成了黑暗，新的希望是一个艰难的生产。"

鹰在天空之中飞翔着了，伸展着两个翅膀，倾侧着，回旋着，作出了短促而悠远的歌声，如同一个信号。我凝望着鹰，想从它的歌声里听出一个珍贵的消息。

"你凝望着鹰么？"她问。

"是的，我望着鹰。"我回答。

她是我的同伴，是我三年来的一个伴侣。

"鹰真好，"她沉思地说了，"你可爱鹰？"

"我爱鹰的。"

"鹰是可爱的。鹰有两个强健的翅膀，会飞，飞得高，飞得远，能在黎明里飞，也能在黑夜里飞。你知道鹰是怎样在黑夜里飞的么？是像这样飞的，你瞧。"说着，她展开了两只修长的手臂，旋舞一般地飞着了，是飞得那么天真，飞得那么热情，使她底脸面也现出了夕阳一般的霞彩。

我欢乐地笑了，而感觉了奋兴。

然而，有一次夜晚，这年轻的鹰飞了出去，就没有再看见她飞了回来，一个月以后，在一个黎明，我在那已经成了废墟的公园之中发现了她的被六个枪弹贯穿了的身体，如同一只被猎人从赤红的天空击落了下来的鹰雏，披散了毛发在那里躺着了。那正是她为我展开了手臂而热情地飞过的一块地方。

我忘却了忧愁，而变得在黑暗里感觉奋兴了。

南方是遥远的，但我忆念着那南方的黄昏。

南方是有着鹰歌唱的地方，那嘹唳而清脆的歌声是会使我忘却忧愁而感觉奋兴的。

1934年12月

（选自《中国现代散文欣赏辞典》，汉语大词典出版社，2000年版）

【交流之窗】

《鹰之歌》写于1934于2月，既是一篇忆念南方黄昏的抒情散文，也是一首颂扬惨遭反动派杀害的革命女友的诗。作者在文中通过回忆，把南方公园黄昏美丽的景象，夕阳下天空辉煌灿烂的霞彩，搏击长空的雄鹰的英姿，与坚强、热情、献身革命的女友形象，采用电影蒙太奇的形式，交错组接在一起，形成一种含蓄、深刻的隐喻和象征效果，歌颂这位女革命者不畏强暴、追求光明、最终英勇献身的可贵品格和壮烈精神。

移步换景是参观记或游记文章中常用的行文方式，是指随着观察者立足点的转移和观察角度的变化，所写景物不断变换，或者同一景物表现出不同的特点。

雨中登泰山

李健吾

李健吾（1906—1982），山西运城人，中国现代文学家、翻译家。

从火车上遥望泰山，几十年来有好些次了，每次想起“孔子登东山而小鲁，登泰山而小天下”那句话来，就觉得过而不登，像是欠下悠久的文化传统一笔债似的。杜甫的愿望：“会当凌绝顶，一览众山小”，我也一样有，惜乎来去匆匆，每次都当面错过了。

而今确实要登泰山了，偏偏天公不作美，下起雨来，淅淅沥沥，不像落在地上，倒像落在心里。天是灰的，心是沉的。我们约好了清晨出发，人齐了，雨却越下越大。等天晴吗？想着这渺茫的“等”字，先是憋闷。盼到十一点半钟，天色转白，我不由喊了一句：“走吧！”带动年轻人，挎起背包，兴致勃勃，朝岱宗坊出发了。

是烟是雾，我们辨认不清，只见灰蒙蒙一片，把老大一座高山，上上下下，裹了一个严实。古老的泰山越发显得崔嵬了。我们才过岱宗坊，震天的吼声就把我们吸引到虎山水库的大坝前面。七股大水，从水库的桥孔跃出，仿佛七幅闪光黄锦，直铺下去，碰着嶙嶙的乱石，激起一片雪白水珠，脱线一般，撒在洄漩的水面。这里叫作虬在湾：据说虬早已被吕洞宾度上天了，可是望过去，跳掷翻腾，像又回到了故居。我们绕过虎山，站到坝桥上，一边是平静的湖水，迎着斜风细雨，懒洋洋只是欲步不前，一边却暗恶叱咤，似有千军万马，躲在绮丽的黄锦底下。黄锦是方便的比喻，其实是一幅细纱，护着一幅没有经纬的精致图案，透明的白纱轻轻压着透明的米黄花纹。——也许只有织女才能织出这种瑰奇的景色。

雨大起来了，我们拐进王母庙后的七真祠。这里供奉着七尊塑像，正面当中是吕洞宾，两旁是他的朋友李铁拐和何仙姑，东西两侧是他的四个弟子，所以叫作七真祠。吕洞宾和他的两位朋友倒也还罢了，站在龛里的两个小童和柳树精对面的老人，实在是少见的传神之作。一般庙宇的塑像，往往不是平板，就是怪诞，造型偶尔美的，又不像中国人，跟不上这位老人这样逼真、亲切。无名的雕塑家对年龄和面貌的差异有很深的认识，形象才会这样栩栩如生。不是年轻人提醒我该走了，我还会欣赏下去的。

我们来到雨地，走上登山的正路，一连穿过三座石坊：一天门、孔子登临处和天阶。水声落在我们后面，雄伟的红门把山挡住。走出长门洞，豁然开朗，山又到了我们跟前。人朝上走，水朝下流，流进虎山水库的中溪陪我们，一直陪到二天门。悬崖崚嶒，石缝滴滴答答，泉水和雨水混在一起，顺着斜坡，流进山涧，涓涓的水声变成訇訇的雷鸣。有时候风过云开，在底下望见南天门，影影绰绰，耸立山头，好像并不很远；紧十八盘仿佛一条灰白大蟒，匍匐在山峡当中；更多的时候，乌云四合，层峦叠嶂都成了水墨山水。蹚过中溪水浅的地方，走不太远，就是有名的经石峪，一片大水漫过一亩大小的一个大石坪，光光的石头刻着一部《金刚经》，字有斗来大，年月久了，大部分都让水磨平了。回到正路，雨不知道什么时候已经住了，人走了一身汗，巴不得把雨衣脱下来，凉快凉快。说巧也巧，我们正好走进一座柏树林，阴森森的，亮了的天又变黑了，好像黄昏提前到了人间，汗不但下去，还觉得身子发冷，无怪乎人把这里叫作柏洞。我们抖擞精神，一气走过壶天阁，登上黄岘岭，发现沙石全是赤黄颜色，明白中溪的水为什么黄了。

靠住二天门的石坊，向四下里眺望，我又是骄傲，又是担心。骄傲我已经走了一半的山路，担心自己走不了另一半的山路。云薄了，雾又上来。我们歇歇走走，走走歇歇，如今已经是下午四点多了。困难似乎并不存在，眼面前是一段平坦的下坡土路，年轻人跳跳蹦蹦，走了下去，我也像年轻了一样，有说有笑，跟在他们后头。

我们在不知不觉中，从下坡路转到上坡路，山势陡峭，上升的坡度越来越大。路一直是宽整的，只有探出身子的时候，才知道自己站在深不可测的山沟边，明明有水流，却听不见水声。仰起头来朝西望，半空挂着一条两尺来宽的白带子，随风摆动，想凑近了看，隔着辽阔的山沟，走不过去。我们正在赞不绝口，发现已经来到一座石桥跟前，自己还不清楚是怎么一回事，细雨打湿了浑身上下。原来我们遇到另一类型的飞瀑，紧贴桥后，我们不提防，几乎和它撞个正着。水面有两三丈宽，离地不高，发出一泻千里的龙虎声威，打着桥下奇形怪状的石头，口沫喷得老远。从这时候起，山涧又从左侧转到右侧，水声淙淙，跟我们跟到南天门。

过了云步桥，我们开始走上攀登泰山主峰的盘道。南天门应该近了，由于山峡回环曲折，反而望不见了。野花野草，什么形状也有，什么颜色也有，挨挨挤挤，芊芊莽莽，要把巉岩的山石装扮起来。连我上了一点岁数的人，也学小孩子，掐了一把，直到花朵和叶子全蔫了，才带着抱歉的心情，丢在山涧里，随水漂去。但是把人的心灵带到一种崇高的境界的，却是那些“吸翠霞而夭矫”的松树。它们不怕山高，把根扎在悬崖绝壁的隙缝，身子扭得像盘龙柱子，在半空展开枝叶，像是和狂风乌云争夺天日，又像是和清风白云游戏。有的松树望穿秋水，不见你来，独自上到高处，斜着身子张望。有的松树像一顶墨绿大伞，支开了等你。有的松树自得其乐，显出一副潇洒的模样。不管怎么样，它们都让你觉得它们是泰山的天然的主人，谁少了谁，都像不应该似的。雾在对松山的山峡飘来飘去，天色眼看黑将下来。我不知道上了多少石级，一级又一级，是乐趣也是苦趣，好像从我有生命以来就在登山似的，迈前脚，拖后脚，才不过走完慢十八盘。我靠住升仙坊，仰起头来朝上望，紧十八盘仿佛一架长梯，搭在南天门口。我胆怯了。新砌的石级窄窄的，搁不下整脚。怪不得东汉的应劭，在《泰山封禅仪记》里，这样形容：“仰视天门窔辽，如从穴中视天，直上七里，赖其羊肠逶迤，名曰环道，往往有絙索可得而登也，两从者扶挟，前人相牵，后人见前人履底，前人见后人顶，如画重累人矣，所谓磨胸捏石扪天之难也。”一位老大爷，斜着脚步，穿花一般，侧着身子，赶到我们前头。一位老大娘，挎着香袋，尽管脚小，也稳稳当当，从我们身边过去。我像应劭说的那样，“目视而脚不随”，抓住铁扶手，揪牢年轻人，走十几步，歇一口气，终于在下午七点钟，上到南天门。

心还在跳，腿还在抖，人到底还是上来了。低头望着新整然而长极了的盘道，我奇怪自己居然也能上来。我走在天街上，轻松愉快，像一个没事人一样。一排留宿的小店，没有名号，只有标记，有的门口挂着一只笊篱，有的窗口放着一对鹦鹉，有的是一根棒槌，有的是一条金牛，地方宽敞的摆着茶桌，地方窄小的只有炕几，后墙紧贴着峥嵘的山石，前脸正对着万丈的深渊。别成一格的还有那些石头。古诗人形容泰山，说“泰山岩岩”，注解人告诉你：岩岩，积石貌。的确这样，山顶越发给你这种感觉。有的石头像莲花瓣，有的像大象头，有的像老人，有的像卧虎，有的错落成桥，有的兀立如柱，有的侧身探海，有的怒目相向。有的什么也不像，黑忽忽的，一动不动，堵住你的去路。年月久，传说多，登封台让你想象帝王拜山的盛况，一个光秃秃的地方会有一块石碣，指明是“孔子小天下处”。有的山池叫作洗头盆，据说玉女往常在这里洗过头发；有的山洞叫作白云洞，传说过去往外冒白云，如今不冒白云了，白云在山里依然游来游去。晴朗的天，你正在欣赏“齐鲁青未了”，忽然一阵风来，“荡胸生层云”，转瞬间，便像宋之问在《桂阳三日述怀》里说起的那样，“云海四茫茫”。是云吗？头上明明另有云在。看样子是积雪，要不也是棉絮堆，高高低低，连续不断，一直把天边变成海边。于是阳光掠过，云海的银涛像镀了金，又像着了火，烧成灰烬，不知去向，露出大地的面目。两条白线，曲曲折折，是奈河，是汶河。一个黑点子在碧绿的图案中间移动，仿佛蚂蚁，又冒一缕青烟。你正在指手划脚，说长道短，虚象和真象一时都在雾里消失。

我们没有看到日出的奇景。那要在秋高气爽的时候。不过我们也有自己的独得之乐：我们在雨中看到的瀑布，两天以后下山，已经不那样壮丽了。小瀑布不见，大瀑布变小了。我们沿着西溪，翻山越岭，穿过果香扑鼻的苹果园，在黑龙潭附近待了老半天。不是下午要赶火车的话，我们还会待下去的。山势和水势在这里别是一种格调，变化而又和谐。

山没有水，如同人没有眼睛，似乎少了灵性。我们敢于在雨中登泰山，看到有声有势的飞泉流瀑，倾盆大雨的时候，恰好又在斗母宫躲过，一路行来，有雨趣而无淋漓之苦，自然也就格外感到意兴盎然。

（选自《李健吾散文选集》，百花文艺出版社，2009年版）

【交流之窗】

这是一篇很典范的移步换景的游记散文。在雨中游览泰山的过程中，作者依次经过了岱宗坊、虎山水库、一天门、孔子登临处、天阶、长门洞、经石峪、柏洞、壶天阁、黄岘岭、二天门、云步桥、慢十八盘、升仙坊、紧十八盘、南天门、天街等地方，可谓处处有景，步步精彩，但是重点为我们描绘了虎山水库的水势，插叙了虬在湾的传说，刻画了七真祠的塑像，渲染了十八盘的险峻，颂赞了泰山松的顽强生命力，描摹了山顶怪石的状貌和远处云海的奇观，体现了作者雨中登山的满满收获。不仅如此，作者还写出了山下仰望泰山时感到的高大巍峨，山顶远眺时的一览众山小；仰视十八盘时如巨蟒般的高峻陡峭，俯瞰时山路的齐整平易，写出了同一景物，不同的角度呈现的不同特点，这是“移步换景”的另一种形式。

抑扬是指作者对所写事物或贬斥压抑或褒扬高张的情感态度，在行文当中，为了达到更好的表情达意效果，作者往往采取欲扬先抑、欲抑先扬或是在抑扬之间陡然转换的方式，目的是避免平铺直叙，使自己要褒贬的事物形象特点得到更大程度的突显，也更鲜明、强烈地表达自己的情感态度。

不是死，是爱

勃朗宁夫人　　方 平 译

勃朗宁夫人(1806—1861)，英国著名女诗人，代表作有诗集《葡萄牙的十四行诗》等。

我想起，当年希腊的诗人曾经歌咏：
年复一年，那良辰在殷切的盼望中
翩然降临，各自带一份礼物
分送给世人——年老或是年少。
当我这么想，感叹着诗人的古调，
穿过我泪眼所逐渐展开的幻觉，
我看见，那欢乐的岁月、哀伤的岁月——
我自己的年华，把一片片黑影接连着
掠过我的身。紧接着，我就觉察
（我哭了）我背后正有个神秘的黑影
在移动，而且一把揪住了我的发，
往后拉，还有一声吆喝（我只是在挣扎）：
“这回是谁逮住了你？猜！”“死。”我答话。
听呐，那银铃似的回音：“不是死，是爱！”

（选自《勃朗宁夫人抒情十四行诗集》，四川人民出版社，1982年版）

【交流之窗】

诗歌开头，诗人写自己一直沉溺在古希腊的诗行里，在那里命运会给予所有人以美好的礼物。但是，自己的命运在长长的岁月中总是由一片片黑影连接着，只好整日以泪洗面，这正是诗人对自己不幸人生的悲叹，是不幸在诗人心灵上投下的巨大阴影的写照。诗人还觉察到，背后正有个神秘的黑影攫住了自己，诗人猜测那一定是“死亡”，因为她对人生幸福已觉无望。但是，结尾陡转，诗的格调突然间明朗而昂扬：因为那攫住她的神秘黑影“不是死，是爱！”这首诗的思路和结构上比较鲜明地体现了十四行诗所遵循的起、承、转、合的结构特点。

指在安排材料时故意设置前后不能按顺序正确对位的格式，以达到强调重点、突出主题的作用。

游褒禅山记

王安石

⊙ 王安石　王博绘

王安石（1021—1086），字介甫，宋代政治家、文学家，著作有《临川先生文集》。

褒禅山亦谓之华山，唐浮图慧褒始舍于其址[①]，而卒葬之；以故其后名之曰“褒禅”。今所谓慧空禅院者，褒之庐冢也[②]。距其院东五里，所谓华山洞[③]者，以其乃华山之阳名之也。距洞百余步，有碑仆道[④]，其文漫灭，独其为文犹可识曰“花山”。今言“华”如“华实”之“华”者，盖音谬也[⑤]。

其下平旷，有泉侧出，而记游者甚众，所谓前洞也。由山以上五六里，有穴窈然，人之甚寒，问其深，则其好游者不能穷也，谓之后洞。余与四人拥[⑥]火以入，入之愈深，其进愈难，而其见愈奇。有怠而欲出者，曰：“不出，火且尽。”遂与之俱出。盖余所至，比好游者尚不能十一[⑦]，然视其左右，来而记之者已少。盖其又深，则其至又加少矣。方是时，余之力尚足以入，火尚足以明也。既其出，则或咎其欲出者，而余亦悔其随之，而不得极夫游之乐也。

于是余有叹焉。古人之观于天地、山川、草木、虫鱼、鸟兽，往往有得，以其求思之深而无不在也[⑧]。夫夷以近，则游者众；险以远，则至者少。而世之奇伟、瑰怪，非常之观，常在于险远，而人之所罕至焉，故非有志者不能至也。有志矣，不随以止也，然力不足者，亦不能至也。有志与力，而又不随以怠，至于幽暗昏惑而无物以相之[⑨]，亦不能至也。然力足以至焉，于人为可讥，而在己为有悔；尽吾志也而不能至者，可以无悔矣，其孰能讥之乎？此余之所得也！

余于仆碑，又以悲夫古书之不存，后世之谬其传而莫能名者[10]，何可胜道也哉！此所以学者不可以不深思而慎取之也。

四人者：庐陵萧君圭君玉[11]，长乐王回深父[12]，余弟安国平父、安上纯父[13]。

至和元年七月某日，临川王某记[14]。

【注释】

①浮图：梵（fàn）语（古印度语）音译词，也写作“浮屠”或“佛图”，本意是佛或佛教徒，这里指和尚。慧褒：唐代高僧。舍：建舍定居。址：地基，基部，基址，这里指山脚。②慧空禅院：寺院名。庐冢（zhǒng）：古时为了表示孝敬父母或尊敬师长，在他们死后的服丧期间，为守护坟墓而盖的屋舍，也称“庐墓”。这里指慧褒弟子在慧褒墓旁盖的屋舍。③华山洞：南宋王象生《舆地纪胜》写作“华阳洞”，看正文下句应写作“华阳洞”。④仆道：“仆（于）道”的省略，倒在路旁。⑤今言“华”（huā）如“华（huá）实”之“华（huá）”者，盖音谬也：汉字最初只有“华（huā）”字，没有“花”字，后来有了“花”字，“华”“花”分家，“华”才读为huá。盖：承接上文，解释原因，有“大概因为”的意思。⑥拥火：拿着火把。拥，持，拿。⑦盖：表猜测的发语词，大概。尚：还。不能十一：不及十分之一。不能：不及，不到。⑧以：因为。求思：探求、思索。而：连词，表递进，而且。无不在：无所不在，没有不探索、思考的，指思考问题广泛全面。⑨至于：这里是抵达、到达的意思，不同于现代汉语用在下文开头，表示提出另一话题。幽暗昏惑：幽深昏暗，叫人迷乱（的地方）。昏惑：迷乱。以：连词，表目的。相（xiàng）：帮助，辅助。⑩谬其传：把那些（有关的）传说弄错。谬，使……谬误，把……弄错。莫能名：不能说出真相（一说真名）。⑪庐陵：今江西吉安。萧君圭，字君玉。⑫长乐：今福建长乐。王回，字深父。父：通“甫”，下文的“平父”“纯父”的“父”同。⑬安国平父、安上纯父：王安国，字平父。王安上，字纯父。⑭至和元年：公元1054年。至和：宋仁宗的年号。临川：今江西临川。王某：王安石。古人作文起稿，写到自己的名字，往往只作“某”，或者在“某”上冠姓，以后在誊写时才把姓名写出。根据书稿编的文集，也常常保留“某”的字样。

（选自《中国历代散文选》，北京出版社，1990年版）

【交流之窗】

这是一篇特殊的游记作品，它不是以对山川风物的描写为主，而是因事说理，重在明理。

文章前半部分记游，重点内容有二：先是通过考证，发现了此山的称谓与实证之间的谬误之处；之后是记叙游历前后两洞的经过，重在叙写游后洞时半途而废以致不能尽兴的经历。最后转入议论，写自己游山之后的两个心得：一是志、力、物三者对人生事功的作用及相互关系；二是治学需要严谨求实的态度。按照正常的格式，为了求得与记叙部分内容安排顺序的一致，这两段议论文字应该第二条在前，第一条在后，这才是常格。但是作者却颠倒了二者顺序，采用错格处理，其目的是为文章主旨的表达服务。作者本文要表达的主要思想就是志、力、物三者与个人行事之间的辩证哲理，也为以后自己变法行为提供了理论动力。至于治学态度问题，那只是附带表达的次要内容，所以按照先主后次、先轻后重的原则，自然前后倒置了。

第四编

技法之美

⊙ 陈连强绘

文章的技法这个概念包含的范围很广，它泛指在写作过程中运用的各种表达技巧。这里所举出的比喻、对比、反复、夸张、拟人等技法，并不仅是语言修辞上的手法，还扩大到包括选材立意、谋篇构思、表现手法等方面。比如结构性比喻，它是把全文中的各个事物组织起来，构成一种相互联系的比喻系统，使全文具有通俗易懂的形象化特征，更便于表情达意或辨析说理；对比则是拿同一事物在不同时空当中，或不同事物在同一时空当中呈现的不同情况进行正反对照，从而更深刻地表达主题，所以是一种谋篇构思的技法。再如反复重复，祥林嫂不断向鲁镇的人们叙述阿毛的故事，前后内容和语言基本没有什么变化，这里使用的并不是语言修辞手法，而是一种表现手法，是为了更好地表现阿毛之死对祥林嫂精神上的打击之大。因此我们读本编的诗文时不要只拘泥于语言的修辞之美。

以小见大是指从小的可以看出大的，指通过小事可以看出大节，或通过一小部分看出整体。在写作中则是对形象进行强调、取舍、浓缩，以独到的想象抓住一点或一个局部加以集中描写或延伸放大，是小中寓大，以小胜大，能更充分地表达主题思想。所以它既是一种表现手法，也是一种构思技巧。

在本编的选文中，还特别突出介绍了一些新奇的写作技法。如错位，是指小说的前文铺垫与结局的错位，人物的愿望与结果的错位，人物内在与外表的错位等等，这样的安排往往能发人深思，使主旨的表达更加深刻。反常冲击是描写文中的主人公超乎情理的表现，从而让读者用心去寻求其中的深层原因，达到深入理解人物内心的目的。反转创新，是描写常见事物的不寻常的表现，如《牡丹的拒绝》，或是赋予寻常概念以新的含义，从而在寻常之中创造出不寻常，使文章翻出新意。化丑为美，则是故意渲染描写丑陋的事物，或是渲染事物丑陋的一面，然后彰显其深刻的社会内涵，或是表现其内蕴的深刻哲理。其余的新奇技法也都是艺术家们天才的创造，而且各有其表达上的妙处，不再一一列举，请读者在阅读中细细体会。

比喻是写作时最常用的修辞手法之一。在描写、说明事物或阐明事理时，根据事物之间的非本质的相似性，刻意把甲事物说成是乙事物，以造成更直观、生动和熟识的效果，使甲事物更容易被认识。依据描写或说明的方式比喻可分为“明喻（直喻）”“暗喻（隐喻）”“借喻”“博喻”等。

（一）多方设喻

多方设喻，实际是一个本体、多个喻体的博喻，是从不同角度、不同层次或不同阶段描写和说明同一事物的表现手法。

祖国啊，我亲爱的祖国

舒　婷

舒婷，生于1952年，中国当代女诗人，朦胧诗派的代表人物。代表作有《致橡树》《神女峰》《双桅船》等。

我是你河边上破旧的老水车，
数百年来纺着疲惫的歌；
我是你额上熏黑的矿灯，
照你在历史的隧洞里蜗行摸索；
我是干瘪的稻穗；是失修的路基；
是淤滩上的驳船，
把纤绳深深
勒进你的肩膊；
——祖国啊！

我是贫困，
我是悲哀。

我是祖祖辈辈
痛苦的希望啊，
是“飞天”袖间
千百年来未落到地面的花朵；
——祖国啊！

我是你簇新的理想，
刚从神话的蛛网里挣脱；
我是你雪被下古莲的胚芽；
我是你挂着眼泪的笑涡；
我是新刷出的雪白的起跑线；
是绯红的黎明
正在喷薄；
——祖国啊！

我是你的十亿分之一，
是你九百六十万平方的总和；
你以伤痕累累的乳房
喂养了
迷惘的我，深思的我，沸腾的我；
那就从我的血肉之躯上
去取得
你的富饶，你的荣光，你的自由；
——祖国啊，
我亲爱的祖国！

（选自《舒婷的诗》，人民文学出版社，2004年版）

【交流之窗】

本诗首先把抒情主人公“我”进行物化，使之成为与祖国血肉相连的一部分，然后，多角度设喻，形成一组组新颖、独特而又意蕴深邃的意象，抒发了对祖国强烈、真挚的深情。

第一段，作者用“破旧的老水车”“熏黑的矿灯”“疲惫的歌”“干瘪的稻惠”“失修的路基”“淤滩上的驳船”几个意象，表现了祖国苦难深重、饱经沧桑的历史和贫穷落后、百废待兴的现实；而“在历史的隧洞里蜗行摸索”“把纤绳深深勒进你的肩膊”则又表现了中华民族负重前行、渴求发展的坚韧意志。

第二段，用“‘飞天’袖间千百年来未落到地面的花朵”表现伟大民族苦苦追寻希望却未能实现的悲壮历程。

第三段，以“簇新的理想”“古莲的胚芽”“挂着眼泪的笑窝”“雪白的起跑线”“绯红的黎明”等一系列密集的意象，象征祖国人民刚从“十年浩劫”的噩梦中醒来，挣脱了愚昧思想的束缚，满怀希望，奔向新的理想征程的欣喜和信心，感情基调变得激越、高扬。

第四段，“我”与祖国再次融合：“我是你十亿分之一”，“是你九百六十万平方的总和”，再次强调了与祖国不可分割的联系。“伤痕累累的乳房”是祖国饱经苦难的写照，而“迷惘的我、深思的我、沸腾的我”则概括了历史转折时期青年人由迷惘到反思，由反思到奋进的心路历程。最后，愿以“我”的血肉之躯去换取祖国的富饶、荣光与自由。至此，感情活动达到极点，奏出了全诗的最强音。

（二）结构性比喻

在同一语境中，内容上互相关联的多个比喻组合一起，形成逻辑严密的比喻系统，以形象而直观地描绘说明一个事物和多个事物、同一事物的多个方面及事物间的复杂关系，阐述深刻的道理。

论创造

罗曼·罗兰　　孙 梁 译

罗曼·罗兰（1866—1944），法国批判现实主义作家。代表作有长篇小说《约翰·克利斯朵夫》、传记《名人传》等。

生命是一张弓，那弓弦是梦想。箭手在何处呢？

我见过一些俊美的弓，用坚韧的木料制成，了无节痕，谐和秀逸如神之眉；但仍无用。

我见过一些行将震颤的弦线，在静寂中战栗着，仿佛从动荡的内脏中抽出的肠线。它们绷紧着，即将奏鸣了……它们将射出银矢——那音符——在空气的湖面上拂起涟漪，可是它们在等待什么？终于松弛了。永远没有人听到乐声了。

震颤沉寂，箭枝纷散；

箭手何时来捻弓呢？

他很早就来把箭搭在我的梦想上。我几乎记不起何时我曾躲过他。只有神知道我怎样地梦想！我的一生是一个梦。我梦着我的爱，我的行动和我的思想。在晚上，当我无眠时；在白天，当我幻想时，我心灵中的谢海莱莎特就解开了纺纱杆；她在急于讲故事时，把她梦想的线索搅乱了。我的弓跌到了纺纱杆一面。那箭手，我的主人，睡着了。但即使在睡眠中，他也不放松我。我挨近他躺着；我像那把弓，感到他的手放在我光滑的木杆上；那只丰美的手、那些修长而柔软的手指，它们用纤嫩的肌肤抚弄着在黑夜中奏鸣的一根弦线。我使自己的颤动融入他身体的颤动中，我战栗着，等候苏醒的瞬间，那时神圣的箭手就会把我搂入他怀抱里。

所有我们这些有生命的人都在他掌中；灵智与身体，人，兽，元素——水与火——气流与树脂——一切有生之物……

生存何足道！要生活，就必须行动。您在何处，Primns movens？我在向您呼吁，箭手！生命之弓在您脚下横着。俯下身来，拣起我吧！把箭搭在我的弓弦上，射吧！

我的箭如飘忽的羽翼，嗖地飞去了；那箭手把手挪回来，搁在肩头，一面注视着向远方消失的飞矢；而渐渐的，已经射过的弓弦也由震颤而归于凝止。

神秘的发泄！谁能解释呢？一切生命的意义就在于此——在于创造的刺激。

万物都在期待着在这刺激的状态中生活着。我常观察我们那些小同胞，那些兽类与植物奇异的睡眠——那些禁锢在茎衣中的树木、做梦的反刍动物、梦游的马、终身懵懵懂懂的生物。而我在它们身上却感到一种不自觉的智慧，其中不无一些悒郁的微光，显出思想快形成了：

"究竟什么时候才行动呢？"

微光隐没。它们又入睡了，疲倦而听天由命……

"还没到时候呐。"

我们必须等待。

我们一直等待着，我们这些人类。时候毕竟到了。

可是对于某些人，创造的使者只站在门口。对于另一些人，他却进去了。他用脚碰碰他们：

"醒来！前进！"

我们一跃而起。咱们走！

我创造，所以我生存。生命的第一个行动是创造的行动。一个新生的男孩刚从母亲子宫里冒出来时，就立刻洒下几滴精液。一切都是种子；身体和心灵均如此。每一种健全的思想是一颗植物种子的包壳，传播着输送生命的花粉。造物主不是个劳作了六天而在安息日上休憩的有组织的工人。安息日就是主日，那伟大的创造日。造物主不知道还有什么别的日子。如果他停止创造，即使是一刹那，他也会死去。因为“空虚”会张开两颚等着他……颚骨，吞下吧，别作声!巨大的播种者散布着种子，仿佛流泻的阳光；而每一颗洒下来的渺小种子就像另一个太阳。倾泻吧，未来的收获，无论肉体或精神的!精神或肉体，反正都是同样的生命之源泉。“我的不朽的女儿，刘克屈拉和曼蒂尼亚……”我产生我的思想和行动，作为我身体的果实……永远把血肉赋予文字……这是我的葡萄汁，正如收获葡萄的工人在大桶中用脚踩出的一样。因此，我一直创造着……

（选自《一世珍藏的130篇散文》，长江文艺出版社，2008年版）

【交流之窗】

本文篇幅虽然短小，却饱含着深刻的哲理。作者借助丰富的联想与想象，运用大量的比喻，为我们阐述了生命的意义在于创造，要生存，就要去创造的人生真谛。文章一开头，作者首先把生命比作一张弓，梦想是弓弦，而创造就是能使之发挥作用的箭手。这三个内容上联系紧密、不可分割的比喻，奠定了全文形象化说理的基础。在此基础上，作者又派生出各种有关联的比喻，构建出全文的结构性比喻系统，使文章达到了形象性与逻辑性的高度统一。

（三）隐喻

隐喻作为语言修辞技巧，相当于暗喻。在文学作品中，人们常常突破词句之间的习惯联系，把一些似乎毫无关联或仅有形式上相似的事物联系到一起，用“是”“变成”等连接，有时不用比喻词，以达到用乙事物理解甲事物，或赋予甲事物更丰富含义的效果。

我的空中楼阁

李乐薇

李乐薇，生于1930年，中国台湾当代散文作家，著有《同窗集》《书呆子的智慧》等。

山如眉黛，小屋恰似眉梢的痣一点。

十分清新，十分自然，我的小屋玲珑地立于山脊一个柔和的角度上。

世界上有很多已经很美的东西，还需要一些点缀，山也是。小屋的出现，点破了山的寂寞，增加了风景的内容。山上有了小屋，好比一望无际的水面飘过一片风帆，辽阔无边的天空掠过一只飞雁，是单纯的底色上一点灵动的色彩，是山川美景中的一点生气，一点情调。

小屋点缀了山，什么来点缀小屋呢？那是树！

山上有一片纯绿色的无花树；花是美丽的，树的美丽也不逊于花。花好比人的面庞，树好比人的姿态。树的美在于姿势的清健或挺拔、苗条和婀娜，在于活力，在于精神！

有了这许多树，小屋就有了许多特点。树总是轻轻摇动着。树的动，显出小屋的静；树的高大，显出小屋的小巧；而小屋别致出色，乃是由于满山皆树，为小屋布置了一个美妙的绿的背景。

小屋后面有一棵高过屋顶的大树，细而密的枝叶伸展在小屋的上面，美而浓的树阴把小屋笼罩起来。这棵树使小屋给予人另一种印象，使小屋显得含蓄而有风度。

换个角度，近看改为远观，小屋却又变换位置，出现在另一些树的上面，这个角度是远远地站在山下看。首先看到的是小屋前面的树，那些树把小屋遮掩了，只在树与树之间露出一些建筑的线条，一角活泼翘起的屋檐，一排整齐的图案式的屋瓦。一片蓝，那是墙；一片白，那是窗。我的小屋在树与树之间若隐若现，凌空而起，姿态翩然。本质上，它是一幢房屋；形势上，却像鸟一样，蝶一样，憩于枝头，轻灵而自由！

小屋之小，是受了土地的限制。论"领土"，只有有限的一点。在有限的土地上，房屋比土地小，花园比房屋小，花园中的路又比花园小，这条小路是我袖珍型的花园大道。和"领土"相对的是"领空"，论"领空"却又是无限的，足以举目千里，足以俯仰天地，左顾有山外青山，右盼有绿野阡陌。适于心灵散步，眼睛旅行，也就是古人说的游目骋怀。这个无限的"领空"，是我开放性的院子。

有形的围墙围住一些花，有紫藤、月季、喇叭花、圣诞红之类。天地相连的那一道弧线，是另一重无形的围墙，也围住一些花，那些花有朵状有片状，有红，有白，有绚烂，也有飘落。也许那是上帝玩赏的牡丹或芍药，我们叫它云或霞。空气在山上特别清新，清新的空气使我觉得呼吸的是香！

光线以明亮为好，小屋的光线是明亮的，因为屋虽小，窗很多。例外的只有破晓或入暮，那时山上只有一片微光，一片柔静，一片宁谧。小屋在山的怀抱中，犹如在花蕊中一般，慢慢地花蕊绽开了一些，好像层山后退了一些。山是不动的，那是光线加强了，是早晨来到了山中。当花瓣微微收拢，那就是夜晚来临了。小屋的光线既高于科学的时间性，也高于浪漫的文学性。

山上的环境是独立的，安静的。身在小屋享受着人间的清福，享受着充足的睡眠，以及一天一个美梦。

出入的环境要道，是一条类似苏花公路的山路，一边傍山，一边面临稻浪起伏的绿海和那高高的山坡。山路和山坡不便于行车，然而便于我行走。我出外，小屋是我快乐的起点；我归来，小屋是我幸福的终站。往返于快乐与幸福之间，哪儿还有不好走的路呢？我只觉得出外时身轻如飞，山路自动地后退；归来时带几分雀跃的心情，一跳一跳就跳过了那些山坡。我替山坡起了个名字，叫幸福的阶梯，山路被我唤做空中走廊！

我把一切应用的东西当做艺术，我在生活中的第一件艺术品——就是小屋。白天它是清晰的，夜晚它是朦胧的。每个夜幕深重的晚上，山下亮起灿烂的万家灯火，山上闪出疏落的灯光。山下的灯把黑暗照亮了，山上的灯把黑暗照淡了，淡如烟，淡如雾，山也虚无，树也缥缈。小屋迷于“雾失楼台”的情景中，它不再是清晰的小屋，而是烟雾之中、星点之下、月影之侧的空中楼阁！

这座空中楼阁占了地利，可以省去许多室内设计和其他的装饰。

虽不养鸟，每天早晨有鸟语盈耳。

无需挂画，门外有幅巨画——名叫自然。

（选自《精美散文》，中国华侨出版社，2013年版）

【交流之窗】

本文的题目有两重含义。一是字面义，指建筑在山脊高处、烟雾迷蒙中、犹如耸入天际的楼阁一样的家居小屋；另一层则是它的深层隐喻义，远离尘俗、独立安静、自成一统的理想生活环境。这一隐喻义，含蓄地表达了文章的主旨。行文当中，作者也多次使用隐喻的手法，丰富了文章的内在意蕴。“无需挂画，门外有幅巨画——名叫自然”，这句话，是对屋外自然环境特点的总体概括，表达了作者置身大自然中的得性适意之感，有“诗中有画，画中有诗”之妙趣。“有限的领土”，是对花园和小屋空间的实写，“无限的领空”则是对自己可以“游目骋怀”的外界开放的自然空间的隐喻。有形的围墙实指自家的院墙，无形的围墙隐喻天地相连的交际线，由此推衍，无形的围墙围住的那些花，隐喻的则是空中的各色云霞。此外，花瓣的绽开与收拢，隐喻环绕小屋的群山在日光初升和夕阳渐落时的视觉感受；山坡叫幸福的阶梯，山路叫空中走廊，公路边一望无际、随风起伏的稻田则叫“绿海”。这些隐喻的密集使用，增加了景物描写的层次感、形象性，拓宽了读者的想象空间，也使散文的意境更加阔大而深邃，更好地表现作者试图超脱现实世界，追求独立人格、自由精神，在大自然中诗意栖居的强烈愿望。

（四）互喻

根据甲、乙事物之间某一方面的相似性，当需要描写或说明乙事物时，便以甲事物喻之；当需要描写或说明甲事物时，便以乙事物喻之。像这种甲乙两事物互为喻体的比喻，修辞上称之为“互喻”，它一方面可以使两事物形象互相映衬、鲜明有趣，另一方面也增添了语言的韵律美。

天上的市街

郭沫若

远远的街灯明了，
好像是闪着无数的明星。
天上的明星现了，
好像是点着无数的街灯。
我想那缥缈的空中，
定然有美丽的街市。
街市上陈列的一些物品，
定然是世上没有的珍奇。
你看，那浅浅的天河，
定然是不甚宽广。
那隔河的牛郎织女，
定能够骑着牛儿来往。
我想他们此刻，
定然在天街闲游。
不信，请看那朵流星，
是他们提着灯笼在走。

1921年10月24日

（选自《郭沫若诗选》，浙江文艺出版社，2001年版）

【交流之窗】

地上有明星一样的街灯，天上有街灯一样的明星，天上人间，交相辉映。诗人通过两个互换本体与喻体的比喻，将天上与人间连成一体，构成神奇、美丽的意境，引发读者无限的遐想。然后，又发挥想象，描绘天街灯火辉煌、美丽富足、有情人终成眷属的美好景象，把牛郎织女的悲剧结局改写为团圆的喜剧，表现了年轻时的诗人对浪漫幸福生活的追求。

对比就是把相互对立的两个事物，或把一个事物的正反两个方面放在一起作比较，让读者在比较中分清好坏、辨别是非。运用这种手法，有利于充分显示事物的矛盾，突出被表现事物的本质特征，加强文章的艺术效果和感染力。

（一）不同时空对比

描写比较对象在不同的时间，不同的空间下所呈现的相对或相反的性状特点，通过追寻原因揭示事物本质，表现深刻主题。

没有秋虫的地方

叶圣陶

叶圣陶（1894—1988），中国现代作家，教育家，代表作有《倪焕之》《稻草人》等。

阶前看不见一茎绿草，窗外望不见一只蝴蝶，谁说是鹁鸽箱里的生活，鹁鸽未必这样枯燥无味呢。

秋天来了，记忆就轻轻提示道："凄凄切切的秋虫又要响起来了。"可是一点影响也没有，邻舍儿啼人闹弦歌杂作的深夜，街上轮震石响邪许（拟声词）并起的清晨，无论你靠着枕头听，凭着窗沿听，甚至贴着墙角听，总听不到一丝秋虫的声息。并不是被那些欢乐的劳困的宏大的清亮的声音淹没了，以致听不出来，乃是这里根本没有秋虫。啊，不容留秋虫的地方！秋虫所不屑居留的地方！

若是在鄙野的乡间，这时候满耳朵是虫声了。白天与夜间一样的安闲；一切人物或动或静，都有自得之趣；嫩暖的阳光和轻淡的云影覆盖在场上。到夜呢，明耀的星月和轻微的凉风看守着整夜，在这境界这时间里唯一足以感动心情的就是秋虫的合奏。它们高低宏细疾徐作歇，仿佛经过乐师的精心训练，所以这样地无可批评，踌躇满志。其实它们每一个都是神妙的乐师；众妙毕集，各抒灵趣，哪有不成人间绝响的呢。

虽然这些虫声会引起劳人的感叹，秋士的伤怀，独客的微喟，思妇的低泣；但是这正是无上的美的境界，绝好的自然诗篇，不独是旁人最欢喜吟味的，就是当境者也感受一种酸酸的麻麻的味道，这种味道在另一方面是非常隽永的。

大概我们所蕲求的不在于某种味道，只要时时有点儿味道尝尝，就自诩为生活不空虚了。假若这味道是甜美的，我们固然含着笑来体味它；若是酸苦的，我们也要皱着眉头来辨尝它：这总比淡漠无味胜过百倍。我们以为最难堪而极欲逃避的，惟有这个淡漠无味！

所以心如槁木不如工愁善感，迷蒙的醒不如热烈的梦，一口苦水胜于一盏白汤，一场痛哭胜于哀乐两忘。这里并不是说愉快乐观是要不得的，清健的醒是不必求的，甜汤是罪恶的，狂笑是魔道的；这里只是说有味远胜于淡漠罢了。

所以虫声终于是足系恋念的东西。何况劳人秋士独客思妇以外还有无量数的人，他们当然也是酷嗜趣味的，当这凉意微逗的时候，谁能不忆起那美妙的秋之音乐？

可是没有，绝对没有！井底似的庭院，铅色的水门汀地，秋虫早已避去惟恐不速了。而我们没有它们的翅膀与大腿，不能飞又不能跳，还是死守在这里。想到"井底"与"铅色"，觉得象征的意味丰富极了。

一九二三年八月三十一日

（选自《中国二十世纪散文精品·叶圣陶卷》，太白文艺出版社，1996年版）

【交流之窗】

作者本为江苏吴县（今苏州）的一名小学教师，猛然间来到上海，作了商务印书馆的一名编辑，感受到的不是大都市的繁华热闹，而是觉得到了鹁鸽笼中，过着井底之蛙的灰色生活。作者通过景物描写，对两种生活环境做了鲜明的对比。一边是苏州郊区乡野的秋色秋声，这里有嫩暖的阳光，轻淡的云影，明耀的星月，轻爽的凉风，更有各种昆虫高低宏细疾徐作歇的合奏，虽然未免引起劳人的感叹，秋士的伤怀，独客的微喟，思妇的低泣，却是绝好的自然诗篇，富含隽永的人生趣味。另一边却是连秋虫也不容留或者都不屑留的上海闹市，这里听不到任何秋虫的声息，充斥耳膜的只有晚间邻舍的儿啼人闹弦歌杂作，清晨街上的轮震石响邪许并起，不但环境狭小逼仄，混乱嘈杂，而且生活枯燥无味。最后通过议论表达了自己的人生哲思：人要过贴近自然的、有趣味的生活，即使是工愁善感的有味，也胜过槁木死灰的淡漠。在这里，作者提倡的正是一种与自然和谐相融的、审美的人生态度，这对于当今生活在钢筋水泥的丛林里的我们，应该更有启发意义。

（二）同一时空对比

把比较对象放在同一时间、同一空间下进行比较，彰显差异和对立，揭示矛盾，区别善恶是非。

两个葬礼

乌尔法特　　董振邦　译

乌尔法特（1909—1977），阿富汗当代散文家和诗人。主要作品有《散文选》《诗选》和《论写作》等。

同一天，同一个小时，从同一个医院里抬出了两副灵柩：那一个死于贫血，这一个死于高血压。那副灵柩只有四个人抬在肩膀上；这副灵柩的后面却尾随着数不清的大小汽车。

那一个因为贫血死了；这一个却因为血量过多，血压过高，也不能久留人世。

他俩都死了，但死亡的原因不一样：一个因为喝了别人的血，需要请大夫抽血；另一个却因为血被人吸去，没有血了。

一个因为血量过多，另一个却因为血量太少而死。那一个是穷人，死于贫困。对于他的死，巴赫达通讯社毫无所闻；而这一个的死，各家报纸都深表遗憾，并且在版面上印了哀悼的黑色。

他们两人，一个是富翁，一个是雇工。不久前，富翁生病了，大夫把雇工的血输入病人体内。雇工强壮的身体变弱了，富翁却因尽情吃、喝、玩、乐，在短短的时间内就患上了高血压症。

哪里有这样的富翁，哪里就有这样的事情，而一个人的死要由两个人来代替。

使一个人变弱另一者变强，结果是两个人的死。压迫者与被压迫者的结局必然如此。

在我们看来，这两种死都是自然的死。但实际上却是杀人与被杀，是一笔血债。

在这两种死里也有杀人犯与被杀害者，但警察和官员们对此却一无所知。而这种精神上的杀害，他们已经司空见惯了。

这儿有这么个习惯：要是谁用枪杀了人或用巴掌打了人，他们也还是要受到审讯的。可是，要是谁把别人的饭吃掉了，使人死于饥饿，那么这种杀人犯不会受到任何惩罚，谁也不认为这样被杀的人是牺牲者，谁也不会为他祷告。

我们看到的只是非常表面的现象，没有看到实质。我们的医生也全都和我们一样，不知道真正的病症是“压迫”，而有效的治疗方法是“公正”。

（选自《世界散文精华·亚洲卷》，江苏文艺出版社，1994年版）

【交流之窗】

同一个时间，同一家医院，死了两个人，一个是富翁，一个是穷人。这样的事情全世界时刻都在发生，本没什么稀奇。但是当作者把他们的死因、死后反响、葬礼情形一一对比后，发现了两者之间的因果关系，揭开了隐藏在司空见惯的社会现象背后的本质：富人对穷人的压迫、剥削以及精神上的虐杀，而且这一切还是“合法的”，进而呼唤应该建立一个“公正”的世界。

就是由两个对象的某些相同或相似的性质，通过比较类推的逻辑方式，推断它们在其他性质上也有可能相同或相似的一种推理形式。作为一种文学手法，类比属于比喻范畴，与明喻、隐喻紧密相连，但又同中存异。类比是扩展式的比喻，所涉及的两事物间的相似点往往非止一端，个个对应，形成逻辑推理的前提，而比喻的本体和喻体之间只能有一个相似点，且属于不同类事物；另外，类比是一种比较类推的逻辑思维，而比喻只能依据本体和喻体的相似点进行比拟。

金蔷薇

帕乌斯托夫斯基

康斯坦丁·格奥尔吉耶维奇·帕乌斯托夫斯基（1892—1968），苏联小说家、散文家和文艺评论家。代表作有创作札记《金蔷薇》等。

记不起来了，这段关于一个巴黎清洁工约翰·沙梅的故事是怎样得来的。沙梅是靠打扫区里几家手工艺作坊维持生活的。沙梅住在城郊的一间草房里。本来可以把这个郊区大加描绘一番，以使读者离开故事的本题。不过，也许值得提一笔：直到现在巴黎城郊仍然还留存着一些古老的碉堡。在这个故事发生的时候，这些碉堡还被金银花和山楂子等杂草所覆盖着，一些野鸟就在这里筑了巢。

沙梅的草房便在靠北面一个堡垒的脚下，与洋铁匠、鞋匠，捡烟头的和乞丐们的破房子为邻。

要是莫泊桑曾经对这些草棚住户的生活发生过兴趣的话，那他或许会再写出几篇出色的短篇小说来。说不定，它们还会在他的永恒的光荣上添上新的桂冠呢。

可惜除了暗探以外，谁也没来瞻望过这些地方。就是那些暗探，也仅仅在搜索贼赃的时候才会光临。

邻居们管沙梅叫“啄木鸟”，从这里，可以想象得出他是瘦瘦的，鼻子尖尖的，帽子底下总是翘出一绺头发，好像一簇鸟雀的冠毛。

以前，沙梅也过过好日子。在墨西哥战争的时候，他在“小拿破仑”军团里当过兵。

沙梅福星高照。他在维拉克鲁斯得了很重的热病。于是这个害病的兵，没上过一次阵，就给遣送回国了。团长趁这个机会，把他的女儿苏珊娜，一个八岁的女孩子，托付沙梅带回法兰西去。

团长是个鳏夫，所以到哪儿都不得不把自己的女儿带在身边。但是这一次，他决定和女儿分手，把她送到在里昂的妹妹家里去。墨西哥的气候会夺去欧洲孩子的生命。况且混乱的游击战，造成了许多难以预料的危险。

在沙梅的归途上，大西洋蒸散着暑气。小姑娘终日沉默着。甚至看着从油腻腻的海水里飞跃出来的鱼儿，都没有一点笑容。

沙梅照顾苏姗娜无微不至。当然他也明白，她期望他的不仅是照顾，而且还要温柔。可是他，一个殖民军团的大兵，能想得出什么温柔来呢？他有什么办法使她快活呢？掷骰子吗？或者唱些兵营里粗野的小调吗？

但总不能老是这样沉默下去。沙梅越来越频繁地感到小姑娘用困惑的目光望着他。最后他决定把自己一生的经历断断续续地讲给她听，把英吉利海峡沿岸一个渔村的极琐碎的小事情都回想了起来：那里的流沙、落潮后的水洼、有一口破钟的小礼拜堂、给邻居们医治胃病的母亲。

在这些回忆里，沙梅找不出任何能使苏珊娜快活的有趣的东西。但是叫他奇怪的是，小姑娘却贪婪地倾听着这些故事，甚至常常逼他翻来覆去地讲，在一些新的小事情上刨根问底。

沙梅竭力回想，想出了这些详情细节，最后，简直连他自己都不敢相信是否真正有过这些事情了。这已经不是回忆，而是回忆的淡薄的影子。这些影子好像一小片薄雾似的随即消散了。的确，沙梅从来也没想到他还要来重新回想他一生中这一段多余的时期。

有一次，他朦胧地想起一朵金蔷薇的故事来。在一家老渔妇的屋子里，在十字架上，插着一朵做工粗糙、色泽晦暗的金蔷薇；不知道是他看见过这朵金蔷薇呢，还是从旁人那儿听到过这朵蔷薇的故事。

不，说不定，他有一次甚至亲眼看见过这朵蔷薇，并且还记得它怎样闪烁发光，虽然窗外并没有阳光，而且在海峡上空咆哮着惨厉的风暴。沙梅越来越清楚地想起了这朵蔷薇的光辉——低矮的天花板下面的几点明亮的火光。

全村的人都很奇怪：为什么这位老太婆没有卖掉这个宝贝。要是卖掉它，她可以得到很大一笔钱。唯独沙梅的母亲肯定地说卖掉这朵金蔷薇是有罪的。因为这是当她，这位老太婆，还是一个好笑的小姑娘，在奥捷伦一家沙丁鱼罐头工厂做工的时候，她的情人祝她"幸福"时送给她的。

"这样的金蔷薇在世界上不多，"沙梅的母亲说，"可是谁家要有它，就一定有福。不只是这家人，就是谁碰一碰这朵蔷薇都有福。"

沙梅当时还是个孩子，他焦急地等着老太婆有一天会幸福起来。但根本连一星幸福的模样也看不出来。老太婆的房子不断为狂风所摇撼，而且在晚上屋子里连灯火也没有了。

沙梅就这样离开了村子，没等看到老太婆的命运有什么好转。只过了一年，在哈佛耳，一个相识的邮船上的火夫告诉他，老太婆的儿子忽然从巴黎回来了。他是一个画家，满腮胡子，是一个快乐的、古里古怪的人物。从那个时候起，老太婆的茅舍已经跟以前大不相同了。里面充满了生气，过着无忧无虑的日子。据说，画家们东抹一笔西抹一笔可能赚大钱呢。

有一次，沙梅坐在甲板上，拿他的铁梳子给苏珊娜梳理她那被风吹乱了的头发，她向他说：

"约翰，有没有人会给我一朵金蔷薇？"

"什么都可能，"沙梅回答说。"絮姬[1]，你也会碰见一个怪人送你一朵的。我们那一连有一个瘦瘦的士兵，他可太走运了，他在战场上捡到半口坏了的金假牙，拿这个我们整连人都喝了个够。这还是在越南战争的时期呢。醉醺醺的炮手为了寻开心，放了一炮，炮弹落到一座死火山的喷火口上，就在那里爆炸了，不料火山也开始喷烟爆发起来。鬼晓得这座火山叫什么来着！仿佛叫克拉卡·塔卡。爆发得可真够瞧的！毁了四十个老乡。想想看，就因为这么半口旧的金假牙，死了这许多人！后来才晓得这个金假牙原来是我们上校丢掉的。当然，这件事情暗中了结了：军团的威信高于一切嘛。不过那一次我们可真喝了个痛快。"

“这是在什么地方？”絮姬怀疑地问。

“我不是告诉你了——在越南。在印度支那。在那个地方，海洋冒着火，就和地狱一般，而水母却像芭蕾舞女的镶花边的小裙子。而且那个地方，那种潮湿劲儿呀，一夜工夫，我们的靴子里就长出了蘑菇！若是我撒谎，就把我吊死！”

以前，沙梅听过很多当兵的说谎话，但是他自己从来没说过。并不是因为他不会说谎，只不过是没有这种需要。而现在他认为使苏珊娜快活是他的神圣的职务。

沙梅把小姑娘带到了里昂，当面把她交给了一位皱着黄嘴唇的高个子妇人——苏珊娜的姑母。这位老妇人满身缀着黑玻璃珠子，好像马戏班子里的一条蛇。

小姑娘一看见她，就紧紧地挨着沙梅，抓住了他的褪了色的军大衣。

“不要紧！”沙梅低声地说，轻轻地推了一下苏珊娜的肩膀。“我们当兵的也不挑拣连里的长官。忍着吧，絮姬，女战士！”

沙梅走了。他好几次回头张望这幢寂寞的屋子的窗户，连风都不来吹动这里的窗幔。在窄狭的街道上，能听见小店里的倥偬的时钟报时声。在沙梅的军用背囊里，藏着絮姬的纪念品——她辫子上的一条蓝色的揉皱了的发带。鬼知道为什么，这条发带有那么一股幽香，好像在紫罗兰的篮子里放了很久似的。

墨西哥的热病摧毁了沙梅的健康。军队也没给他什么军衔，就把他遣散了。以一个普普通通的大兵身份，去过老百姓的生活了。

多少年在同样贫困中过去了。沙梅尝试过各种卑微的职业。最后，成了一个巴黎的清洁工。从那时起，灰尘和污水的气味，总没离开过他。甚至从塞纳河飘过来的微风中，从街心花园中衣衫整洁的老太婆们兜售的含露的花束里，他都嗅到了这种气味。

日子溶为黄色的沉滓。但是有的时候在沙梅的心灵里，在这些沉滓中，浮现出一片轻飘的蔷薇色的云——苏珊娜的一件旧衣服。这件衣服曾有一股春天的清新气息，也仿佛在紫罗兰的篮子里放了很久似的。

苏珊娜，她在哪儿呢？她怎么了？他知道她现在已经是一个成年的姑娘了，而她父亲已经负伤死了。

沙梅总想要到里昂去看看苏珊娜。但每次他都延期了，直到最后他明白已经错过了时机，苏姗娜完全把他忘记了。

每逢他想起了他们临别时的情景，他总骂自己是笨猪。本来应该亲亲小姑娘，而他却把她往母夜叉那边一推说："忍着吧，苏珊娜，女战士！"

大家都知道清洁工是在夜深人静的时候工作。这有两个原因：首先是因为由紧张而并不是常常有益的人类活动所产生的垃圾，总是在一天的末尾才积聚起来，其次是巴黎人的视觉和嗅觉是不许冒犯的。夜阑人静的时候，除了老鼠之外，差不多没有人会看到清洁工的工作。

沙梅已惯于夜间的工作，甚至爱上了一天里的这个时辰。尤其是当曙光懒洋洋地冲破巴黎上空的时候。塞纳河上弥漫着朝雾，但它从来也没越出过桥栏。

有一次，在这样雾蒙蒙的黎明里，沙梅由荣誉军人桥上经过，看见了一个年轻的女人，穿着淡紫色镶黑花边的外衫。她站在栏杆旁边，凝望着塞纳河。

沙梅停下了步子，脱下了尘封的帽子说道："夫人，这个时候，塞纳河的河水是非常凉的。还是让我送您回家去吧。"

"我现在没有家了，"女人很快地回答说，同时朝着沙梅转过脸来。

帽子从沙梅的手里掉下来了。

"絮姬！"他绝望而兴奋地说，"絮姬，女战士！我的小姑娘！我到底看到你了！你恐怕忘记我了吧。我是约翰·埃尔奈斯特·沙梅，第二十七殖民军的战士，是我把你带到里昂那位讨厌的姑母家里去的。你变得多么漂亮了啊！你的头发梳得多好呀！可我这个勤务兵一点也不会梳！"

"约翰！"这个女人突然尖叫一声，扑到沙梅身上，抱住了他的脖子，放声大哭。"约翰，您还和那个时候一样善良。我全都记得！"

"咦，说傻话！"沙梅喃喃地说，"我的善良对谁有什么好处？你怎么了，我的孩子？"

沙梅把苏珊娜拉到自己身旁，做了在里昂没敢做的事——抚着、吻着她那华丽的头发。但他马上又退到一边，生怕苏珊娜闻到他衣服上的鼠臊味。但苏珊娜挨在他的肩上更紧了。

"你怎么了，小姑娘？"沙梅不知所措地又重复了一遍。

苏珊娜没回答。她已经止不住痛哭。沙梅明白了，暂时什么也不要问她。

“我，”他急急忙忙地说道，“在碉堡那边有一个住的地方。离这里有些儿路。屋子里，当然，全是空的，什么也没有。然而可以烧烧水，在床上睡睡觉。你在那儿可以洗洗脸休息休息。总之，随你愿意住多久。”

苏珊娜在沙梅那里住了五天。这五天巴黎的上空升起了一个不平凡的太阳。所有的建筑物，甚至最古旧、煤熏黑了的，每座花园，甚至沙梅的小窠，都像珠宝似的在这个太阳的照耀下灿烂发光。

谁没体味过因浓睡着的年轻女人的隐约可闻的气息而感到的激动，那他就不懂得什么叫温柔。她的双唇，比湿润的花瓣更鲜艳，她的睫毛因缀着夜来的眼泪而晶莹。

是的，苏珊娜所发生的一切，不出沙梅所料。她的情人，一个年轻的演员，变了心。但苏珊娜住在沙梅这里的五天时间，已经足够使他们重归于好了。

沙梅也参与了这件事。他不得不把苏珊娜的信送给这位演员，同时，当演员想要塞给沙梅几个苏作茶钱的时候，他又不得不教训了这个懒洋洋的花花公子要懂得礼貌。

不久，这个演员便坐着马车接苏珊娜来了。而且一切都应有尽有：花束，亲吻，含泪的笑，悔恨和不大自然的轻松愉快。

当年轻的人们临走的时候，苏珊娜是那样匆忙，她跳上了马车，连和沙梅道别都忘记了。但她马上觉察出来，红了脸，负疚地向他伸出手来。

“你既然照你的兴趣选择了生活，”沙梅最后对她埋怨地说，“那就祝你幸福。”

“我还什么都不知道，”苏珊娜回答说，突然眼眶里闪着泪光。

“你别激动，我的小娃娃，”年轻的演员不满意地拉长声音说，同时又重复道：“我的迷人的小娃娃。”

“假如有人送给我一朵金蔷薇就好了！”苏珊娜叹息说，“那便一定会幸福的。我记得你在船上讲的故事，约翰。”

“谁知道呢！”沙梅回答说，“可是不管怎样，送给你金蔷薇的不会是这位先生。请原谅，我是个当兵的。我不喜欢这种绣花枕。”

年轻人互相看了一眼。演员耸了耸肩膀。马车向前开动了。

通常，沙梅把一天从手工艺作坊扫出来的垃圾统统扔掉。但是在这次跟苏珊娜相遇之后，他便不再把那从首饰作坊扫出来的垃圾扔掉了。他开始把这里的尘土悄悄地收到一起，装到口袋里，带到他的草房里来。邻居们认为这个清洁工“疯了”。很少有人知道，在这种尘土里有一些金屑，因为首饰匠们工作的时候，总要锉掉少许金子的。

沙梅决定把首饰作坊的尘土里的金子筛出来，然后把这些金子铸成一块小金锭，用这块金锭，为了使苏珊娜幸福，打成一朵小小的金蔷薇。说不定像母亲跟他说过的，它可以使许多普通的人幸福。谁知道呢！他决定在这朵金蔷薇没做成之前，不和苏珊娜见面。

这件事沙梅对谁也没说过。他怕当局和警察。狗腿子们什么事想不到呢。他们会说他是小偷，把他关到牢里去，没收他的金子。怎么说也罢，金子本来是别人的。

沙梅在没入伍之前，曾经在村子里给教区神甫当过雇工，所以他懂得怎样筛簸谷子。这些知识现在用得着了。他想起了怎样簸谷子，沉甸甸的谷粒怎样落到地上，而轻的尘土怎样随风远扬。

沙梅做了一个小筛机，每天深夜，他就在院子里把首饰作坊的尘土簸来簸去。在没有看到凹槽里隐约闪现出来的金色粉末之前，他总是焦灼不安。

不少日月逝去了，金屑已经积到可以铸成一小块金锭。但沙梅还迟迟不敢把它送给首饰匠去打成蔷薇。

他并不是没有钱——要是把这块金锭的三分之一作手工费，任何一个首饰匠都会收下这件活计，而且会很满意的。

问题并不在这里。跟苏珊娜见面的时辰一天比一天近了。但从某一个时候起，沙梅却开始惧怕这个日子。

他想把那久已赶到心灵深处去了的全部温柔，只献给她，只献给絮姬。可是谁需要一个形容憔悴的怪物的温柔呢！沙梅早就看出来，所有碰上他的人，唯一的愿望便是赶快离开他，赶快忘记他那张干瘪的灰色的脸，松弛的皮肤和刺人的目光。

在他的草房里有一片破镜子。偶尔沙梅也照一下，但他总是发出痛苦的骂声，立刻把它扔到一边去。最好还是不看自己——这个蠢笨的、拖着两条风湿的腿蹒跚着的丑东西。

当蔷薇终于做成了的时候，沙梅才听说絮姬在一年前，已经从巴黎到美国去了，人家说，这一去永不再回来了。连一个能够把她的住址告诉沙梅的人都没有。

在最初的一刹那，沙梅甚至感到了轻松。但随后他那指望跟苏珊娜温柔而轻快地相见的全部希望，不知怎么变成了一片锈铁。这片刺人的碎片，梗在沙梅的胸中，在心的旁边，于是他祷告上帝，让这块锈铁快点刺进这颗羸弱的心里去：让它永远停止跳动。

沙梅不再去打扫作坊了。他在自己的草房里躺了好几天，面对着墙。他沉默着，只有一次，脸上露出一点笑容，他立刻拿旧上衣的一只袖子把自己眼睛捂住了。但谁也没看见。邻居们甚至都没到沙梅这里来——家家都有操心事。

守望着沙梅的只有那个上了年纪的首饰匠，就是他，用金锭打成了一朵非常精致的蔷薇，花的旁边，在一条细枝上，还有一个小小的、尖尖的花蕾。

首饰匠常常来看沙梅，但没给他带过药来。他认为这是无益的。

果然，沙梅在一次首饰匠来探望他的时候，悄悄地死去了。首饰匠抬起了清洁工的头，从灰色的枕头下，拿出来用蓝色的揉皱了的发带包着的金蔷薇，然后掩上嘎吱作响的门扉，不慌不忙地走了。发带上有一股老鼠的气味。

晚秋时节。晚风和闪烁的灯火，摇曳着苍茫的暮色。首饰匠想起了沙梅的面孔在死后是怎样改变了。它变得严峻而静穆。首饰匠甚至觉得这张面孔的痛楚，是非常好看的。

“生所未赐予的，而死却给补偿了。”好转这种无聊念头的首饰匠想到这里，便粗浊地叹息了一声。

首饰匠很快就把这朵金蔷薇卖给了一位不修边幅的文学家；依首饰匠看来，这位文学家并不是那么富裕，有资格买这样贵重的东西。

显然，首饰匠给这位文学家叙述的金蔷薇的历史，在这次交易中起了决定性的作用。

我们感谢这位年老的文学家，多亏他的杂记，有些人才知道从前第二十七殖民军的兵士约翰·埃尔奈斯特·沙梅一生中的这段悲惨的经历。

顺便提一提，这位老文学家在他的杂记中这样写道：

“每一个刹那，每一个偶然投来的字眼和流盼，每一个深邃的或者戏谑的思想，人类心灵的每一个细微的跳动，同样，还有白杨的飞絮，或映在静夜水塘中的一点星光——都是金粉的微粒。

“我们，文学工作者，用几十年的时间来寻觅它们——这些无数的细沙，不知不觉地给自己收集着，熔成合金，然后再用这种合金来锻成自己的金蔷薇——中篇小说、长篇小说或长诗。

“沙梅的金蔷薇，让我觉得有几分像我们的创作活动。奇怪的是，没有一个人花过劳力去探索过，是怎样从这些珍贵的尘土中，产生出移山倒海般的文学的洪流来的。

“但是，恰如这个老清洁工的金蔷薇是为了预祝苏珊娜幸福而做的一样，我们的作品是为了预祝大地的美丽，为幸福、欢乐、自由而战斗的号召，人类心胸的开阔以及理智的力量战胜黑暗，如同永世不没的太阳一般光辉灿烂。”

【注释】

①苏珊娜的昵称。

（选自《金蔷薇》，上海译文出版社，2010年版）

【交流之窗】

一个穷困而又丑陋的老清洁工，为了实现一个多年前的诺言，给一个小姑娘打造一朵可以带来好运的金蔷薇，每天收集首饰匠作坊里的尘土，从中筛出极微量的金屑。日积月累，他终于打造出一朵真正的金蔷薇，但他的生命也走到了尽头，这朵金蔷薇最终也没能送到他所疼爱的姑娘手里。这个震撼人心的故事，却使一个老作家悟出了文学创作活动的真谛：生活中每一朵思想的火花，每一个生动的细节，每一处美丽的风景，都是文学家们的金屑，“我们，文学工作者，用几十年的时间来寻觅它们——这些无数的细沙，不知不觉地给自己收集着，熔成合金，然后再用这种合金来锻成自己的金蔷薇——中篇小说、长篇小说或长诗。”这是《金蔷薇》这本创作札记的第一篇，原篇名为《珍贵的尘土》。作者用这个老清洁工筛土聚金的故事，类比文学创作过程的艰辛和这一精神创造活动的伟大，这一形象化的类比，比空谈文学创作理论具有更直观有趣的效果。

即说此指彼，正话反说，是说话或写作时一种带有讽刺意味的语气或写作技巧。单纯从字面上不能了解其真正要表达的事物，而事实上其原本的意义正好与字面上所能理解的含义相反，通常需要从上下文及语境来了解其用意。

捕蝶者

筱 敏

筱敏，生于1955年，当代诗人和散文家。主要作品有诗集《米色花》、散文集《成年礼》《阳光碎片》《风中行走》等。

你去捕蝶。

你爱蝶，这毫无疑问，世上或是没有谁比你更爱蝶了。你研究蝶，珍藏蝶，你是专家，节肢动物门，昆虫纲，鳞翅目……不仅如此。你自信你是蝶的知己，蝶亦恍惚成了你的生命。你甚至反复地梦过化蝶之梦了。

你备好捕蝶网，这种网你有过许多个，有珠萝纱缝制的，也有尼龙网纱缝制的，它们的共同点是轻，软，纤维细而滑，不易损伤蝶翼及其鳞片。网框和网柄已经成了你的手臂的延长，成了你肢体自如的部分。

你把必备的工具缚在腰间，这比装在背囊里使用起来更方便。采集盒，盛装蝴蝶的三角纸袋，书写记录本，铅笔，剪刀，镊子，还有，毒杀蝶类的广口瓶。瓶底放入氰化钾或氰化钠，上面填入一层细木屑，再覆上一层熟石膏粉，滴上少许清水，摊平那一切，再铺上一层过滤纸，以保持瓶内毒物的透气、湿度和清洁。这一切你做得实在精细，像布置舒适的家居，这将是你那些美丽的精灵暂住的宫殿，你把呵护美丽的一切都想得极其周密，你是受过专业训练的。

你出发去捕蝶，只为自己备一顶窄边的遮阳帽和一瓶水，甚至连水也不带，你是古典主义者或自然主义者，还相信蝶群聚而饮水的山溪。饮水时的蝶常常是展翼的，宛若盛放的菖蒲，更闪着娇娆的鳞光。你梦里总听见那样的溪水。

你向往原野，山林，洲屿，最为你向往的，可能是亚马孙丛林。然而你是要计算旅行成本的，向往总归是未来的事情。“绕篱野菜飞黄蝶”，这景色也好，但只是农家的好，那些庸常的菜粉蝶不会惊动你的捕蝶网，它们因庸常而幸福着，安适着，你的志向，绝不在篱笆菜畦之间，你要的是蝶中珍稀。

“晴蝶飘兰径”，这是李诗；“穿花蛱蝶深深见”，这是杜诗。大诗人像是并不出错，晴蝶这词用得专业，像是知道日出露干方是蝴蝶飘飞的时辰，这正是捕蝶的好时辰。蛱蝶这词就含糊一些，丽蛱蝶？木叶蛱蝶？还是裙纹蛱蝶？自然是很不同的。倘是入诗，蛱蝶固然美，但又何不用公推最美的凤蝶？翅表斑斓七彩，且通身闪耀灿烂的金属光泽。燕尾凤蝶，丝带凤蝶，金斑喙凤蝶，荧光翼凤蝶，碧凤蝶……林林总总，美不胜收，飞舞时异彩耀目，体态优雅，尾突飘逸，如飘带，似轻丝，当风起落，若仙若幻。

你的捕蝶网在操纵你了，神助一般的手感。迎头下网，追尾兜网，网网必有所获。你不必看，便知道猎物在网内了，手腕轻抖扭转纱网，封死网口，网中的精灵徒然挣扎，在你手中逃脱的可能性已经是零。

隔着纱网，你清楚地看到你的猎物的处境，清楚地辨别出它们的价值。你一手轻提网底，小心翼翼取出那只眼蝶或蛱蝶，将它两翅朝后并拢，像它停在叶间歇息时的样子，然后用手指在其胸肌上轻轻一捏，非常之轻，然而必须是致命的，你要保持它外观的完整。你感觉到那里有不可挽回的破裂声，这声音除你与它之外，连片刻之前与它双飞双栖的情侣也不能听见。你用质地柔软光滑的三角纸袋把它装好，这是常识，每一只并拢了双翼不动的蝶大体都是三角形的。然而有一些蝶你不这样处理，你不要那胸节间的破裂声，你要一个更完整的标本。于是，你并拢了它的双翼之后，轻轻往它的腹部注射一丁点儿酒精。它在你手中战栗了一下，是挣扎吧？世界总是遍布着挣扎的，古往今来莫不如此，你将它感受为愉悦就可以了，因为你此时心境实在是愉悦的。它很快就不动了，杀死一只大尾凤蝶只需要0.5毫升酒精。或者你往那柔软的胸腹内注射的是一丁点儿福尔马林，为了保持它活着时的柔软。柔软总是比僵硬更愉悦的，更美丽的。

但若是命运垂青于你，竟然遇到太珍稀的，太宝爱的，颤栗的就应该是你了。况且是一只刚刚出蛹的新蝶，双翅还是润湿的，鳞片鲜丽，纤尘未染。现在竟然就在你的网里。你激动得几乎昏厥，眼窝潮热，倚着树干大口吸气。然而你明白此时你不能有半点差错，你不能让这上帝赐予你的精灵有任何一点儿损伤，从胸腹，触角，到婴儿一般洁净的鳞片。

你果断地启用了你的毒瓶。

它即刻就不动了，即刻。这造物的绝世精灵。连挣扎的瞬间也没有，它完美如初。

它是没有痛苦的吧？你想。其实你也没想，你激动得不再会想了。你很少使用毒瓶，它是为上天赐福准备的，你不是庸常之辈，你坚信上天必会赐福于你，你是有准备的人。

你曾经想过生与死的问题吗？从前有一位远方的诗人，悲恸于另一位诗之精灵被凌虐，他要与帝王谈谈生与死的问题。那就像被你捕获了的这蝶之精灵的伴侣，竟从逃亡之路返回来，停在你的珠萝纱网之上，要与你谈谈生与死的问题。你们能以什么方式交谈呢？

你倒宁愿谈谈。你想谈谈美，谈谈你全身心的珍爱，谈谈你的贡献和牺牲，这是你的宗教，你坚信这是世上唯一的宗教，决然的美和决然的虔诚。什么是生命的意义？成为一个珍稀标本名扬世界，还是默默耗损掉美丽终老山林？

你隐身树丛等了许久，那只精灵的伴侣到底没有回来。

你一直想着毒瓶内的那只蝶，它太奇异了，太陌生了，想着它你心跳不已。那只旋盖严密的广口毒瓶通明畅亮，一个宁静祥和的空间，隔世绝尘。你制作的，外缘还带着你的体温。隔着瓶壁你观赏你的猎物，如隔着舷窗迎候你的至亲，每一个细部都激起遐想与回忆。

你还是急不可耐，从背囊里掏出展翅板，这原是回到实验室才会用到的东西，然而你都背在身上了，你是有准备的人。

你不觉中双膝跪地，如同向造物膜拜。你用了一些时间闭目合掌，抑制住双手的颤抖。然后用镊子小心翼翼将那精灵取出，准确地将它的胸腹部安放在展翅板的凹槽里。你小心得胜过帝王的仆从，你内心里纯粹得只余下虔敬。

你取出一支细长的钢针，你们专用的叫做昆虫针的，自蝶的胸背中央插入穿透，将它固定在凹槽内的软木条上。蝴蝶有没有心脏？你是专家，这你清楚。如果有，这一针正好就从它的心脏穿过。谁会听到那破裂之声？只有上帝。而根据经验，上帝总是不在场的。

现在，趁它的翅膀还未僵硬，你用拨针轻轻将它们左右展开，使前翅的后缘与身体成直角，后翅前缘脉与前翅的后缘相称。那宽大透明的翅膜何等完美，翅膜内贯穿的纵脉以及横脉，唯上帝之手能创造出来。刚刚羽化成蝶，还没来得及振翅，还没有经风吹拂。鳞片呈砌瓦状密密排列在翅膜之上，洁净，流丽，鲜亮，没有丝毫磨损。在你的展翅板上，你用拨针为它展翅，是它生平第一次的展翅，也是最后一次的展翅，这或许就叫做永恒吧？它娇艳的色泽之上，覆过一层银质的灰色，像是由外而内镀着溪涧的月光，也像是由内而外渗着绝世的悲伤。

悲伤是美丽的，还有谁比你更懂得悲伤之美呢？更何况是绝世的悲伤？这山林里寂静的时刻，那孑然的悲伤，有谁与你分享？

你用拨针将蝶的触须拨正，左右对称摆在头的前方，轻轻把长纸带压覆过蝶翅的基部及外缘，远远用虫针固定好。这样，蝶翅在干燥的过程中，始终是平整的，不会发生丝毫卷折的遗憾。这是一个绝好的标本。在你珍藏的标本盒里，它将走遍世界，赢得无尽的惊叹。它将永远栩栩如生。它价值连城。它属于你。

现在你掏出记录本，书写编号、采集地点、时间、海拔高度、采集人……蝴蝶名称那一栏你空着。空着！午时的太阳穿过林木，在你周边溅起一道道光芒，像在布置一个祭典。这是蝶类专家最辉煌的时刻，你感觉自己如同帝王。那一栏空着，那意味着这绝世的精灵将以你的名字来命名。

你梦想过阿波罗绢蝶，鱼纹环蝶，紫端斑蝶，大凤阴阳蝶……无数的珍品在你梦中自由飞舞，你多么歆羡它们的自由，而捕蝶网长在你的手上，你是不自由的，所以，你半世不得安睡。而你没想到，上天赐予你的，会远远超过你的梦想。

那位远方的诗人来了，带一个很瘦很长的影子，现在他要与你谈谈生与死的问题。还是生与死的问题，而不是美、价值或声誉。你们对峙良久。然后，各自俯身为自己掬一捧山涧溪水。

你一时有些恍惚，分不清那是诗的精灵还是蝶的精灵。然而有一个信念在你是明确的：

你是胜者。

这事实不再能改变。无论它是什么精灵，你已建立了伟业，它已失去了生命。

2002年5月24日

（选自《捕蝶者》，花城出版社，2007年版）

【交流之窗】

本文采用第二人称，以向捕蝶者倾诉的方式，将其捕蝶时的准备工作、捕捉过程、制作标本的细节进行了详细描述，而且还对捕蝶者在整个过程中的心理及情感活动加以剖析。全文没有一处直接批评，甚至对捕蝶者工作的专业性和敬业精神加以赞叹。但是当作者多次描写蝴蝶在捕蝶者手指下胸腔破裂的声音时，当作者设置了一个瘦长诗人要和捕蝶者谈谈有关生与死的问题，而不是美、价值、声誉的问题时，我们忽然觉得在生命面前，所谓的美、价值、声誉是多么的微不足道，捕蝶者戕害生命的手段是多么的残忍。人的情感达到极致时，表达方式就会走向反面。鲁迅控诉反动政府虐杀手无寸铁的女学生时却一再表示无话可说，筱敏在表达对捕蝶者残忍与虚伪的愤怒时用了整体上的反讽方式，在不动声色甚至有点欣赏的语调中，让我们直面了对生命触目惊心的戕害，收到了强烈的批判效果。

特意多次重复使用某些词语、句子或者段落，使之在诗文中有规律地多次出现，以起到突出某个形象、强调某种意义或强化某种情感的作用，反复重复还通过反复咏叹，增强语言外观整齐、音韵和谐、回环往复的美感。

雪落在中国的大地上

艾　青

艾青（1910—1996），中国现代著名诗人。代表作有《大堰河——我的保姆》《向太阳》《黎明的通知》等。

雪落在中国的土地上，
寒冷在封锁着中国呀……

风，
像一个太悲哀了的老妇。
紧紧地跟随着，
伸出寒冷的指爪，
拉扯着行人的衣襟。
用着像土地一样古老的话，
一刻也不停地絮聒着……

那从林间出现的，
赶着马车的，
你中国的农夫，
戴着皮帽，
冒着大雪，

你要到哪儿去呢?

告诉你,
我也是农人的后裔——
由于你们的,
刻满了痛苦的皱纹的脸,
我能如此深深地,
知道了,
生活在草原上的人们的,
岁月的艰辛。

而我,
也并不比你们快乐啊,
——躺在时间的河流上,
苦难的浪涛,
曾经几次把我吞没而又卷起——
流浪与监禁,
已失去了我的青春的最可贵的日子,
我的生命,
也像你们的生命,
一样的憔悴呀。

雪落在中国的土地上,
寒冷在封锁着中国呀……

沿着雪夜的河流,
一盏小油灯在徐缓地移行,
那破烂的乌篷船里,
映着灯光,垂着头,
坐着的是谁呀?

——啊，你，
蓬发垢面的少妇，
是不是
你的家，
——那幸福与温暖的巢穴——
已被暴戾的敌人，
烧毁了么？
是不是
也像这样的夜间，
失去了男人的保护，
在死亡的恐怖里，
你已经受尽敌人刺刀的戏弄？

咳，就在如此寒冷的今夜，
无数的，
我们的年老的母亲，
都蜷伏在不是自己的家里，
就像异邦人，
不知明天的车轮，
要滚上怎样的路程？
——而且，
中国的路，
是如此的崎岖，
是如此的泥泞呀。

雪落在中国的土地上，
寒冷在封锁着中国呀……

透过雪夜的草原，
那些被烽火所啮啃着的地域，

无数的，土地的垦殖者，
失去了他们所饲养的家畜，
失去了他们肥沃的田地，
拥挤在，
生活的绝望的污巷里；
饥馑的大地，
朝向阴暗的天，
伸出乞援的，
颤抖着的两臂。

中国的苦痛与灾难，
像这雪夜一样广阔而又漫长呀！

雪落在中国的土地上，
寒冷在封锁着中国呀……

中国，
我的在没有灯光的晚上，
所写的无力的诗句，
能给你些许的温暖么？

1937年12月28日夜间

（选自《艾青诗选》，人民文学出版社，2000年版）

【交流之窗】

本诗描绘了日本侵华，民族矛盾空前激烈时期中华大地上的三幅饥馑流亡图。第一幅表现了“中国的农夫”在寒冷大地上艰难迁徙的情景；第二幅描绘了在日寇铁路践踏之下中国女性的悲惨遭遇；第三幅刻画拥挤在绝望的污巷里的垦殖者身遭凌辱的惨状。他们都是苦难的中国人民的化身，展现了诗人对祖国与民族命运和人民苦难的赤诚关切。

这首诗的每一幅画面前均以“雪落在中国的土地上，寒冷在封锁着中国呀……”开头，这两句诗重复叠现，构成反复，既为三幅画面提供了寒冷的自然背景，也为全诗笼罩上一种沉重、忧郁的情调，同时又象征了异族入侵、家国遭难的严酷的政治气候。

本文的另一艺术特点是比喻奇特。如诗人把风比作紧紧跟随、伸出寒冷指爪拉扯行人衣襟、不停絮聒的老妇，被称为现代诗歌的经典比喻，给读者营造了一个阴森、悲凉的意境，用生动而鲜明的形象表达了强烈的情感。

借助对历史人物或历史事件的叙述、描写和评析，总结历史经验与教训，把握历史规律，作为现实社会某些方面的鉴戒。借古是为了讽今，以古观今，或颂古非今，或贬古刺今。

纳谏与止谤

——重读《邹忌讽齐王纳谏》有感

臧克家

臧克家（1906—2004），中国现当代著名诗人。代表作品《难民》《老马》《烙印》《有的人》等。

读好文章，如饮醇酒，其味无穷，久而弥笃。《邹忌讽齐王纳谏》，读初小时就成诵了，觉得它故事性强，有趣味，引人入胜。六十年后，再读一遍，如故人重逢，格外亲切。

古人说："人非圣贤，孰能无过？"即使君子，也难免有过，不同的是"过也，人皆见之，及其更也，人皆仰之"而已。古代帝王置谏官，自己有了错误，臣下可以进谏。帝王，自以为是"天之子"，富有四海，臣服万民，行为万世师，言作万世法，坐在高高的宝座上，俯视一切。能倾听逆耳之言，采纳美芹之献的，历史上并不多见。但是也不能一概而论。也有少数聪明一点的，为了坐稳江山，笼络人心，也能从谏如流。有圣君，有贤臣，使政治稳定，国泰民安，历史上称为太平盛世。像唐太宗与魏征，就是一例。而最突出、最典型的，要数邹忌与齐威王了。

讽谏帝王，是冒险的事。批"龙鳞"，逆"圣听"，需要大勇与大智。多少忠臣义士，赤心耿耿，尽忠进谏，结果呢，有的被挖心，有的被放逐。比干、屈原悲惨的故事，千古流传。

因此，对这位勇于纳谏的齐王，既佩服他的大智，也赞赏他的风度。这篇《邹忌讽齐王纳谏》的文章，给我们树立了一个宽大明智、精神高尚的形象，事隔几千年，栩栩如在眼前。想当年，他听了邹忌的讽谏之后，立即下令群臣，遍及全国，面刺错误，指陈弊病，不仅言者无罪，反而重赏，这是何等气度，何等磊落胸怀，千载之下，犹令人感奋不已！

事因难能，所以可贵。在同一本《古文释义》里，小时候也读过《召公谏厉王止谤》这篇古文，至今还能背出其中的名句。拿这位厉王和齐威王一比，真可谓天渊之别了。齐威王下令求谏，周厉王却以“能止谤”自喜，天下之人，满腹不平，他要箝住万民之口，自己也捂紧耳朵。“防民之口，甚于防川”，“止谤”使得老百姓“道路以目”。三年之后，土壅而川决，这个特大暴君——人民之敌，被“流于彘”。

齐王与厉王，两种对待谏谤的态度，得到的结果也截然相反。历史是一面镜子。《邹忌讽齐王纳谏》《召公谏厉王止谤》这两篇古文，我们对照着读，大有可以借鉴之处。

追古思今，现在我们有些做负责工作的领导同志，在言行方面有明显的缺点和错误，文过饰非，怕听逆耳之言，一听到正中要害的话，立即火冒三尺，像阿Q听到别人说他头上的疮疤一样。有的甚至对批评自己的同志，打击报复，仗势凌人，以冰棍对付热情，什么批评与自我批评的原则，全成为过耳东风。这样做的结果如何呢？贻误工作，伤害同志，最后，自己也难免于垮台。

说到这里，我们自然会想到“四人帮”的所作所为。他们当道之时，得意忘形，凌驾一切，顺我者昌，逆我者亡。以棒止谤，冤狱累累。人力无穷，天网恢恢，他们的滔天大罪，终于被清算。谏难，纳谏尤难。要得到成果，需要双方合力。有敢直谏或讽谏的良臣，还要有能纳谏的明君。邹忌的譬喻再妙，辞令再巧，没有齐威王善听的耳朵，也是白费唇舌，枉运心机。

《邹忌讽齐王纳谏》这篇文章之所以动人，不仅由于它的意义，也还因为它那委婉而讽的进谏方法。这样关系国家命运的大事，邹忌并没有板起面孔，摆出义正辞严的态度，反之，却以与徐公比美、妻妾评议之闺房琐事出之，如果遇到一个暴君，责以亵渎之罪，也是责无旁贷的。这种构思，这样笔法，与《触龙说赵太后》如出一辙，而同样奏效。这么写，生动亲切，娓娓动听，饶有情趣。这篇文章，用了大半篇幅作了譬喻的描绘，三个人物的情态和心理，真实透彻，入情入理，令人信服。譬喻止于“皆以美于徐公”，接下去，“今齐地方千里”来个陡转，入了正题，由于妻妾、朋友的“私臣”，联系全国上下“莫不私王”，譬喻与正题扣得极紧。谏议的结果是“战胜于朝廷”。

读罢这篇绝妙佳作，掩卷沉思，忽发奇想。如果现在我们的某个部门或机关，也来个“悬赏纳谏”，那该是“门庭若市”，批评、建议雪片飞来。最后的结果呢，也可以想知。准是改进了工作，提高了效率，像不干净的身子洗了清水澡，受到广大群众的鼓励与表扬，对“四化”的进展也起到了推动作用。

如若不信，盍[①]试为之。

【注释】

①盍（hé）：何不。

（选自《臧克家全集》，时代文艺出版社，2009年版）

【交流之窗】

本文给我们引述了两个历史故事：“邹忌讽齐王纳谏”和“召公谏厉王止谤”。邹忌委婉进谏，齐威王欣然接受，齐国因此强大；召公直言进谏，周厉王却严令止谤，厉王因此遭受流放。这两个故事一正一反，说明了善于进谏的作用，纳谏的好处，也揭示了止谤的严重后果。但作者的目的不止于此，由“追古思今”四个字，过渡到重提这两个历史故事对当今的借鉴意义，批评了某些同志听不进逆耳忠言，还打击报复进言者的错误态度。进而，又联系当时的现实，列举了“四人帮”顺我者昌、逆我者亡的恶劣行径，并指出其最终倒台的必然结果。最后，期望各部门和机关都能广泛征求意见和建议，改进工作，提高效率，推动“四化”建设快速前进。这是一篇较典范的读后感，其“引”“议”“联”“结”的思路模式可以给我们提供有益的借鉴。

作为一种艺术手法，夸张是指为了表达强烈的思想感情，突出某种事物的本质特征，运用丰富的想象力，对事物的某些方面着意夸大或缩小。夸张包括人物的外貌、语言、行为等的夸张，也包括环境和情节的夸张。

小公务员之死

契诃夫

安东·巴甫洛维奇·契诃夫（1860—1904），俄国批判现实主义文学大师，代表作有小说《套中人》《变色龙》《草原》，戏剧《樱桃园》等。

在一个挺好的傍晚，有一个同样挺好的庶务员，名叫伊凡·德密特里奇·切尔维亚科夫，坐在正厅第二排，举起望远镜，看《哥纳维勒的钟》。他一面看戏，一面感到心旷神怡。可是忽然间……在小说里常常可以遇到这个“可是忽然间”。作者们是对的：生活里充满多少意外的事啊！可是忽然间，他的脸皱起来，眼珠往上翻，呼吸停住……他取下眼睛上的望远镜，低下头去，于是……啊嚏！！！诸位看得明白，他打了个喷嚏。不管是谁，也不管是在什么地方，打喷嚏总归是不犯禁的。农民固然打喷嚏，警察局长也一样打喷嚏，就连三品文官偶尔也要打喷嚏。大家都打喷嚏。切尔维亚科夫一点也不慌，拿出小手绢来擦了擦脸，照有礼貌的人的样子往四下里瞧一眼，看看他的喷嚏搅扰别人没有。可是这一看不要紧，他心慌了。他看见坐在他前边，也就是正厅第一排的一个小老头正用手套使劲擦他的秃顶和脖子，嘴里嘟嘟哝哝。切尔维亚科夫认出小老头是在交通部任职的文职将军勃利兹查洛夫。

“我把唾沫星子喷在他身上了！”切尔维亚科夫暗想。“他不是我的上司，是别处的长官，可是这仍然有点不合适。应当赔个罪才是。”

切尔维亚科夫就嗽一下喉咙，把身子向前探出去，凑着将军的耳根小声说：“对不起，大人，我把唾沫星子溅在您身上了……我是出于无心……”

“没关系，没关系。……”

“请你看在上帝面上原谅我。我本来……我不是有意这样！”

“哎，您好好坐着，劳驾！让我听戏！”

切尔维亚科夫心慌意乱，傻头傻脑地微笑，开始看舞台上。他在看戏，可是他再也感觉不到心旷神怡了。他开始惶惶不安，定不下心来。到休息时间，他走到勃利兹查洛夫跟前，在他身旁走了一会儿，压下胆怯的心情，叽叽咕咕说：“我把唾沫星子溅在您身上了，大人。……请您原谅。……我本来……不是要……”

“哎，够了。……我已经忘了，您却说个没完！”将军说，不耐烦地撇了撇下嘴唇。

“他忘了，可是他眼睛里有一道凶光啊，”切尔维亚科夫暗想，怀疑地瞧着将军。“他连话都不想说。应当对他解释一下，说我完全是无意的……说这是自然的规律，要不然他就会认为我是有意啐他了。现在他不这么想，可是过后他会这么想的！”

切尔维亚科夫回到家里，就把他的失态告诉他的妻子。他觉得妻子对待所发生的这件事似乎过于轻率。她先是吓一跳，可是后来听明白勃利兹查洛夫是“在别处工作”的，就放心了。

“不过你还是去一趟，赔个不是的好，”她说，“他会认为你在大庭广众之下举动不得体！”

“说的就是啊！我已经赔过不是了，可是不知怎么，他那样子有点古怪。……他连一句合情合理的话也没说。不过那时候也没有工夫细谈。”

第二天，切尔维亚科夫穿上新制服，理了发，到勃利兹查洛夫那儿去解释。……他走进将军的接待室，看见那儿有很多人请托各种事情，将军本人就夹在他们当中，开始听取各种请求。将军问过几个请托事情的人以后，就抬起眼睛看着切尔维亚科夫。

“昨天，大人，要是您记得的话。在‘乐园’里，”庶务官开始报告说，“我打了个喷嚏，而且……无意中溅您一身唾沫星子。……请您原……”

“简直是胡闹。……上帝才知道是怎么回事！您有什么事要我效劳吗？”将军扭过脸去对下一个请托事情的人说。

“他话都不愿意说！”切尔维亚科夫暗想，脸色发白。“这是说，他生气了。……不行，这种事不能就这样丢开了事。……我要对他解释一下。……”

等到将军同最后一个请托事情的人谈完话，举步往内室走去，切尔维亚科夫就走过去跟在他身后，叽叽咕咕说：“大人！倘使我斗胆搅扰大人，那我可以说，纯粹是出于懊悔的心情！……这不是故意的，您要知道才好！”

将军做出一副要哭的脸相，摇了摇手。“你简直是在开玩笑，先生！”他说着，走进内室去，关上身后的门。

“这怎么会是开玩笑呢？”切尔维亚科夫暗想。“根本连一点开玩笑的意思也没有啊！他是将军，可是竟然不懂！既是这样，我也不想再给这个摆架子的人赔罪了！去他的！我给他写封信就是，反正我不想来了！真的，我不想来了！”

切尔维亚科夫这样想着，走回家去。那封给将军的信，他却没有写成。他想了又想，怎么也想不出这封信该怎样写才对。他只好第二天亲自去解释。

“我昨天来打搅大人，”他等到将军抬起问询的眼睛瞧着他，就叽叽咕咕说，“并不是像您所说的那样为了开玩笑。我是来道歉的，因为我打喷嚏，溅了您一身唾沫星子……至于开玩笑，我想都没想过。我敢开玩笑吗？如果我们居然开玩笑，那么结果我们对大人物就……没一点敬意了。……”

“滚出去！！”将军脸色发青，周身打抖，突然大叫一声。

“什么？”切尔维亚科夫低声问道，吓得愣住了。

“滚出去！！”将军顿着脚，又说一遍。

切尔维亚科夫肚子里似乎有个什么东西掉下去了。他什么也看不见，什么也听不见，退到门口，走出去，到了街上，慢腾腾地走着……他信步走到家里，没脱掉制服，往长沙发上一躺，就此……死了。

（选自《契诃夫小说选》，人民文学出版社，1978年版）

【交流之窗】

一个小公务员，在看戏时打了一个喷嚏，把唾沫喷溅到前排的一位将军身上，于是他三番五次向将军道歉，将军不胜其烦，对他进行了严厉呵斥，结果这个小公务员因此而恐惧至死。这样的荒诞故事自然有夸张的成分在里面，但它一定也有现实的依据，能发生这样故事的社会该是一个等级多么森严的社会，时代又该是一个多么黑暗恐怖的时代。在阅读中我们要思考，这个小公务员为什么一再向将军道歉，将军开始并没有对他的无意冒犯有所责怪，他却从将军的眼神中看到“一丝凶光”，这道凶光真的存在吗？作者对这个“小人物”持何态度？我们又该怎么看待他的极端恐惧和怯懦？

把物当作人来写，使其具有人的外表、个性或情感，让读者感到描写的对象更活泼、亲切，也使文章更加生动形象。

（一）常规拟人

常规拟人是一种语言上的修辞手法，是用表现人的词语去表现物，但物还是物，不必整体上人格化。

羊的样子

鲍尔吉·原野

鲍尔吉·原野，生于1958年，蒙古族作家，代表作品有《譬如朝露》《羊的样子》等。

“泉水捧着鹿的嘴唇……”这句诗令人动心。在胡四台，雨后或黄昏的时候，我看到了几十或上百个清盈盈的水泡子小心捧着羊的嘴。

羊从远方归来，它们像孩子一样，累了，进家先找水喝。沙黄色干涸的马车道划开草场，贴满牛粪的篱笆边上，狗不停地摇尾巴；这就是胡四台村，卷毛的绵羊站在水泡子前，低头饮水，天上的云彩以为它们在照镜子。我看到羊的嘴唇在水里轻轻搅动。即使饮水，羊仍小心。它粉色的嘴巴一生都在寻觅干净的鲜草。

然而见到羊，无端地，心里会生添怜意，当一只羊孤零零地站立一厢时，像带着一些哀伤，仿佛知道自己的宿命。在动物里，羊是温驯的物种之一，似乎想用自己的谨小慎微赎罪，期望某一天执刀的人走过来时会手软。同样是即将赴死的生灵，猪的思绪完全被忙碌、肮脏与浑浑噩噩的日子缠住了，这一切它享受不尽，因而无暇计较未来。

牛勇猛，也有几分天真。它知道早晚会死掉，但不见得被屠杀。当太阳升起，绿树和远山的轮廓渐渐清晰的时候，空气中的草香让牛晕眩，完全不相信自己会被杀掉这件事。吃草吧，连同清凉的露珠。动物学家统计：牛的寿命为25年，羊15年，猪20年，鸡20年，鹰100年。这种统计如同在理论上人寿可达150年一样，永无兑现。本来牛羊可以活到寿限，它们并非像人那样被七情六欲破坏了健康。在人看来，牛羊仅仅作为人类的蛋白质资源而存在着。屠夫也从不计算它们是否到了寿限，像人类离退休那样有准确的档案依据。时至某日，整齐受戮，最后“上桌”。如果牲畜也经常进城，看到橱窗或商店里的汉堡、香肠和牛排之后，会整夜地睡不好觉，甚至自杀，像上千只的鲸鱼自杀一样。另一些思路较宽的动物可能这样安慰自己：那些悬于铁钩上带肋的红肉，在馅饼里和葱蒜杂掺一处的碎肉，皆为人肉。因为人是这样的多，又如此不通情理，他们自残相食。这样想着，睡了，后来有鼾。

“众生”是释迦牟尼常常使用的一个词。在一段时间内，我以为指的是人或动物昆虫。一次，如此念头被某位大德劈头痛斥：你怎么知道“众生”仅为鸟兽虫鱼与人类？你在哪里看到佛这样说法？我不解，“众生”到底是什么呢？佛经里有一段话，“众生皆有佛性，只是尔等顽固不化。”所谓“不化”即不觉悟，因而难脱苦海。后来获知，“众生”还包括草木稼蔬，包括你无法用肉眼看见的小生灵。譬如弘一法师上座时用垫子抖一抖，免得坐在看不见的小虫身上。可知，墙角的草每一株都挺拔翠绿，青蛙鼓腹而鸣，小腻虫背剪淡绿的双翅，满心欢喜地向树枝高处攀登，这是因为“众生皆有佛性”。即知，“佛性”是一种共生的权利，而“不化”乃是不懂得与众生平等。若以平等的眼光互观，庶几近于佛门的慈悲。

乡村的道上，羊整齐站在一边，给汽车马车让路。吃草时，它偶尔抬起头“咩”的一声，其音悲戚。如果仔细观察羊瘦削的脸，无神的眼睛，大约要得出这样的结论：这些生灵“命不好”。时常是微笑着的丰子恺先生曾愤怒指斥将众羊引入屠宰厂的头羊是“羊奸”。虽然在利刃下，“羊奸”也未免刑。黄永玉说，“羊，一生谨慎，是怕弄破别人的大衣”。当此物成为“别人的大衣”时，羊早已经过血刃封喉的大限了。但在有生之年，仍然小心翼翼，包括走在血水满地的屠宰厂的车间里。既然早晚会变成“别人的大衣”，羊们何不痛快一番，如花果山的众猴，上蹿下跳，惊天动地，甚至穿着“别人的大衣”跳进泥坑里滚上一滚。然而不能，羊就是羊，除非给它“植入”一些猛兽的基因。夏加尔是我深爱的俄裔画家。在他笔下，山羊是新娘，山羊穿着儿童的裤子出席音乐会。在《我和我的村庄》中，农夫荷锄而归，童话式的屋舍隐于夜色，鲜花和教堂以及挤奶的乡村姑娘被点缀在父亲和山羊的相互凝视中。山羊的眼睛黑而亮；微张的嘴唇似乎小声唱歌。马克·夏加尔常常画到羊，它像马友友一样拉大提琴，或者在脊背铺上鲜花的褥子，把梦中的姑娘驮到河边。旅居法国圣保罗德旺斯的夏加尔在一幅画中，画了挤奶的女人和乡村之后，仍然难释乡愁，又画了一只温柔的手抚摸画面，这手竟长了七个指头，摸不够。在火光冲天、到处是死亡和哭泣的《战争》中，一只巨大的白羊象征和平。在《孤独》里，与一个痛苦的人相对着的，是一位天使和微笑的山羊。夏加尔画出了羊的纯洁，像鸟、蜜蜂一样，羊是生活在我们这个俗世的天使之一，尽管它常常是悲哀的。在汉字源流里，羊与“美”相关，又与“吉”有关，如汉瓦当之“大吉羊”。从夏加尔27岁离开彼得堡的70多年的时光里，在这位天真的、从未放弃理想的犹太老人的心里，羊成了俄罗斯故乡的象征。在大人物中，正如有人相貌似鹰，如叶利钦；像豹，如萨达姆。也有人像山羊，如安南，如受到中国人民包括儿童尊敬的越南老伯胡志明。宁静如羊的人，同样以钢铁的意志，带领人们走向胜利与和平。

城里很少见到羊。我见过的一次是在太原街北面的一家餐馆前。几只羊被人从卡车上卸下来，其中一只，碎步走到健壮的厨工面前，双腿一弯跪了下来。羊给人下跪，这是我亲眼见到的一幕。另两只羊也随之跪下。厨工飞脚踢在羊肋上，骂了一句。羊哀哀叫唤，声音拖得很长，极其凄怆。有人捉住羊后腿，拖进屋里，门楣上的彩匾写着“天天活羊”。

后来，我看到“天天活羊”或“现杀活狗”这样的招牌就想起给人下跪的羊，它低着头，哀告。到街里办什么事的时候，我尽量不走那条道，即使有人用“君子远庖厨”或“你难道没吃过羊肉吗？”这样的训词来讥刺我。此时，我欣慰于胡四台满山遍野的羊，自由嚼着青草和小花，泉水捧起它们粉红的嘴唇。诗写得多好，诗中还说“青草抱住了山岗”，“在背风处，我靠回忆朋友的脸来取暖”。还有一首诗写道，“我一回头，身后的草全开花了，一大片。好像谁说了一个笑话，把一滩草惹笑了”。这些诗，仿佛是为羊而作的。

（选自《羊的样子》，贵州教育出版社，2002年版）

【交流之窗】

本文由“泉水捧着鹿的嘴唇……”这句诗生发联想，描写了故乡胡四台的羊悠闲自得的样子、画家笔下的羊美丽纯洁的样子和城市餐馆前双腿下跪的低头哀告的样子。在描写动物羊时，特别采用拟人手法，写羊的神态、羊的声音、羊的动作、羊的情感、羊的灵性、羊的命运等，把它们放在和人同等的位置，表现了作者对羊的无限怜爱及对其生命的尊重，体现了与自然和谐相融、与“众生”平等共处的自然和生命哲学。

（二）童话式拟人

从人与物不分的孩子的认识角度看万物，把物的世界化为人的世界，把物整体上进行人格化，物与物之间的关系也直接认定为人与人之间的关系，构成完全人化的物的世界。

母子别

田宫虎彦　　庞春兰　译

田宫虎彦（1911—1988），日本小说家。主要作品有《雾中》《城池的陷落》《鹭鹚》《忠义故事》等。

昨天，一批马被运进距八岳山麓一里来地的乙事村马市交易市场。今天，在母马陪同下，一批小马被牵到了富士见火车站，它们即将被装入货车运往遥远的异乡。一时，从站前广场到站内的备用路线上，到处都是这种母子马。小马体高如鹿，并且有着小鹿般笔直而又苗条的小腿。它把鼻子贴在高大健壮的母马胸部，亲昵地蹭来蹭去。虽然它们已长大了，可以离开母亲的膝下，但仍旧紧紧依偎着母亲，那怯生生的眼睛里，充满了幼小动物的不安神色。

这些小马和母马清楚地意识到生离死别的时刻已迫在眼前，它们相对哀鸣着。那低沉的嘶声，好像从咽喉里勉强挤出，如同喃喃自语，又如窃窃私语。

低鸣时，母马宛如已经学会逆来顺受的老妇，它们眼含热泪，用那戴上嚼子、失去自由的嘴巴，不住地上下抚摸着小马的身躯。

可是小马似乎还不能理解自己必须离别母亲的这种命运，在它们眼中看不见绝望的神情，它们只是如癫如狂，极端痛苦，它们不愿离开生母；如果可能，它们要抗拒这种命运。在它们的嘶鸣声中，在它们用力踩着细弱的小腿，用蹄子踢起泥土的动作中，逐渐地清楚而又强烈地流露出它们对母亲的责难与焦急。因为母亲完全顺从命运，软弱无能，小马十分明白时间白白地过去了。

就在此时，小马的旧主人拿着刚刚割下的青草来喂它们，想让它尽情地饱餐一顿。若在平时，它们一定会跳上去抢着吃的。可是今天，当主人从桶内把青草抓起来送到它们口边时，它们却背过脸去看也不看，它们一点都不想吃。主人无奈，只好把青草送到母马的嘴边。母马大概也不想吃，只不过为敷衍一下主人，才叼起四五根草。它瞅了瞅小马，似乎是催着它说："香极了，快吃吧！"小马也似乎无可奈何地把嘴伸进桶中，可是它们似乎也在敷衍差事，只衔起两三根草。

汽笛响了，从备用路线的货车上走出来的马贩子们三三两两地迈着罗圈腿，朝广场走来。一看到自己的卖主，便走到小马身边，他们像欣赏一件物品似的，仔细地打量小马，似乎是要再次确认一下自己昨天买马时眼力是否有误差。这是冷冰冰的令人厌恶的眼，人们常说的魔鬼的眼睛也许就是这个样子吧。小马向母亲靠得更紧了，有的甚至要藏到母亲的腹下。可是当马贩子狡诈地一笑，认定自己眼力没错时，他已经把小马的缰绳抓在手中了。他的手十分有力。虽然小马瞬间脚下加劲，想要挣脱出来，马贩子的腕力却告诉小马，这样做是徒劳的。马贩子的手上也有着他眼里的那种魔鬼。所谓命运，就是如此。小马终于在恐怖之中，也悟到不得不认命了。它们向马贩子那边走了一步，这是向命运迈出的一步。小马发出悲哀的哭泣，不，那是嘶鸣！于是，刚才一直强忍着悲痛的母亲口中也迸发出高亢的惜别的哀鸣。从它们那睁开的红色大眼中，泪水顺着长长的鼻梁，一滴两滴地滚落下来。母马跺着前脚，徒劳地用蹄子咚咚地刨着地面，用后腿支撑住身体。它们拼命挣扎着要把儿子呼唤回来。刚才对命运已经低头绝望的不正是母马吗？现在却轮到小马了。

小马频频回首，痛苦地望着狂乱的母亲，一步步地被拉到火车内。母马每悲叫一声，小马便停下脚步，紧紧绷住马贩子的缰绳，回首翘望，并报以一声哀鸣。小马已经知道悲痛欲绝的不光是自己。三四十匹小马，一个接一个地都被马贩子们从母亲身边夺走了。当小马被装上货车，用绳索拴在那里之后，一群群的母马跑到站口的栅栏边，它们要再看一眼已经看不清楚的儿子，做最后的告别。小马从货车敞开的铁门里，凝望着惜别的母亲。它们已被牢牢拴住，无法把头伸到门口，只能高声地悲怆地呼叫着母亲。这些母子间的嘶鸣呼唤之声响成一片，直到开车为止。尽管有三四十对母子，但母亲一定能清楚地听出自己儿子的声音。儿子也一定能真切地辨认出母亲的呼唤。它们相互呼喊着。

（选自《世界美文观止》，作家出版社，2014年版）

【交流之窗】

看到母马、小马母子们这一幕幕生离死别的场面，我们大脑中不由地将其与人间母子离别的场景叠印在一起。老马饱经沧桑，逆来顺受；小马不谙世事，胆怯依恋。它们无心进食，哀哀嘶鸣。当分别的一刻来临时，老马热泪滚滚，徒劳刨地；小马频频回首，哀哀呼叫。作者在这里不是把拟人当作一种语言技巧，而是以一种童话的叙述方式，从根本上消泯了动物与人的界限，把人的样貌、动作、情感赋予动物，使人感同身受地体验到动物所遭受的痛苦。

象征也称托物言志，它是指根据事物之间的某种联系，借助某人某物的具体形象（象征体），来表现某种抽象的概念、思想和情感。它可以将某些比较抽象的精神品质化为具体的可以感知的形象，从而给读者留下深刻的印象，赋予文章以深意，给读者留下咀嚼回味的余地。

秋 夜

鲁 迅

在我的后园，可以看见墙外有两株树，一株是枣树，还有一株也是枣树。

这上面的夜的天空，奇怪而高，我生平没有见过这样奇怪而高的天空。他仿佛要离开人间而去，使人们仰面不再看见。然而现在却非常之蓝，闪闪地睐着几十个星星的眼，冷眼。他的口角上现出微笑，似乎自以为大有深意，而将繁霜洒在我的园里的野花草上。

我不知道那些花草真叫什么名字，人们叫他们什么名字。我记得有一种开过极细小的粉红花，现在还开着，但是更极细小了，她在冷的夜气中，瑟缩地做梦，梦见春的到来，梦见秋的到来，梦见瘦的诗人将眼泪擦在她最末的花瓣上，告诉她秋虽然来，冬虽然来，而此后接着还是春，蝴蝶乱飞，蜜蜂都唱起春词来了。她于是一笑，虽然颜色冻得红惨惨地，仍然瑟缩着。

枣树，他们简直落尽了叶子。先前，还有一两个孩子来打他们，别人打剩的枣子，现在是一个也不剩了，连叶子也落尽了。他知道小粉红花的梦，秋后要有春；他也知道落叶的梦，春后还是秋。他简直落尽叶子，单剩干子，然而脱了当初满树是果实和叶子时候的弧形，欠伸得很舒服。但是，有几枝还低亚着，护定他从打枣的竿梢所得的皮伤，而最直最长的几枝，却已默默地铁似的直刺着奇怪而高的天空，使天空闪闪地鬼睐眼；直刺着天空中圆满的月亮，使月亮窘得发白。

鬼䀹眼的天空越加非常之蓝，不安了，仿佛想离去人间，避开枣树，只将月亮剩下。然而月亮也暗暗地躲到东边去了。而一无所有的干子，却仍然默默地铁似的直刺着奇怪而高的天空，一意要制他的死命，不管他各式各样地䀹着许多蛊惑的眼睛。

哇的一声，夜游的恶鸟飞过了。

我忽而听到夜半的笑声，吃吃地，似乎不愿意惊动睡着的人，然而四围的空气都应和着笑。夜半，没有别的人，我即刻听出这声音就在我嘴里，我也即刻被这笑声所驱逐，回进自己的房。灯火的带子也即刻被我旋高了。

后窗的玻璃上丁丁地响，还有许多小飞虫乱撞。不多久，几个进来了，许是从窗纸的破孔进来的。他们一进来，又在玻璃的灯罩上撞得丁丁地响。一个从上面撞进去了，他于是遇到火，而且我以为这火是真的。两三个却休息在灯的纸罩上喘气。那罩是昨晚新换的罩，雪白的纸，折出波浪纹的叠痕，一角还画出一枝猩红色的栀子。

猩红的栀子开花时，枣树又要做小粉红花的梦，青葱地弯成弧形了……我又听到夜半的笑声；我赶紧砍断我的心绪，看那老在白纸罩上的小青虫，头大尾小，向日葵子似的，只有半粒小麦那么大，遍身的颜色苍翠得可爱，可怜。

我打一个呵欠，点起一支纸烟，喷出烟来，对着灯默默地敬奠这些苍翠精致的英雄们。

1924年9月15日

（选自《鲁迅全集第1卷》，人民文学出版社，2005年版）

【交流之窗】

本文描写一个寒冷、肃杀的秋夜中的一系列景物。我们无法确定这每一个景物具体指代当时社会上的哪一个人或哪一件事，但是作者通过描写赋予了这些象征物以鲜明的特点：夜空高远，冷漠，险恶；枣树清醒，沉着，孤独，疾恶如仇，决不屈服；夜游的恶鸟不甘寒夜的死寂，发出凄厉的鸣叫；小粉红花弱小，纯真，却善良，乐观；小青虫虽然弱小，却为追求光和热而不惜牺牲。他们或暗示某一种社会现实，或指向某一类人，共同表达了作者当时孤独、苦闷、激愤的心境，体现了誓与恶势力进行不妥协斗争的精神。

在文学作品中，虚与实通常包括四种内涵：1.实，指作者描写刻画的实体形象；虚，指实体形象所暗示出来的空白形象。2.实，指客观有形的物象；虚，指主观的无形活动。3.实，指具体描绘；虚，指抽象的议论。4.实，指眼底景象；虚，指意中景物。总之，眼见为实，心想为虚；已然为实，未然为虚；身临其境，仰观俯察为实，思接千载，视通万里为虚。毛泽东的《沁园春·雪》："山舞银蛇，原驰蜡象"是实景；"须晴日，看红装素裹"是虚景。又如《卜算子·咏梅》："已是悬崖百丈冰，犹有花枝俏"是实景；"待到山花烂漫时，她在丛中笑"是虚景。

（一）虚实结合

虚实结合就是把抽象的议论述说与具体的描写结合起来，或者是把眼前现实情境与回忆、想象结合起来，使二者互相映衬，互相补充，相得益彰，尽可能地拓展作品的表现空间。

灯

巴 金

巴金（1904—2005），中国现当代著名作家，代表作有《家》《春》《秋》《寒夜》《随想录》等。

我半夜从噩梦中惊醒，感觉到窒闷，便起来到廊上去呼吸寒夜的空气。

夜是漆黑的一片，在我的脚下仿佛横着沉睡的大海，但是渐渐地像浪花似的浮起来灰白色的马路。然后夜的黑色逐渐减淡。哪里是山，哪里是房屋，哪里是菜园，我终于分辨出来了。

在右边，傍山建筑的几处平房里射出来几点灯光，它们给我扫淡了黑暗的颜色。

我望着这些灯，灯光带着昏黄色，似乎还在寒气的袭击中微微颤抖。有一两次我以为灯会灭了。但是一转眼昏黄色的光又在前面亮起来。这些深夜还燃着的灯，它们（似乎只有它们）默默地在散布一点点的光和热，不仅给我，而且还给那些寒夜里不能睡眠的人，和那些这时候还在黑暗中摸索的行路人。是的，那边不是起了一阵急促的脚步声吗？谁从城里走回乡下来了？过了一会儿，一个黑影在我眼前晃了一下。影子走得极快，好像在跑，又像在溜，我了解这个人急忙赶回家去的心情。那么，我想，在这个人的眼里、心上，前面那些灯光会显得更明亮、更温暖吧。

我自己也有过这样的经验。只有一点微弱的灯光，就是那一点仿佛随时都会被黑暗扑灭的灯光也可以鼓舞我多走一段长长的路。大片的飞雪飘打在我的脸上，我的皮鞋不时陷在泥泞的土路中，风几次要把我摔倒在污泥里。我似乎走进了一个迷阵，永远找不到出口，看不见路的尽头。但是我始终挺起身子向前迈步，因为我看见了一点豆大的灯光。灯光，不管是哪个人家的灯光，都可以给行人——甚至像我这样的一个异乡人——指路。

这已经是许多年前的事了。我的生活中有过了好些大的变化。现在我站在廊上望山脚的灯光，那灯光跟好些年前的灯光不是同样的么？我看不出一点分别！为什么？我现在不是安安静静地站在自己楼房前面的廊上么？我并没有在雨中摸夜路。但是看见灯光，我却忽然感到安慰，得到鼓舞。难道是我的心在黑夜里徘徊；它被噩梦引入了迷阵，到这时才找到归路？

我对自己的这个疑问不能够给一个确定的回答。但是我知道我的心渐渐地安定了，呼吸也畅快了许多。我应该感谢这些我不知道姓名的人家的灯光。

他们点灯不是为我，在他们的梦寐中也不会出现我的影子。但是我的心仍然得到了益处。我爱这样的灯光。几盏灯甚或一盏灯的微光固然不能照彻黑暗，可是它也会给寒夜里一些不眠的人带来一点勇气，一点温暖。

孤寂的海上的灯塔挽救了许多船只的沉没，任何航行的船只都可以得到那灯光的指引。哈里希岛上的姐姐为着弟弟点在窗前的长夜孤灯，虽然不曾唤回那个航海远去的弟弟，可是不少捕鱼归来的邻人都得到了它的帮助。

再回溯到远古的年代去。古希腊女教士希洛点燃的火炬照亮了每夜泅过海峡来的利安得尔的眼睛。有一个夜晚暴风雨把火炬弄灭了，让那个勇敢的情人溺死在海里。但是熊熊的火光至今还隐约地亮在我们的眼前，似乎那火炬并没有跟着殉情的古美人永沉海底。

这些光都不是为我燃着的，可是连我也分到了它们的一点恩泽——一点光，一点热。光驱散了我心灵里的黑暗，热促成它的发育。一个朋友说："我们不是单靠吃米活着"，我自然也是如此。我的心常常在黑暗的海上飘浮，要不是得着灯光的指引，它有一天也会永沉海底。

我想起了另一位友人的故事：他怀着满心难治的伤痛和必死之心，投到江南的一条河里。到了水中，他听见一声叫喊（"救人啊！"），看见一点灯光，模糊中他还听见一阵喧闹，以后便失去知觉。醒过来时他发觉自己躺在一个陌生人的家中，桌上一盏油灯，眼前几张诚恳、亲切的脸。"这人间毕竟还有温暖"，他感激地想着，从此他改变了生活态度。"绝望"没有了，"悲观"消失了，他成了一个热爱生命的积极的人。这已经是二三十年前的事了。我最近还见到这位朋友。那一点灯光居然鼓舞一个出门求死的人多活了这许多年，而且使他到现在还活得健壮。我没有跟他重谈起灯光的话。但是我想，那一点微光一定还在他的心灵中摇晃。

在这人间，灯光是不会灭的——我想着，想着，不觉对着山那边微笑了。

（选自《巴金散文》，人民文学出版社，2007年版）

【交流之窗】

这是一篇托物言志的散文。文中的"灯"或"灯光"具有鲜明的象征意义，可以指代光明、理想、温暖等一切在艰难时世、人生困境中能给人带来希望、带来勇气、带来力量的事物。作者在围绕灯光描写和叙事的过程中，从眼前的现实灯光写起，然后依次虚写了记忆中给我带来光明和温暖的灯光、古代传说中为海上船只带来光明指引航向的灯光、回忆中给绝望求死的朋友带来活下去的勇气的灯光。全文虚实结合，给在抗战最艰难的时期里感觉孤独、苦闷、无助、迷惘的人们以慰藉和鼓舞，增强其胜利的信念和前进的勇气。

（二）以虚写实

对现实生活进行加工改造，通过想象、变形、夸张、虚构等艺术手法，创造出现实中不存在的形象和情境，借以表现现实生活。它可以突破现实生活的限制，拓展作品内容的表现空间，深化作品的思想内涵，同时突出形象的鲜明特征，充分调动读者的想象力，给人以新奇的审美感受，留下长久咀嚼回味的余地。

仇 恨

威廉·房龙

亨德里克·威廉·房龙（1882—1944），美国通俗作家。代表作有《房龙地理》《人类的故事》《宽容》等。

战争戛然而止，抓到希特勒后立刻将他押解到荷兰首都阿姆斯特丹。军事法庭判他死刑，但怎样处死他，意见有很大分歧。枪毙他吧，让他上绞刑架吧，都未免死得太快，那太便宜他了。后来有人说出了大家的心声：这个恶魔带来的灾难惨绝人寰，烧死他才可解恨。

“但是，”一个法官提出不同的看法，“我们阿姆斯特丹最大的广场只能容纳一万人，行刑时，我们荷兰男女老少700万之众，谁不想到刑场去诅咒他一番呢？”

之后另一位法官出了一个点子。希特勒应被绑在木桩上烧死，但木柴应由火药爆炸后点燃，火药的引线应该从鹿特丹开始点燃，沿着主要大道，途经代尔夫特、海牙、莱顿、哈勒姆，一直烧到阿姆斯特丹。这样，数以百万的群众拥上连接着这些城市的宽阔大道后，都可以目睹这根引线向北一路烧去，直到把烧死希特勒的柴堆点燃。

这种惩罚方式是否最大快人心，人们进行了全民公决，4981076票赞成，1票反对。提出反对的人认为，希特勒应该被五马分尸。

最后，这个载入史册的日子来临了。死刑在6月的一天早晨4点开始。引线由一位母亲点燃，她的3个儿子由于一次莫须有的“蓄意破坏行动”而被纳粹分子枪决。同时，唱诗班唱起了一首庄严的感恩赞美诗，接着人群里爆发出一阵胜利的欢呼声。

火慢慢地从鹿特丹向代尔夫特烧去，一直烧到了阿姆斯特丹的大广场。人们从四面八方蜂拥而来，还专门为老人、有残疾的人以及被害人的亲属准备了座位。

希特勒穿着一件黄色的衬衣，已经被用链子锁在了木桩上了。他故作一副泰然处之的样子，直到有个男孩爬到围着这位前元首的柴火堆上，在上面放了一个木牌，上面写着：鄙人乃盖世魔头。希特勒一股闷火喷发出来，他凶相毕露，破口大骂。

观众都傻了眼：这个阶下囚竟敢大放厥词，活像在给他的党羽训话，真是一大奇观，荒谬至极。接着观众吼声震天，嘲笑声四起，把他吓住了。

最扣人心弦的时间到了。大约下午3点，火花到达阿姆斯特丹的郊区。霎时间鼓声震天，接着，人们唱起了国歌。希特勒此时面如死灰，拽着身上的锁链，做最后的垂死挣扎。

国歌唱毕，火花离火药只有几米了，5分钟之后希特勒将会在恐惧中死去。人们仇恨心切，情绪一下子爆发出来，吼声响彻云霄。一分钟，两分钟……就在此时，怪事出现了。

一个干瘪的小老头，拐弯抹角地混过执行警戒的士兵队列，来到希特勒面前。没有人不认识他。他有两个儿子，被伞兵部队用机枪扫射而死，妻子与3个女儿在鹿特丹大屠杀中殉难。从那时起，这个可怜的人一直精神错乱，他到处游荡，全靠人们的善心供养着，见到他，无人不心存怜悯。

但他眼下的举动触犯了众怒，大家气得脸发白。他竟然故意跑去踩那根引线，把火踩熄了。

“杀了他！杀了他！”群情激愤。只见老人面对杀气腾腾的人群，从容不迫。他缓缓地朝天举起双臂，然后，怒吼一声：

“咱们再从头点起！”

（选自《文苑》，2002年版）

【交流之窗】

“二战”后希特勒被捕，是在荷兰首都阿姆斯特丹的广场上众目睽睽之下给烧死的，点火的是一位3个儿子都死于德军手中的母亲，而且一位在鹿特丹大屠杀中失去妻子与3个女儿的老头还把火药引线踩灭，再从头点燃一次，好让希特勒这个大魔头多尝尝死亡的恐惧感：这个故事显然是虚构的。但是虚写的故事有鲜活的细节描写作基础，达到以假乱真的效果。更何况，人们对希特勒的痛恨是真实的，虚构的故事表达了人们真实的愿望，假想的场面宣泄了人们内心郁积的愤恨，达到了一种艺术的真实。

指客观物象经过创作主体独特的情感活动而创造出来的一种艺术形象。简单地说，意象就是寓“意”之“象”，就是用来寄托主观情思的客观物象。

（一）瞬间意象

以凝练传神的语言描绘现实生活中瞬间触动作者的特定物象或场景，并寄予作者刹那间的情感体验和哲理感悟，含蓄蕴藉，回味无穷。

断　章

卞之琳

卞之琳（1910—2000），中国现代诗人、文学评论家、翻译家，著有诗集《十年诗草》等。

你站在桥上看风景
看风景的人在楼上看你

明月装饰了你的窗子
你装饰了别人的梦

作于1935年

（选自《卞之琳诗选》，长江文艺出版社，2003年版）

【交流之窗】

这首只有四句的短诗由人、桥、楼、明月、窗子、梦几个意象组成，内容是作为观赏者的诗人对画面的瞬间印象及联想：一人在桥上看风景，楼上又有人拿他当风景看，这是眼前景；明月照在窗前，是你眼里的一道美景，而你的身影出现在别人梦中，又成了别人心中的一幅美景，这是诗人的联想。在诗人看来，同一个人既可以是主体，同时也可以是客体，世间一切都具有相对性。阅读本诗，你可以把它当作那个年代的一幅风俗画来欣赏，也可以像李健吾等人那样立足“装饰”二字，体会到一种人生的悲哀，当然也可以理解成如作者所说的着重在“相对”二字，表达一种对人生的哲理性感悟。

（二）意象提炼与组合

所谓提炼，实质上就是选择，创造者根据表达的需要，挑选与内在情意最相对应的独特意象来表现，既不流于一般化的平庸，也不堕入抽象化的空泛，新颖，集中，含蓄，有张力，能诱发读者多方面的联想。在意象的组合方面，有同类意象的并列叠加，有时间、空间和逻辑上的层进，有意义情感上的相反相对，也有声与色、动与静、虚与实、主与次之间的互相映衬等。

乡　愁

余光中

小时候
乡愁是一枚小小的邮票
我在这头
母亲在那头

长大后
乡愁是一张窄窄的船票
我在这头
新娘在那头

后来啊
乡愁是一方矮矮的坟墓
我在外头
母亲在里头

而现在
乡愁是一湾浅浅的海峡

我在这头
大陆在那头

（选自《百年百种——余光中诗选》，中国青年出版社，1999年版）

【交流之窗】

本诗中，作者精选了邮票、船票、坟墓、海峡四个意象，表现“乡愁”这一主题在人生不同阶段所包含的深刻意蕴。少不更事时乡愁表现为对母亲的依恋，新婚燕尔时变而为对新娘的思念，人到中年时则转为对已逝母亲永远的怀念，现在，生命行将抵达尽头，但两岸悬隔，叶落归根的愿望或成终身遗憾。在这里，亲情、爱情都是陪衬，而被那一湾浅浅的海峡隔断的乡情才是诗人要表达的最刻骨铭心的真正乡愁。

（三）特定意象

经过作者精心提炼的特殊意象，它含蕴主旨，凝聚情感，充当线索结构全文，起到提挈全篇的作用。

父亲的手

加尔文·渥星顿

加尔文·渥星顿，美国作家，生平不详。

父亲的手粗壮、有力，能不费力气地修剪果树，也能把一匹不驯服的骡子稳稳地套进挽具。他这双手还能灵巧、精确地画一个正方形。使我最难忘的是每当这双手抓着我的肩膀，我就感到一股特殊的温暖。这双手几乎能干一切活儿。然而，只在一件事上，这双手令人失望了：它永远没学会写字。

父亲是个文盲。美国的文盲人数现在已经逐渐减少了。但是，只要还有一个文盲，我就会想到我的父亲，想到他那双不会写字的手和这双手给他带来的痛苦。

父亲六岁时，开始在小学一年级读书。那时，课上答错一题，手掌上就要挨十下打。不知什么原因，父亲那淡色头发下面的脑袋怎么也装不进课上讲的数字、图形或要背的课文。在学校才待了几个月，我爷爷就领他回家了，让他留在农场干成年男人干的农活儿。

若干年后，只受过四年教育的母亲试图教父亲识字。又过了若干年，我用一双小手握着他的一只大拳头，教他写自己的名字。开始，父亲倒是甘心忍受这种磨炼，但不久，他就变得烦躁起来。他活动一下指头和手掌，说他已经练够了，要自己一人到外边散散步。

终于，一天夜里，他以为没人看见，就拿出他儿子小学二年级的课本，准备下功夫学些单词。但是，不一会儿，父亲不得不放弃了。他趴在书上痛哭道："耶稣，耶稣，我甚至连毛孩子的课本都读不了？"打那以后，无论人们怎么劝他学习，都不能使他坐在笔和纸面前了。

父亲当过农场主、修路工和工厂工人。干活儿时，他那双手从未使他失望过。他脑子好使，有一股要干好活儿的超人意志。第二次世界大战时，他在一家造船厂当管道安装工，安装巨型军舰里复杂、重要的零件。由于他工作劲头大、效率高，他的上司有意提拔他，然而，由于未能通过合格考试而落空了。他脑子里可以想象出通往船体关键部位的条条管道。同时手指可以在蓝图上找出一条条线路。他能清楚地回忆出管道上的每一个拐角、转弯。然而，他却什么都读不懂、写不出。

造船厂倒闭后，他到一家棉纺织厂工作，他夜里在那儿上班，白天抽出些睡觉时间来管理自己的农场。棉纺织厂倒闭后，他每天上午到外头找工作，晚上对我母亲说："通不过考试的人，他们就是不要。"

最后，他在另一家棉纺织厂找到了工作，我们搬进了城。父亲总是不习惯城里生活，他那双蓝眼睛褪色了，脸颊上的皮肤有些松弛了，但是那双手还是很有劲儿。他常让我坐在他膝上，给他读《圣经》。对我的朗读，他感到很自豪。

一次，母亲去看我姨妈，父亲到食品店买水果。晚饭后，他说，他给我准备了一些意想不到的水果。我听到他在厨房里撬铁皮罐头的声音。然后，屋里一片寂静。我走到门口，看见他手拿着空罐头，嘴里咕哝道："这上面画得太像梨子了！"他走出门，坐在屋外的台阶上，默不作声。我进屋看到罐头上写着"大白土豆罐头"。但是那上面画的的确像梨，难怪父亲把它当梨买来了。

几年后，妈妈去世了。我劝父亲来和我们一起住，他不肯。他的身体越来越差了，因为轻微的心脏病发作，他常常住医院。老格林医生每星期都来看他，给他进行治疗。医生给了他一瓶硝酸甘油片。万一他心脏病发作，让他把药片放在舌头底部。

我最后一次见到父亲时，他那双又大又温暖的手放在我的两个孩子的肩上。那天晚上，我们全家乘飞机离开父亲到新城市里居住。三个星期后，他心脏病发作与世长辞了。

我只身一人回来参加葬礼。格林医生说他很难过。实际上，他觉得有点不可思议，因为他刚给父亲开了一瓶硝酸甘油片。然而，他在父亲身上却没找到这个药瓶。

他觉得，如果父亲用了这药，大概还能等到急救医生的到来。

在小教堂举行葬礼的前一小时，我不由自主地来到父亲的花园门口。一个邻居就在这儿发现的他。我感到十分悲痛，蹲下身，看着父亲生前劳动过的地方。我的手无目的地挖着泥土时，碰到一块砖头。我把砖头翻出来，扔到一边。这时，跳入我眼帘的是一只被扭歪、砸坏、摔进松土里的塑料药瓶。

我手里拿着这瓶硝酸甘油片，眼前浮现出这样一幕情景：父亲拼命想拧开这个瓶盖儿，但拧不开；他在绝望中，企图用砖头砸开这个塑料瓶。我感到极端痛苦，知道父亲至死也没能拧开这个药瓶。因为药瓶盖上写着："防止小孩拧开——按下去，左拧，拔"。目不识丁的父亲看不懂这一切。

尽管我知道这样做是完全不理智的，但我还是进城买了一支金笔和一本皮革包的袖珍字典。在向父亲遗体告别时，我把这两件东西放在他手里，这双曾经是温暖、灵巧、能干，但永远没学会写字的手。

【交流之窗】

本文塑造了一位目不识丁的父亲形象，他因不识字，人生屡屡碰壁，退休了也无法适应和儿孙在一起的城市生活，最终因心脏病发作却看不懂急救药瓶上的字，以致打不开瓶盖而抱憾离世。作者把人物描写的重心集中在特定的意象——父亲的手上，这双手不但粗壮、有力，而且曾经温暖、灵巧、能干，但因为它永远没有学会写字，所以随着时代的发展，越来越拙笨，不断做错事，关键时候甚至打不开救命的药瓶。机械是手的延长，大脑支配双手，不识字，没文化，自己的手也会成为落伍的工具，人自然也将为时代所淘汰。今天，文盲又有了新的定义——联合国将不能识别现代社会符号的人和不能使用计算机进行学习、交流和管理的人定义为"功能型文盲"。你，忍心让自己的父母成为新的文盲吗？如果不能，就行动起来，帮帮他们吧。

(四)意象借用

作者在创作时，除了运用自我独创的意象之外，还会有意借用前人作品中那些约定俗成、具有经典性且为大众所熟知的意象，融入自己作品，既体现了审美的继承性，容易使读者产生情感共鸣，又能拓展作品的表现空间，把读者引入更广阔的阅读体验中去。

春

朱自清

盼望着，盼望着，东风来了，春天的脚步近了。

一切都像刚睡醒的样子，欣欣然张开了眼。山朗润起来了，水涨起来了，太阳的脸红起来了。

小草偷偷地从土里钻出来，嫩嫩的，绿绿的。园子里，田野里，瞧去，一大片一大片满是的。坐着，躺着，打两个滚，踢几脚球，赛几趟跑，捉几回迷藏。风轻悄悄的，草软绵绵的。

桃树、杏树、梨树，你不让我，我不让你，都开满了花赶趟儿。红的像火，粉的像霞，白的像雪。花里带着甜味儿，闭了眼，树上仿佛已经满是桃儿、杏儿、梨儿！花下成千成百的蜜蜂嗡嗡地闹着，大小的蝴蝶飞来飞去。野花遍地是：杂样儿，有名字的，没名字的，散在草丛里像眼睛，像星星，还眨呀眨的。

“吹面不寒杨柳风”，不错的，像母亲的手抚摸着你。风里带来些新翻的泥土气息，混着青草味儿，还有各种花的香都在微微润湿的空气里酝酿。鸟儿将窠巢安在繁花嫩叶当中，高兴起来了，呼朋引伴地卖弄清脆的喉咙，唱出宛转的曲子，与轻风流水应和着。牛背上牧童的短笛，这时候也成天嘹亮地响。

雨是最寻常的，一下就是两三天。可别恼。看，像牛毛，像花针，像细丝，密密地斜织着，人家屋顶上全笼着一层薄烟。树叶子却绿得发亮，小草也青得逼你的眼。傍晚时候，上灯了，一点点黄晕的光，烘托出一片安静而和平的夜。在乡下，小路上，石桥边，有撑起伞慢慢走着的人；还有地里工作的农夫，披着蓑，戴着笠。他们的房屋，稀稀疏疏的，在雨里静默着。

天上风筝渐渐多了，地上孩子也多了。城里乡下，家家户户，老老小小，也赶趟儿似的，一个个都出来了。舒活舒活筋骨，抖擞抖擞精神，各做各的一份儿事去了。“一年之计在于春”，刚起头儿，有的是工夫，有的是希望。

春天像刚落地的娃娃，从头到脚都是新的，它生长着。

春天像小姑娘，花枝招展的，笑着，走着。

春天像健壮的青年，有铁一般的胳膊和腰脚，他领着我们上前去。

（选自《朱自清散文选》，译林出版社，2016年版）

【交流之窗】

春阳，春水，春草，春花，春风，春雨。在这篇写春天景色的散文中，作者调动了视觉、触觉、听觉、嗅觉各种感官，运用比喻、排比、拟人等多种修辞，为我们展现了一幅立体的春景图。在写景抒情中，作者特别借用了中国传统作品中的常见意象，构成与我国古代诗词相通的诗意境界，如写春草，让我们想起“燕草如碧丝”“草色遥看近却无”；写春花，让我们想到“日出江花红胜火”“红杏枝头春意闹”；写春风，让我们想起“二月春风似剪刀”“春风又绿江南岸”；写春雨，让我们想起“细雨鱼儿出”“斜风细雨不须归”等等。古典意象的借用，使白话文既具有现代生活内容的鲜活感，又不失传统诗词的神韵，正是对民族审美传统的继承与发展。

融入情感的方式有两种，一种是不直接表达情感，而是融情入景，把自己的情感融入对景物的具体描写当中，如盐在水中，不见其形却能知其味；另一种是“移情”，作者把自己的情感移入寻常事物当中，使此无情之物带上了作者的情感印记，成为作品的特定意象。

挖荠菜

张 洁

张洁，生于1937年，当代著名女作家。著有散文集《爱，是不能忘记的》，中短篇小说集《祖母绿》，长篇小说《沉重的翅膀》等。

我对荠菜，有着一种特殊的感情……

小的时候，我是那么馋！刚抽出嫩条还没打花苞的蔷薇枝，把皮一剥，我就能吃下去；刚割下来的蜂蜜，我会连蜂房一起放进嘴巴里；更别说什么青玉米棒子、青枣、青豌豆啰。所以，只要我一出门儿，碰上财主家的胖儿子，他就总要跟在我身后，拍着手、跳着脚地叫着：“馋丫头！馋丫头！”羞得我连头也不敢回。

我感到又羞恼，又冤屈！七八岁的姑娘家，谁愿意落下这么个名声？可是有什么办法呢？我饿啊！我真不记得什么时候，那种饥饿的感觉曾经离开过我，就是现在，每当我回忆起那个时候的情景，留在我记忆里最鲜明的感觉，也还是一片饥饿……

吃那些没收进主人家仓房里的东西，我还一次也没有被人家抓到过。倒不是因为我的运气格外好，而是人们多半并不想认真地惩罚一个饥饿的孩子。可有一次，我在财主家的地里掰玉米棒子，被他的大管家发现了，他立刻拿着一根又粗又直的木头棒子，毫不留情地紧紧向我追来。我没命地逃着。我想我一定跑得飞快，因为风在我的耳朵旁边呼呼直响。

不知是我被吓昏了，还是平时很熟悉的那些田间小路有意捉弄我，为什么面前偏偏横着一条小河？追赶我的人越来越近了。我害怕到了极点，便不顾一切地纵身跳进那条河。

河水并不很深，但是足以没过我那矮小的身子。我一声不响地挣扎着，扑腾着，身子失去了平衡。冰凉的河水呛得我好难受，我几乎背过气去，而河水却依旧在我身边不停地流着，流着……在由于恐怖而变得混乱的意识里，却出奇清晰地反映出岸上那个追赶我的人的残酷笑声。

我简直不知道我是怎么样才爬上对岸的。更使我丧气的是脚上的鞋子不知什么时候掉了一只。我实在没有勇气重新回头去找那只丢失了的鞋子，可我也不敢回家，我怕妈妈知道。不，我并不是怕她打我。我是怕看见她那双被贫困的生活折磨得失去了光彩的、哀愁的眼睛。那双眼睛，会因为我丢失了鞋子而更加暗淡。

我独自一人游荡在田野里。太阳落山了，橙红色的晚霞渐渐地从天边退去。远处，庙里的钟声在薄暮中响起来。羊儿咩咩地叫着，由放羊的孩子赶着回圈了；乌鸦也呱呱地叫着回巢去了。夜色越来越浓了，村落啦，树林子啦，坑洼啦，沟渠啦，好像一下子全都掉进了神秘的沉寂里。我听见妈妈在村口焦急地呼唤着我的名字，只是不敢答应。一种比饥饿更可怕的东西平生头一次潜入了我那童稚的心……

说过了这些，人们也许会理解我为什么对荠菜有着那么特殊的感情。

经过一个没有什么吃食可以寻觅、因而显得更加饥饿的冬天，大地春回、万物复苏的日子重新来临了！田野里长满了各种野菜：雪蒿、马齿苋、灰灰菜、野葱……最好吃的是荠菜。把它下在玉米糊糊里，再放上点盐花，真是无上的美味啊！而挖荠菜时的那种坦然的心情，更可以称得上是一种享受：提着篮子，迈着轻捷的步子，向广阔无垠的田野里奔去。嫩生生的荠菜，在微风中挥动它们绿色的手掌，招呼我，欢迎我。我再也不必担心有谁会拿着大棒子凶神恶煞似的追赶我，我甚至可以不时地抬头看看天上吱吱喳喳飞过去的小鸟，树上绽开的花儿和蓝天上白色的云朵。那时，我的心里便会不由地升起一个热切的愿望：巴不得这个世界上的一切，都像荠菜一样是属于我们每一个人的。

新中国成立以后，我进了城。偶然，在大菜场里，也可以看到人工培植的荠菜出售。长得肥肥大大的，总有半尺来长，洗得干干净净，水灵灵的。一小扎，一小扎，码得整整齐齐地摆在菜摊子上，价钱也不贵。可我，总还是怀念那长在野地里的荠菜，就像怀念那些与自己共过患难的老朋友一样。

多少年来，每到春天，我总要挑个风和日丽的日子，带上孩子们到郊区的野地里去挖荠菜。我明白，孩子们之所以在我的身旁跳着，跑着，尖声地打着唿哨，多半因为这对他们来说，是一种有趣的游戏——和煦的阳光，绿色的田野，就像一幅优美的风景画似的展现在他们面前，使他们的身心全都感到愉快。他们长大一些之后，陪同我去挖荠菜，似乎就变成了对我的一种迁就了，正像那些恭顺的年轻人，迁就他们那些因为上了年纪而变得有点怪癖的长辈一样。这时，我深感遗憾：他们多半不能体会我当年挖荠菜的心情！

等到我把一盘用精盐、麻油、味精、白糖精心调配好的荠菜放到餐桌上去的时候（小的时候，我可是做梦也没有想到我那可爱的荠菜会享受到今天这样的“荣华富贵”），他们也还是带着那种迁就的微笑，漫不经心地用筷子挑上几根荠菜……看着他们那双懒洋洋的筷子，我的心里就像翻倒了五味瓶，什么滋味都有。因为我知道，这种赏光似的迁就，并不只是表现在对挖荠菜这一桩事情上，它还表现在对我们这一代人的一些见解和行为上。在他们看来，我们的有些见解和行为，都像陈列在博物馆里的出土文物——离他们的现实生活太远了，不顶用了。自然，我也并不认为我们的见解和行为就完全正确。只要他们不觉得厌烦，我甚至愿意跟他们谈谈我们在探索人生方面曾经走过的弯路，以便他们少付出一些不必要的代价。我真希望我们之间不要成为隔膜很深的两代人，而是心灵相通的朋友。

孩子，让我们多谈谈心吧，让妈妈多讲讲当“馋丫头”时的故事给你们听吧。想想你们妈妈当年挖荠菜的情景，你们就会珍爱荠菜，珍爱生活。你们就会懂得什么是幸福，怎样才会得到幸福。

（选自《张洁文集·散文随笔卷》，人民文学出版社，2012年版）

【交流之窗】

荠菜，本是山野中一种常见的野菜，是为一般人所不屑一顾的。但文章一开头，作者就提出了自己对荠菜怀有特殊的感情。情从何来？于是作者宕开笔墨，插叙自己童年时期的遭遇，童年时的饥饿和屈辱，使荠菜成了那个年代难得的美味佳肴。但是随着时代的变迁，尽管人工栽培的荠菜比以前野生的肥美，又加以各种作料调味，孩子们还是难以喜欢上这道野菜，因为他们没有经历过那个饥饿的年代。情随事迁，其言固不谬，但没有口嚼野菜的经历，怎能真正品尝出眼前珍馐佳肴的美味呢？

以下所列十三种技法，是艺术家所创造的超越传统表现技巧，违背阅读者接受习惯，却能收到特殊艺术效果的新奇技法，是作家们高超艺术智慧的结晶。

（一）错位

通过设置悬念、误会，刻意造成人和人、原因和结果、目的和结局等的反常关系与错位，形成情节上的波澜与逆转，增强作品的可读性，深化主题，从而引发读者更多的思考。

红　灯

罗燕如

罗燕如，生于1953年，中国台湾籍女作家。

小港机场下完了客人，运气不错，又有人拦车。

我偷偷地端详了这位小姐，不很美，但五官分明。两排长睫像围着湖泽的小丛林；弧形分明的双唇，很有个性地紧抿着……

“民生医院。”抛下了目的地，她便合上了眼，斜倚在后座上，似乎很累很累。

我扳下了车资表，比平日更专心地开起车来。说也奇怪，忍不住从反射镜中，多看她几眼，但我不能看得太勤，免得让她误会我心怀不轨。

车行一半，我在镜中，忽然看到她潸潸泪下，就像一枝带雨的梨花，惹得我有说不出来的怜爱。

“探病吗？小姐。”本不应该向乘客多舌的。

“……”拭干泪水，她轻轻地点头。

“病情如何？”该死！问这干吗？开几年车，最痛恨的，就是一上车叽喳不停的乘客。今天自己中了什么邪？搭这个什么讪？万一……

“弥留。”她沉重地吐出这两个字，泪像决堤的洪水，哭得凄凄切切，叫人好不心疼。

我见过弥留的病人，和死人只差一口气。她一定急着见这个亲人，慢一步说不定天人永隔。我该……

于是，加足马力，闯了一个又一个红灯，甘冒被警察罚款的危险。我想帮她一点忙。

"嘎——"到了，踩稳了刹车，油然而生的英雄感，使我无限骄傲。好啦！现在就等着她谢意的眼光……

谁知，"啪——"一记清脆的耳光声响自我左颊。她原本姣好的脸孔，一阵青一阵绿地扭曲成一团，从牙缝中恨恨地挤出："都是你们这些没道德的司机，专抢红灯，否则我先生也不会被撞得奄奄一息，躺在医院里！"她像丢垃圾一样扔了两百块钱在我脸上……

（选自《微型小说三百篇》，百花洲文艺出版社，1999年版）

【交流之窗】

女乘客的丈夫躺在医院，生命垂危；的士司机为了能让她见丈夫最后一面，冒着违反交规被罚的风险，连闯一个又一个红灯，以最快的速度到达了目的地。本以为可以得到女乘客的感谢，却挨了一记清脆的耳光。原来，这位女乘客的丈夫就是被另一位闯红灯的的士司机撞伤的，由此迁怒于所有闯红灯的人。这个结果与动因的错位，结局和愿望的逆反，突显了主题，向一切闯红灯的人敲响了警钟：规则是不能随意破坏的，不管你是出于多么良好的愿望。

(二)反常冲击

不可思议的人物表现,有悖情理的故事情节,超乎常情的情感活动,不合逻辑的结构安排,与人物活动不符的情境设置,不符常规的词语搭配等等,这些内容和形式上的各种反常会给读者带来异乎寻常的情感冲击,形成新异而强烈的审美感受。

苦　恼

契诃夫

——我拿我的烦恼向谁去诉说?……

暮色晦暗。大片的湿雪绕着刚点亮的街灯懒洋洋地飘飞,落在房顶、马背、肩膀、帽子上,积成又软又薄的一层。车夫姚纳·波达波夫周身白色,像个幽灵。他坐在车座上一动也不动,身子往前伛着,伛到了活人的身子所能伛到的最大限度。哪怕有一大堆雪落在他身上,仿佛他也会觉得用不着抖掉似的……他的小母马也一身白,也一动不动。它那呆呆不动的姿势,它那瘦骨嶙峋的身架,它那棍子一样笔直的四条腿,使得它活像拿一个小钱就可以买到的马形蜜糖饼。它大概在想心事吧。不管是谁,只要被人从犁头上硬拉开,从熟悉的灰色景致里硬拉开,硬给丢到这个充满古怪的亮光、不断地喧哗、熙攘的行人的漩涡里,那他就不会不想心事……

姚纳和他的小马有好久没动了。还是在午饭以前,他俩就走出了院子,至今还没拉到一趟生意。可是现在黄昏的暗影笼罩全城了。街灯的黯淡的光已经变得明亮生动,街上的杂乱也热闹多了。

"车夫,到维堡区去!"姚纳听见有人喊车。"车夫!"

姚纳猛地哆嗦一下,从粘着雪的睫毛望出去,看见一个军人,穿一件军大衣,头戴一顶兜囊。

“到维堡区去！”军人又说一遍，“你是睡着了还是怎么的？拉到维堡区去！”

为了表示同意，姚纳抖了抖缰绳；这样一来，一片片的雪就从马背上和他的肩膀上纷纷掉下来……军人坐上了雪橇。车夫嘬起嘴唇，对那匹马发出啧的一响，跟天鹅那样伸出脖子，在车座上微微挺起身子，与其说是由于需要还不如说是出于习惯地扬起鞭子。那小母马也伸出脖子，弯一弯像棍子一样笔直的腿，迟迟疑疑地走动了……

“你往哪儿闯啊，鬼东西？”姚纳立刻听见黑暗里有人嚷起来，一团团黑影在他眼前游过来游过去，“你到底是往哪儿走啊？靠右！”

“你不会赶车！靠右走！”军人生气地说。

一个赶四轮轿车的车夫朝他咒骂；一个行人穿过马路，肩膀刚好擦着马鼻子，就狠狠地瞪他一眼，抖掉袖子上的雪。姚纳坐在车座上局促不安，仿佛坐在针尖上似的，他向两旁撑开胳臂肘儿，眼珠乱转，就跟有鬼附了体一样，仿佛他不知道自己在哪儿，也不知道为什么在那儿似的。

“这些家伙真是混蛋！”军人打趣地说，“他们简直是极力跑来撞你，或者扑到马蹄底下去。他们这是预先商量好的。”

姚纳回头瞧着他的乘客，张开嘴唇……他分明想要说话，可是喉咙里没吐出一个字来，只是哼了一声。

“什么？”军人问。

姚纳咧开苦笑的嘴，嗓子里用一下劲，这才干哑地说出来：

“老爷，我的……嗯……我的儿子在这个星期死了。”

“哦！……他害什么病死的？”

姚纳掉转整个身子朝着乘客说：

“谁说得清呢？多半是热病吧……他在医院里躺了三天就死了……上帝的意旨哟。”

“拐弯呀，鬼东西！”黑暗里有人喊，“瞎了眼还是怎么的，老狗？用眼睛瞧着！”

“赶车吧，赶车吧……”乘客说，“照这样走下去，明天也到不了啦。快点赶车吧！”

车夫又伸出脖子，微微挺起身子，笨重而优雅地挥动他的鞭子。他有好几回转过身去看军官，可是军官闭着眼睛，分明不愿意再听了。姚纳把车赶到维堡区，让乘客下车，再把车子赶到一个饭馆的左近停下来，坐在车座上伛下腰，又不动了……湿雪又把他和他的马涂得挺白。一个钟头过去了，又一个钟头过去了……

三个青年沿着人行道走过来，两个又高又瘦，一个挺矮，驼背；他们互相谩骂，他们的雨鞋踩出一片响声。

“车夫，上巡警桥去！”驼背用破锣似的声音喊道，“我们三个人……二十个戈比！”

姚纳抖动缰绳，把嘴唇嘬得啧啧得响。二十个戈比是不公道的，可是他顾不得讲价了。现在，一个卢布也好，五个戈比也好，在他全是一样，只要有人坐车就行……青年们互相推挤着，骂着下流话，拥上雪橇，三个人想一齐坐下来。这就有了需要解决的问题：该哪两个坐着？该哪一个站着呢？经过很久的吵骂、变卦、责难，他们总算得出了结论：该驼背站着，因为他顶矮。

“好啦，赶车吧！”驼背站稳，用破锣样的声音说，他的呼吸吹着姚纳的后脑壳，“快走！你戴的这是什么帽子呀，老兄！走遍彼得堡，再也找不到比这更糟的了……”

“嘻嘻！……嘻嘻！……”姚纳笑，“这帽子本来不行啦！”

“得了，本来不行了，你啊，赶车吧！你就打算一路上都照这样子赶车吗？啊？要我给你一个脖儿拐吗？……”

“我的脑袋要炸开了……”一个高个子说，“昨天在杜科玛索夫家里，华斯卡和我两个人一共喝了四瓶白兰地。”

“我真不懂你为什么要胡说！”另一个高个子生气地说，“你跟下流人似的胡说八道。”

“要是我胡说，让上帝惩罚我！我说的是实在的情形嘛！……”

“要是这实在，跳蚤咳嗽就也实在。”

“嘻嘻！”姚纳笑了，“好有兴致的几位老爷！”

“呸！滚你的！……”驼背愤愤地喊叫，“你到底肯不肯快点走啊，你这老不死的？难道就这样赶车？给它一鞭子！他妈的！快走！结结实实地抽它一鞭子！”

姚纳感到了背后那驼背的扭动的身子和颤抖的声音。他听着骂他的话，看着这几个人，孤单的感觉就渐渐从他的胸中消散了。驼背一股劲儿地骂他，诌出一长串稀奇古怪的骂人话，直说得透不过气来，连连咳嗽。那两个高个子开始讲到一个名叫娜节日达·彼得罗芙娜的女人。姚纳不住地回头看他们。等到他们的谈话有了一个短短的停顿，他又回过头去，叽叽咕咕地说：

"这个星期我……嗯……我的儿子死了！"

"大家都要死的……"驼背咳了一阵，擦擦嘴唇，叹口气说，"算了，赶车吧！赶车吧！诸位先生啊，车子照这么爬，我简直受不得啦！什么时候他才会把我们拉到啊？"

"那么，你给他一点小小的鼓励也好……给他一个脖儿拐！"

"你听见没有，你这老不死的？我要给你一个脖儿拐啦！要是跟你们这班人讲客气，那还不如索性走路的好！……听见没有，你这条老龙（神话中的一条怪龙的名字，住在深山里。这里用做骂人的话），莫非我们说的话你不在心上吗？"

于是姚纳，与其说是觉得，不如说是听见脖子后面啪的一响。

"嘻嘻！……"他笑，"好有兴致的几位老爷……求上帝保佑你们！"

"赶车的，你结过婚没有？"一个高个子问。

"我？嘻嘻！……好有兴致的老爷！现在我那个老婆成了烂泥地……嘻嘻嘻！……那就是，在坟里头啦！这会儿，我儿子也死了，我却活着……真是怪事，死神认错了门啦……它没来找我，却去找了我的儿子……"

姚纳回转身去，想说一说他儿子是怎么死的，可是这当儿驼背轻松地吁一口气，说是谢天谢地，他们总算到了。姚纳收下二十个戈比，对着那几个玩乐的客人的后影瞧了好半天，他们走进一个漆黑的门口，不见了。他又孤单了，寂静又向他侵袭过来……苦恼，刚淡忘了不久，现在又回来了，更为有力地撕扯他的胸膛。姚纳的眼睛焦灼而痛苦地打量大街两边川流不息的人群：难道在那成千上万的人当中，连一个愿意听他讲话的人都找不到吗？人群匆匆地来去，没人理会他和他的苦恼……那苦恼是浩大的，无边无际。要是姚纳的胸裂开，苦恼滚滚地流出来的话，那苦恼仿佛会淹没全世界似的，可是话虽如此，那苦恼偏偏没人看见。那份苦恼竟包藏在这么一个渺小的躯壳里，哪怕在大白天举着火把去找也找不到……

姚纳看见一个看门人提着一个袋子，就下决心跟他攀谈一下。

"现在什么时候啦，朋友？"他问。

“快到十点了……你停在这儿做什么？把车子赶开！”

姚纳把雪橇赶到几步以外，伛下腰，任凭苦恼来折磨他……他觉得向别人诉说也没有用了。可是还没过上五分钟，他就挺起腰板，摇着头，仿佛感到一阵剧烈的疼痛似的；他拉了拉缰绳……他受不住了。

“回院子里去！”他想，“回院子里去！”

他那小母马仿佛领会了他的想头似的，踩着小快步跑起来。过了一个半钟头，姚纳已经坐在一个又大又脏的火炉旁边了。炉台上、地板上、凳子上，全睡得有人，正在打鼾。空气又臭又闷……姚纳看一看那些睡熟的人，搔一搔自己的身子，后悔回来得太早了……

“其实我连买燕麦的钱还没挣到呢，”他想，“这就是为什么我会这么苦恼的缘故了。一个人，要是会料理自己的事……让自己吃得饱饱的，自己的马也吃得饱饱的，那他就会永远心平气和……”

墙角上，有一个年轻的车夫爬起来，睡意蒙眬地嗽了嗽喉咙，走到水桶那儿去。

“想喝水啦？”姚纳问他。

“是啊，想喝水！”

“那就喝吧。……喝点水，身体好……可是，老弟，我的儿子死啦……听见没有？这个星期在医院里死的……真是怪事！”

姚纳看一看他的话生了什么影响，可是什么影响也没看见。那年轻小伙子已经盖上被子蒙着头，睡着了。老头儿叹口气，搔搔自己的身子……如同那青年想喝水似的，他想说话。他儿子去世快满一个星期了，他却至今还没跟别人好好地谈过这件事……应当有条有理、有声有色地讲一讲……应当讲一讲他儿子怎样得的病，怎样受苦，临死以前说过些什么话，怎样去世的……他要描摹一下儿子怎样下葬，后来他怎样上医院里去取死人的衣服。他还有个女儿阿尼霞住在乡下……他也想谈一谈她……他现在可以讲的话还会少吗？听讲的人应该哀伤、叹息、惋惜……倒还是跟娘们儿谈一谈的好。她们虽是些蠢东西，不过听不上两句话就会呜呜地哭起来。

“出去看看马吧，”姚纳想，“有的是工夫睡觉……总归睡得够的，不用担心……”

他穿上大衣，走进马棚，他的马在那儿站着。他想到燕麦，想到干草，想到天气……他孤单单一个人的时候，不敢想儿子……对别人谈一谈儿子倒还可以，至于想他，描出他的模样，那是会可怕得叫人受不了的……

“你在嚼草吗？”姚纳问他的马，看见它亮晶晶的眼睛，“好的，嚼吧，嚼吧……我们挣的钱既然不够吃燕麦，那就吃干草吧……对了……我呢，岁数大了，赶车不行啦……应当由我儿子来赶车才对，不该由我来赶了……他可是个地道的马车夫……要是他活着才好……”

姚纳沉默一会儿，接着说：

“是这么回事，小母马……库司玛·姚尼奇去世了……他跟我说了再会……他一下子就无缘无故死了……哪，打个比方，你生了个小崽子，你就是那小崽子的亲妈了……突然间，比方说，那小崽子跟你告别，死了……你不是要伤心吗？……”

小母马嚼着干草，听着，闻闻主人的手……

姚纳讲得有了劲，就把心里的话统统讲给它听了……

（选自《契诃夫短篇小说集》，上海三联书店，2009年版）

【交流之窗】

一位穷困衰老的马车夫，在夜间喧闹的彼得堡街头，不去忙着招揽顾客，却是用一个姿势伛偻在车上，任大雪落满身，变成一片白。有人坐他的车，他也不讲价钱。赶起车来，又缓慢，又拙笨，不断遭到路人和乘客的羞辱、谩骂。一个晚上，他甚至都没有挣够喂马的燕麦钱。这一切反常的举动背后，是因为一个对他来说太过悲伤的原因——他的儿子死了。但是，还有更反常的，不管是只愿坐车、不愿听他讲话的军人，侮辱和谩骂他的三个年轻乘客，还是偶遇的看门人，半夜起床喝水的车夫，都不愿听他诉说自己的遭遇，最终，他把满腹的哀伤向着自己的那匹小母马诉说……对这位被丧子之痛折磨得近乎麻木的老人来说，饥饿、寒冷、侮辱、谩骂已经没有感觉，最痛苦的是，偌大的彼得堡，满大街川流不息的人群，他的哀伤却无处诉说。

（三）反转翻新

颠覆人们的习惯认识，写出事物不为人知的另一面；反转读者的阅读期待，设置出人预料的结局，打破接受者的审美定势，在大家所熟知的寻常表现对象中翻出新意，使作品获得全新的审美意蕴。

雅 舍

梁实秋

梁实秋（1903—1987），中国现当代著名散文家、学者，代表作有《雅舍小品》《槐园梦忆》等。

到四川来，觉得此地人建造房屋最是经济。火烧过的砖，常常用来做柱子，孤零零地砌起四根砖柱，上面盖上一个木头架子，看上去瘦骨嶙嶙，单薄得可怜；但是顶上铺了瓦，四面编了竹篦墙，墙上敷了泥灰，远远地看过去，没有人能说不像是座房子。我现在住的“雅舍”正是这样一座典型的房子。不消说，这房子有砖柱，有竹篦墙，一切特点都应有尽有。

讲到住房，我的经验不算少，什么“上支下摘”“前廊后厦”“一楼一底”“三上三下”“亭子间”“茅草棚”“琼楼玉宇”和“摩天大厦”等各式各样，我都尝试过。我不论住在哪里，只要住得稍久，对那房子便发生感情，非不得已我还舍不得搬。这“雅舍”，我初来时仅求其能蔽风雨，并不敢存奢望，现在住了两个多月，我的好感油然而生。虽然我已渐渐感觉它是并不能蔽风雨，因为有窗而无玻璃，风来则洞若凉亭，有瓦而空隙不少，雨来则渗如滴漏。纵然不能蔽风雨，“雅舍”还是自有它的个性。有个性就可爱。

“雅舍”的位置在半山腰，下距马路约有七八十层的土阶。前面是阡陌螺旋的稻田。再远望过去是几抹葱翠的远山，旁边有高粱地，有竹林，有水池，有粪坑，后面是荒僻的榛莽未除的土山坡。若说地点荒凉，则月明之夕，或风雨之日，亦常有客到，大抵好友不嫌路远，路远乃见情谊。客来则先爬几十级的土阶，进得屋来仍须上坡，因为屋内地板乃依山势而铺，一面高，一面低，坡度甚大，客来无不惊叹，我则久而安之，每日由书房走到饭厅是上坡，饭后鼓腹而出是下坡，亦不觉有大不便处。

"雅舍"共是六间，我居其二。篦墙不固，门窗不严，故我与邻人彼此均可互通声息。邻人轰饮作乐，咿唔诗章，喁喁细语，以及鼾声，喷嚏声，吮汤声，撕纸声，脱皮鞋声，均随时由门窗户壁的隙处荡漾而来，破我岑寂。入夜则鼠子瞰灯，才一合眼，鼠子便自由行动，或搬核桃在地板上顺坡而下，或吸灯油而推翻烛台，或攀援而上帐顶，或在门框桌脚上磨牙，使得人不得安枕。但是对于鼠子，我很惭愧地承认，我"没有法子"。"没有法子"一语是被外国人常常引用着的，以为这话最足代表中国人的懒惰隐忍的态度。其实我的对付鼠子并不懒惰。窗上糊纸，纸一戳就破；门户关紧，而相鼠有牙，一阵咬便是一个洞洞。试问还有什么法子？洋鬼子住到"雅舍"里，不也是"没有法子"？比鼠子更骚扰的是蚊子。"雅舍"的蚊虱之盛，是我前所未见的。"聚蚊成雷"真有其事！每当黄昏时候，满屋里磕头碰脑的全是蚊子，又黑又大，骨骼都像是硬的。在别处蚊子早已肃清的时候，在"雅舍"则格外猖獗，来客偶不留心，则两腿伤处累累隆起如玉蜀黍，但是我仍安之。冬天一到，蚊子自然绝迹，明年夏天——谁知道我还是住在"雅舍"！

"雅舍"最宜月夜——地势较高，得月较先。看山头吐月，红盘乍涌，一霎间，清光四射，天空皎洁，四野无声，微闻犬吠，坐客无不悄然！舍前有两株梨树，等到月升中天，清光从树间筛洒而下，地上阴影斑斓，此时尤为幽绝。直到兴阑人散，归房就寝，月光仍然逼进窗来，助我凄凉。细雨蒙蒙之际，"雅舍"亦复有趣。推窗展望，俨然米氏章法，若云若雾，一片弥漫。但若大雨滂沱，我就又惶悚不安了，屋顶湿印到处都有，起初如碗大，俄而扩大如盆，继则滴水乃不绝，终乃屋顶灰泥突然崩裂，如奇葩初绽，砉然一声而泥水下注，此刻满室狼藉，抢救无及。此种经验，已数见不鲜。

"雅舍"之陈设，只当得简朴二字，但洒扫拂拭，不使有纤尘。我非显要，故名公巨卿之照片不得入我室；我非牙医，故无博士文凭张挂壁间；我不业理发，故丝织西湖十景以及电影明星之照片亦均不能张我四壁。我有一几一椅一榻，酣睡写读，均已有着，我亦不复他求。但是陈设虽简，我却喜欢翻新布置。西人常常讥笑妇人喜欢变更桌椅位置，以为这是妇人天性喜变之一征。诬否且不论，我是喜欢改变的。中国旧式家庭，陈设千篇一律，正厅上是一条案，前面一张八仙桌，一旁一把靠椅，两旁是两把靠椅夹一只茶几。我以为陈设宜求疏落参差之致，最忌排偶。“雅舍”所有，毫无新奇，但一物一事之安排布置俱不从俗。人入我室，即知此是我室。笠翁《闲情偶寄》之所论，正合我意。

“雅舍”非我所有，我仅是房客之一。但思“天地者万物之逆旅”，人生本来如寄，我住“雅舍”一日，“雅舍”即一日为我所有。即使此一日亦不能算是我有，至少此一日“雅舍”所能给予之苦辣酸甜，我实躬受亲尝。刘克庄词：“客里似家家似寄。”我此时此刻卜居“雅舍”，“雅舍”即似我家。其实似家似寄，我亦分辨不清。

长日无俚，写作自遣，随想随写，不拘篇章，冠以“雅舍小品”四字①，以示写作所在，且志因缘。

【注释】

①该文选自作者《雅舍小品》（香港碧辉图书公司出版）一书的首篇，故称。

（选自《梁实秋经典作品集》，当代世界出版社，2002年版）

【交流之窗】

说起“雅舍”，我们脑际浮现的一定是古色古香的建筑，素朴雅致的陈设，书籍满架，笔墨留香，远离尘嚣，书声琅琅。但本文作者却从反面着笔，为我们描绘了一个形象完全颠覆的“雅舍”，它地处山腰田畔，室内高低不平，夏不能遮雨，冬难以蔽风，篦墙不固，门窗不严，鼠患蚊灾，难得安宁，邻声嘈杂，更无清净。似此情景，别说是雅舍，连陋室都算不上。但是作者在此基础上来了个翻转，反而写出了真正的“雅”处：这里虽陈设简陋，却有疏落参差之致；虽地处荒凉偏僻，却有朝日晨雾夜月清风可赏。特别是，既然人生如寄，那么，此心安处即吾乡。舍雅无须大，斯虽陋室，于乱离年代，能暂作止息，能酣睡写读，冠以“雅舍”之名，也是名实相符吧。能翻出这样的新意，可见作者襟怀之淡泊与趣味之高雅了。

（四）矛盾张力

在文学作品的人物塑造、意象组合、情节设置、情感表达、结构安排、语言运用等方面制造不同层面上的矛盾，对立的各元素之间互相衬映、比较、抗衡、冲击，又维持一个统一的整体，从而形成作品形象的复杂性，内容的多义性，情感的充盈及语言表现力的强大。

春

穆　旦

穆旦（1918—1977），中国现代著名诗人、翻译家，“九叶派”诗人，有《穆旦诗集》出版。

绿色的火焰在草上摇曳，
他渴求着拥抱你，花朵。
反抗着土地，花朵伸出来，
当暖风吹来烦恼，或者欢乐。
如果你是醒了，推开窗子，
看这满园的欲望多么美丽。

蓝天下，为永远的谜蛊惑着的
是我们二十岁的紧闭的肉体，
一如那泥土做成的鸟的歌，
你们被点燃，卷曲又卷曲，却无处归依。
呵，光，影，声，色，都已经赤裸，
痛苦着，等待伸入新的组合。

（选自《穆旦诗全集》，中国文学出版社，1996年版）

【交流之窗】

标题“春”既指大自然的春天，也指人的青春。在这两个层面上，诗人分别使用了一系列充满动感的、互相之间矛盾、冲突、对抗的词语和意象。写生命之春，有清醒/沉醉、沉滞/飞扬、根基/摆脱，表现了青春期躁动的欲望与诗人沉思形象的对立；写自然之春，有绿色/火焰、拥抱/反抗、紧闭/赤裸、土地/花朵、泥土/歌、卷曲/伸入，这是草与花朵的对立，春天内在的对立。诗人以自然之春映衬生命之春，表现了青年时代内心世界的烦恼与欢乐、痛苦与迷醉、欲望与理性、封闭与开放的错综复杂的纠结和嬗变。

（五）特定情境（隔断）

在时间和空间上暂时隔断人物与平常生活世界的联系，将其放在一个特殊的规定情境中，去刻画内心活动和外部表现所不为人知的另一面，从而揭示人物性格的复杂性。

月　色

莫泊桑

莫泊桑（1850—1893），法国批判现实主义作家，代表作品有《项链》《羊脂球》《俊友》等。

马理尼央长老是配得上用“马理尼央”这个战役名称做姓的。这是一个瘦长而笃信宗教的教士，性情虽然激烈，却是正直不阿。他的种种信仰都是坚定不移的，而且从不动摇。他真诚地自以为认识了他的上帝，窥透了上帝的种种计划，种种意志，种种目的。

他在他那所乡下礼拜堂堂长住宅的树阴小径上迈开大步散步时，有时候头脑里涌出一个问题：“上帝为什么造了这东西？”于是他固执地寻觅答案，替上帝设身处地，结果几乎一定是寻得着答案的。世上有些人在一种虔诚的谦逊状态中，免不了喃喃地说：“主，你的计划是深不可测的！”而他却不如此，他想的是：“我是上帝的仆人，我应当认识他做事的理由，倘若不认识，我应当去猜度。”

他以为无论什么，总是带着一种绝对而又可赞赏的逻辑在自然里被创造出来的，种种的“为什么”和种种的“因为”素来彼此互相平衡。曙光是为了叫睡醒的人快乐而设，白昼是为了禾苗的成熟，雨是为了禾苗的滋润，黄昏是为了预备瞌睡，而黑夜是为了睡觉。

四季对于农事的种种需要是完全相应的；这教士从来不会怀疑到自

然原是没有目的的，也就是绝没有怀疑到一切有生命的东西，相反都得服从时代和气候以及物质的必然需要。但是他却恨女人，他不自觉地恨女人，并且由于本能作用看不起女人。他时常讲述基督的话，“女人，在你和我之间，可有相同的处所？”末了他还加上一句：“可以说上帝自己也不满意于这种作品。”在他看来，女人比诗人所谈的孩子还不纯洁十二倍。她诱惑了第一个男人拖累了他，并且永远继续她这种堕入地狱的工作，这真是软弱的、危险而又神秘地扰乱人心的生物。并且他憎恨她们那种具有爱力的灵魂，尤甚于憎恨她们那种沉沦了的肉体。

他时常觉得她们向他表示温和亲爱，他虽然知道自己是攻不破的，不过却痛恨那种整日在她们身上颤动的恋爱需要。在他看来，上帝之造女人不过是为了引诱男人和考验男人，所以非带着种种防御性的以及因为陷阱而起的恐惧是不好和她们接近的。在事实上，女人的那向着男人张开的嘴唇和伸出的胳膊简直就是陷阱。

仅仅对于那些因为虔信宗教而变成没有害处的女教士，他才存宽大之心；不过却一样强硬地对付她们，因为他觉得，尽管他是一个教士，在她们那颗锁住了的心的深处，在她们那受了委屈的心的深处，那种向他表示的永恒的温和亲爱，依然始终是活跃的。

他觉得在她们那种比男教士的眼光格外被信仰润湿的眼光里，在她们那种以异性的身份来参加的对上帝的陶醉里，在她们对于基督而施的热爱里，都有温和亲爱的存在，这些事都是使他生气的，因为这是女性的爱情，肉体的爱情；就是在她们的柔顺态度里，在她们和他说话而用的声音的和婉意味里，在她们低垂的眼睛里，在她们因为遇着他用强硬态度相待而忍住的眼泪里，无处不有这种可咒骂的温和亲爱的存在。

并且，每逢他抖着道袍从女修道院的门里出来，就伸长了脚步急急走开了，如同逃避危险一样。

他有一个外甥女儿，她和她的母亲同住在邻近一所小房子里。他专心指望她能够做一个服务于慈善事业的童贞女。她是美貌的，天真的和爱嘲笑的。每逢这位教士说教，她就笑起来；而每逢他对着她生气，她就热烈地拥抱他，紧紧地箍住他，于是他便不知不觉地极力设法来解脱这样的包围，然而这样的包围，却使他尝着了一种甜美的快乐，在他心里唤醒了那种在世上男人心里沉睡了的父性感觉。

他时常带着她在身旁从田地里的小路上走，一面老是对她谈到上帝，谈到他的上帝。她几乎没有听见他的话，只去望望天色和花草，眼光里显然露出一种由于生活而起的幸福。有时候她为了追赶一个飞的虫儿就跑起来，随后把虫儿带回来一面喊着："看呀，舅舅，这东西真好看，我很想吻它一下。"末了这种想和蜜蜂儿或者花苞儿吻一下的热望，竟使这教士不放心了，生气了，激怒了，原来他又从这些地方，发现了这个无法除根的温情总要在所有女人的心里萌发出来。

后来，某一天，教堂里看守法器的职员的妻子——她是替马理尼央长老管家务的——小心地告诉他，说是他的外甥女儿有了一个情人。

他当时正在家里刮胡子，听见那句话，他感到了一种可怕的惊慌，板着那张涂满了肥皂的脸好半天透不过气来。等到他的心镇定下来能想能说的时候，他就嚷着："这是假的，你说谎，梅拉尼！"

但是那个乡下女人把自己的手搁在胸前："上帝应当审判我是不是说假话，堂长先生。我告诉您，每天晚上，她只等您姐姐睡了觉便去找他。他们总在河边上会面。您只需在10点到12点之间到那里去看一看就够了。"

他不刮脸了，激动地走着，如同他平常有重大的思虑时候所表现的动作一样。到了他后来重新着手刮胡子的时候，一连在耳鼻之间割破了三刀。

在整个白天，他一直不说话，满肚子怒气。因为对着不可克制的爱情，他作为教士已经动了暴怒，此外，他又是道义上的家长、保护人和精神指导者，现在一个女孩子欺骗了他，抢劫了他，玩弄了他，所以他的暴怒更其过度了；这种自私自利气得说不出话来的情形，正是父母遇着女儿不等父母参与又不听父母劝导而径自宣言选择了配偶时所常有的。

吃过了晚饭，他想勉强去看一点儿书，但他没有能够达到目的；终于越想越气。到了报过10点钟以后，他拿了他的手杖，一根粗大的榆木棍子，一根每逢他在夜里去看病人必定带着防身的粗棍子。随后他那只粗大结实的手掌拿起粗棍子像风车儿一般有威有势地抡起来，一面瞧着它微笑。末了，他忽然擎起了它，咬牙切齿用它敲着一把椅子，那椅子的靠背开了拆，倒在地板上了。

为了到外面去，他拉开了门；但是走到檐前便停住了脚步，看见了那片几乎从没有见过的月色清辉，他竟因此吃惊了。

因为他生来就有一种激动的聪明，一种为教会里的古代圣哲们——梦想派的诗人——所应有的聪明，这时候，他忽然觉得这片空明夜色的壮丽的美景教自己分心了，教自己感动了。

在他这个被清辉浸透的小园子里，成行的果树，在小径上映出它们那些刚刚长着绿叶子的枝柯的纤弱影子；那丛攀到他住宅墙上的肥大的金银花藤，吐出一阵阵的美妙甘芳的清气，使一种香透了的情感在这温和明朗的夜色里飘浮。

他深深地呼吸着，如同醉汉饮酒一般吸着空气，并且从容地信步往前走去，心旷神怡，几乎忘了他的外甥女儿。

一径走到了田地里，他便停住脚步去玩赏那一整幅被这种温情脉脉的清光所淹没的平原，被这空明夜色的柔和情趣所浸润的平原。成群的蟾蜍不住地向空中放出它们的短促而响亮的音调，远处的夜莺吐出它们那阵使人茫然梦想的串珠般的音乐，吐出它们那阵对着诱人的月色而起的清脆颤音，简直像是为了拥抱亲吻而唱出的歌声。

长老这时候又开始走动了，心里失掉了勇气，但是却不知其所以然。他觉得自己陡然衰弱了；竟想坐下来，竟想留在那里不动，竟想从上帝的作品里去认识去赞美上帝。

远处，一大行白杨树随着小溪的波折向前蜿蜒地伸长着，一层薄霭，一层被月光穿过的，被月光染上银色并且使之发光的白色水蒸气，在河岸上和周围浮着不动，用一层轻而透明的棉絮样的东西遮住了溪水的回流。

教士又停住自己的脚步了，一阵温柔的感觉，一阵越来越扩大而且无法抵抗的温柔感觉打进了他的心灵。

一种疑虑，一种泛泛的不安侵入他的心了；他觉得自己心上生了一个问题，这问题就是他有时问自己的那些问题中的一个。

上帝从前为什么造了这些东西？既然夜是注定给睡眠用的，给停止意识用的，给休息用的，给人忘却一切用的，为什么又教它比白昼更有趣味，比黎明和黄昏更柔和？好些过于微妙过于意味深远的事物对于强烈的光浪既然不相宜，为什么这个月球，这个态度从容使人感到诱惑而且比太阳富于诗意的月球，竟像是被上帝注定来小心翼翼地照明这些事物一般，把黑暗世界照得通明透亮？

为什么鸟雀中的那些最善于歌唱的，不像其余那些一样同去休息，偏偏在这种使人动荡的阴影里歌唱？

为什么有这种半明半暗的薄暮投在世界上？为什么有心弦的颤动，心灵的感慨和肉体的疲劳？

既然人到夜里都在床上躺着，为什么又有这种不被世人看见的诱惑人的东西？这幅无上之美的景物，这种从天上投到地下的无边诗境，究竟是为谁而设的？

长老终于是一点也不明白了。

但是他看见远远的处所，草滩的边上，那些罩在发光薄霭里的树丛底下，有两个并肩而行的人影儿冉冉出现了。

男人比较高大一些，挽着他那女朋友的脖子，并且，偶然还吻一吻她的额头。那幅罩着他们如同为他们而设的仙境般的景物本来是静止的，现在突然由于他们而充满生气。他们两人像是一个单独的生命，那个领着天意来享受这个静悄悄的夜景的生命；他们对着教士走过来了，俨然像一个活的答案，那个天主向教士的疑问而投下来的答案。

他站着不走了，心脏跳得很急，精神感到彷徨；他相信看见他们的《圣经》上的什么事迹，如同路得和波阿司的恋爱一样，那正是《圣经》所谈的上帝意旨在一种幕景中的实现。于是《雅歌》中的好些篇章，烈火样的呼声，肉体的召唤，那部灼人的温柔诗集的全部热烈篇章，都开始在他的头脑中间共鸣了。

他向自己说："上帝也许是为了用理想世界掩护人类的爱情，才造了这种月夜。"

他终于在这一对边走边吻的人儿前面向后退却了。然而那就是他的外甥女儿；于是他问自己：他是否快要违抗上帝。既然上帝明显地用一幅如此清幽的景物去围绕爱情，他难道不容许爱情吗？

他逃走了，精神恍惚，几乎有些惭愧，如同闯入了一所他不应当进去的异教庙宇中似的。

（选自《莫泊桑短篇小说集》，上海三联书店，2009年版）

【交流之窗】

一位笃信上帝的乡村长老，对上帝创造一切的目的论深信不疑，对所有女人怀着固执的鄙视，对一切世俗的情感都毫不动心；他有个外甥女，美丽热情，他却希望她也成为一个服务上帝的人。当被告知外甥女已经偷偷恋爱时，他自然而然地决定给以无情的甚至暴力惩罚。但是，作者为这次行动设置了一个特定情境：通明透亮、清幽甜蜜的月夜。于是，一切失去了这位老教士的控制，他先是一出门就被融融的月色所震撼，接着又被月下美丽的景色、醉人的空气和夜莺的歌唱所感动，以至于开始怀疑上帝创造一切的目的是否确切了。当外甥女和她情人并肩漫步的影子出现时，《圣经·雅歌》中那些描写爱情的诗句轮番冲击着他的神经，终于他向自己发出质问："既然上帝明显地用一幅如此清幽的景物去围绕爱情，他难道不容许爱情吗？"由此看来，月夜这个特定情境使这位教士暂时隔断了与他平时的宗教生活的联系，大自然的生机、爱情的魅力唤醒了他对世俗美的感受能力，才使他内心默许了这对年轻人的爱情。我们不妨想一下，明天，回到正常生活状态，这位长老会不会改变今晚的想法呢？

（六）情景还原

在历史题材的文学作品中，作者借助历史知识，通过联想和想象，生动具体地描绘出特定历史时刻的自然与社会场景，给人以身临其境的感受，并对历史人物形象起到烘托映衬作用。

道士塔

余秋雨

余秋雨，生于1946年，当代著名散文家。代表作品有《文化苦旅》《千年一叹》等。

一

莫高窟大门外，有一条河，过河有一溜空地，高高低低建着几座僧人圆寂塔。塔呈圆形，状近葫芦，外敷白色。从几座坍弛的来看，塔心竖一木桩，四周以黄泥塑成，基座垒以青砖。历来住持莫高窟的僧侣都不富裕，从这里也可找见证明。夕阳西下，朔风凛冽，这个破落的塔群更显得悲凉。

有一座塔，由于修建年代较近，保存得较为完整。塔身有碑文，移步读去，猛然一惊，它的主人，竟然就是那个王圆箓！

历史已有记载，他是敦煌石窟的罪人。

我见过他的照片，穿着土布棉衣，目光呆滞，畏畏缩缩，是那个时代到处可以遇见的一个中国平民。他原是湖北麻城的农民，逃荒到甘肃，做了道士。几经周折，不幸由他当了莫高窟的家，把持着中国古代最灿烂的文化。他从外国冒险家手里接过极少的钱财，让他们把难以计数的敦煌文物一箱箱运走。今天，敦煌研究院的专家们只得一次次屈辱地从外国博物馆买取敦煌文献的微缩胶卷，叹息一声，走到放大机前。

完全可以把愤怒的洪水向他倾泻。但是，他太卑微，太渺小，太愚昧，最大的倾泻也只是对牛弹琴，换得一个漠然的表情。让他这具无知的躯体全然肩起这笔文化重债，连我们也会觉得无聊。

这是一个巨大的民族悲剧。王道士只是这出悲剧中错步上前的小丑。一位年轻诗人写道，那天傍晚，当冒险家斯坦因装满箱子的一队牛车正要启程，他回头看了一眼西天凄艳的晚霞。那里，一个古老民族的伤口在滴血。

二

真不知道一个堂堂佛教圣地，怎么会让一个道士来看管。中国的文官都到哪里去了，他们滔滔的奏折怎么从不提一句敦煌的事由？

其时已是20世纪初年，欧美的艺术家正在酝酿着新世纪的突破。罗丹正在他的工作室里雕塑，雷诺阿、德加、塞尚已处于创作晚期，马奈早就展出过他的《草地上的午餐》。他们中有人已向东方艺术家投来羡慕的眼光，而敦煌艺术，正在王道士手上。

王道士每天起得很早，喜欢到洞窟里转转，就像一个老农，看看他的宅院。他对洞窟里的壁画有点不满，暗乎乎的，看着有点眼花。亮堂一点多好呢，他找了两个帮手，拎来一桶石灰。草扎的刷子装上一个长把，在石灰桶里蘸一蘸，开始他的粉刷。第一遍石灰刷得太薄，五颜六色还隐隐显现，农民做事就讲个认真，他再细细刷上第二遍。这儿空气干燥，一会儿石灰已经干透。什么也没有了，唐代的笑容，宋代的衣冠，洞中成了一片净白。道士擦了一把汗憨厚地一笑，顺便打听了一下石灰的市价。他算来算去，觉得暂时没有必要把更多的洞窟刷白，就刷这几个吧，他达观地放下了刷把。

当几面洞壁全都刷白，中座的雕塑就显得过分惹眼。在一个干干净净的农舍里，她们婀娜的体态过于招摇，她们柔柔的浅笑有点尴尬。道士想起了自己的身份，一个道士，何不在这里搞上几个天师、灵官菩萨？他吩咐帮手去借几个铁锤，让原先几座雕塑委屈一下。事情干得不赖，才几下，婀娜的体态变成碎片，柔美的浅笑变成了泥巴。听说邻村有几个泥匠，请了来，拌点泥，开始堆塑他的天师和灵官。泥匠说从没干过这种活计，道士安慰道，不妨，有那点意思就成。于是，像顽童堆造雪人，这里是鼻子，这里是手脚，总算也能稳稳坐住。行了，再拿石灰，把他们刷白。画一双眼，还有胡子，像模像样。道士吐了一口气，谢过几个泥匠，再作下一步筹划。

今天我走进这几个洞窟，对着惨白的墙壁、惨白的怪像，脑中也是一片惨白。我几乎不会言动，眼前直晃动着那些刷把和铁锤。"住手！"我在心底痛苦地呼喊，只见王道士转过脸来，满眼迷惑不解。是啊，他在整理他的宅院，闲人何必喧哗？我甚至想向他跪下，低声求他："请等一等，等一等……"但是等什么呢？我脑中依然一片惨白。

三

1900年5月26日清晨，王道士依然早起，辛辛苦苦地清除着一个洞窟中的积沙。没想到墙壁一震，裂开一条缝，里边似乎还有一个隐藏的洞穴。王道士有点奇怪，急忙把洞穴打开，呵，满满实实一洞的古物！

王道士完全不能明白，这天早晨，他打开了一扇轰动世界的门户。一门永久性的学问，将靠着这个洞穴建立。无数才华横溢的学者，将为这个洞穴耗尽终生。中国的荣耀和耻辱，将由这个洞穴吞吐。

以前，他正衔着旱烟管，扒在洞窟里随手翻检。他当然看不懂这些东西，只是觉得事情有点蹊跷。为何正好我在这儿时墙壁裂缝了呢？或许是神对我的酬劳。趁下次到县城，捡了几个经卷给县长看看，顺便说说这桩奇事。

县长是个文官，稍稍掂出了事情的分量。不久甘肃学台叶炽昌也知道了，他是金石专家，懂得洞窟的价值，建议藩台把这些文物运到省城保管。但是东西很多，运费不低，官僚们又犹豫了。只有王道士一次次随手取一点出来的文物，在官场上送来送去。

中国是穷，但只要看看这些官僚豪华的生活排场，就知道绝不会穷到筹不出这笔运费。中国官员也不是没有学问，他们也已在窗明几净的书房里翻动出土经卷，推测着书写朝代了。但他们没有那副赤肠，下个决心，把祖国的遗产好好保护一下。他们文雅地摸着胡须，吩咐手下："什么时候，叫那个王道士再送几件来！"已得的几件，包装一下，算是送给哪位京官的生日礼品。

就在这时，欧美的学者、汉学家、考古学家、冒险家，却不远万里、风餐露宿，朝敦煌赶来。他们愿意变卖自己的全部财产，充作偷运一两件文物回去的路费。他们愿意吃苦，愿意冒着葬身沙漠的危险，甚至做好了被打、被杀的准备，朝这个刚刚打开的洞窟赶来。他们在沙漠里燃起了股股炊烟，而中国官员的客厅里，也正茶香缕缕。

没有任何关卡，没有任何手续，外国人直接走到了那个洞窟跟前。洞窟砌了一道砖、上了一把锁，钥匙挂在了王道士的裤腰带上。外国人未免有点遗憾，他们万里冲刺的最后一站，没有遇到森严的文物保护官邸，没有碰见冷漠的博物馆馆长，甚至没有遇到看守和门卫，一切的一切，竟是这个肮脏的王道士。他们只得幽默地耸耸肩。

略略交谈几句，就知道了道士的品位。原先设想好的种种方案纯属多余，道士要的只是一笔最轻松的小买卖。就像用两枚针换一只鸡，一颗纽扣换一篮青菜。要详细地复述这笔交换账，也许我的笔会不太沉稳，我只能简略地说：1905年10月，俄国人勃奥鲁切夫用一点点随身带着的俄国商品，换取了一大批文书经卷；1907年5月，匈牙利人斯坦因用一叠银元换取了24大箱经卷、5箱织绢和绘画；1908年7月，法国人伯希和又用少量银元换去了10大车6000多卷写本和画卷；1911年10月，日本人吉川小一郎和橘瑞超用难以想象的低价换取了300多卷写本和两尊唐塑；1914年，斯坦因第二次又来，仍用一点银元换去5大箱600多卷经卷……

道士也有过犹豫，怕这样会得罪了神。解除这种犹豫十分简单，那个斯坦因就哄他说，自己十分崇拜唐僧，这次是倒溯着唐僧的脚印，从印度到中国取经来了。好，既然是洋唐僧，那就取走吧，王道士爽快地打开了门。这里不用任何外交辞令，只需要几句现编的童话。

一箱子，又一箱子。一大车，又一大车。都装好了，扎紧了，吁——，车队出发了。

没有走向省城，因为老爷早就说过，没有运费。好吧，那就运到伦敦，运到巴黎，运到彼得堡，运到东京。

王道士频频点头，深深鞠躬，还送出一程。他恭敬地称斯坦因为“司大人讳代诺”，称伯希和为“贝大人讳希和”。他的口袋里有了一些沉甸甸的银元，这是平常化缘很难得到的。他依依惜别，感谢司大人、贝大人的

“布施”。车队已经驶远，他还站在路口。沙漠上，两道深深的车辙。

斯坦因他们回到国外，受到了热烈的欢迎。他们的学术报告和探险报告，时时激起如雷的掌声。他们在叙述中常常提到古怪的王道士，让外国听众感到，从这么一个蠢人手中抢救出这笔遗产，是多么重要。他们不断暗示，是他们的长途跋涉，使敦煌文献从黑暗走向光明。

他们是富有实干精神的学者，在学术上，我可以佩服他们。但是，他们的论述中遗忘了一些极基本的前提。出来辩驳为时已晚，我心头浮现出一个当代中国青年的几行诗句，那是他写给火烧圆明园的额尔金勋爵的：

我好恨
恨我没早生一个世纪
使我能与你对视着站立在
阴森幽暗的古堡
晨光微露的旷野
要么我拾起你扔下的白手套
要么你接住我甩过去的剑
要么你我各乘一匹战马
远远离开遮天的帅旗
离开如云的战阵
决胜负于城下

对于这批学者，这些诗句或许太硬。但我确实想用这种方式，拦住他们的车队。对视着，站立在沙漠里。他们会说，你们无力研究；那么好，先找一个地方，坐下来，比比学问高低。什么都成，就是不能这么悄悄地运走祖先给我们的遗赠。

我不禁又叹息了，要是车队果真被我拦下来了，然后怎么办呢？我只得送缴当时的京城，运费姑且不计。但当时，洞窟文献不是确也有一批送京的吗？其情景是，没装木箱，只用席子乱捆，沿途官员伸手进去就取走一把，在哪儿歇脚又得留下几捆，结果，到京城已零零落落，不成样子。

偌大的中国，竟存不下几卷经文！比之于被官员大量糟践的情景，我有时甚至想狠心说一句：宁肯存放于伦敦博物馆里！这句话终究说得不太舒心。被我拦住的车队，究竟应该驶向哪里？这里也难，那里也难，我只能让它停驻在沙漠里，然后大哭一场。

我好恨！

四

不只是我在恨。敦煌研究院的专家们，比我恨得还狠。他们不愿意抒发感情，只是铁板着脸，一钻几十年，研究敦煌文献。文献的胶卷可以从外国买来，越是屈辱越是加紧钻研。

我去时，一次敦煌学国际学术讨论会正在莫高窟举行。几天会罢，一位日本学者用沉重的声调作了一个说明："我想纠正一个过去的说法。这几年的成果已经表明，敦煌在中国，敦煌学也在中国！"

中国的专家没有太大的激动，他们默默地离开了会场，走过了王道士的圆寂塔前。

（选自《文化苦旅》，长江文艺出版社，2014年版）

【交流之窗】

假如你来到敦煌，经过王道士圆寂的塔前，或走进被王道士刷白壁画、砸毁佛像而修造了拙劣的道教泥塑的那几个洞窟，再或置身于只剩下空空四壁的藏经洞，你会作何感想呢？作者用他那支沉重而灵活的妙笔给我们还原了一个个历史人物和历史现场。王道士呆滞的目光和畏缩的神情，毁坏文物时的麻木与傲慢，在文化骗子面前的恭敬与媚笑，接过用无价之宝换来的少量银元时的满足与窃喜，如在眼前；蘸满石灰水粉刷壁画的刷子，就像一下下磨砺在我们的心上；而毁掉佛像的重锤，也像一记记砸在我们胸膛；更有强盗和骗子得手后的窃笑，运走文物时浩浩荡荡地在大漠中穿行的车队，还有被当地昏庸的官员们糟蹋的无数经卷……一幕幕场景刺痛了我们的双眼。此时，任谁都会情不自禁地大呼：如此悲剧，决不能再发生了！

（七）情景假设

在假定条件下，作者通过想象和虚构描绘出现实中尚未出现或无法实现的场景和结果，并具艺术的真实感，以表达充沛的情感，给读者以新颖、强烈的审美刺激。

也许

——葬歌

闻一多

闻一多（1899—1946），中国现代诗人、学者，代表作有诗集《红烛》《死水》等。

也许你真是哭得太累，
也许，也许你要睡一睡，
那么叫夜鹰不要咳嗽，
蛙不要号，蝙蝠不要飞。

不许阳光拨你的眼帘，
不许清风刷上你的眉，
无论谁都不能惊醒你，
撑一伞松荫庇护你睡。

也许你听这蚯蚓翻泥，
听这小草的根须吸水，
也许你听这般的音乐，
比那咒骂的人声更美。

那么你先把眼皮闭紧，
我就让你睡，我让你睡，
我把黄土轻轻盖着你，
我叫纸钱儿缓缓地飞。

（选自《闻一多诗选》，浙江文艺出版社，2004年版）

【交流之窗】

死者刚去世，对生者来说总是难以相信。于是爱女没死，只是睡着了，这个假定对于一个慈父来说也就顺理成章了。以此假定为基础，鹰、蛙、蝙蝠这些有些可怕的东西不要打扰了你的清梦；阳光、清风不要惊醒了的你的熟睡；青松为你张起伞盖，护你安眠；蚯蚓翻泥，小草汲水，为你奏乐。这一幕幕假定情景，使这篇讲究绘画美、音乐美、建筑美的悼亡诗，就变成了美妙的安魂曲，抒发了一个慈父对亡女深沉内敛的挚爱和纪念。

（八）特写

电影艺术中“特写镜头”的表现手法，抓住现实生活中人事物景的某一富有特征的局部，作集中的、精细的、突出的描绘和刻画，使文学作品具有高度的真实性和强烈的艺术感染力。

跋李庄简公①家书

陆 游

陆游（1125—1210），南宋文学家、史学家、爱国诗人，有《渭南文集》《剑南诗稿》《放翁词》等传世。

李光参政罢政归乡里时，某②年二十矣。时时来访先君③，剧谈终日。每言秦氏④，必曰“咸阳⑤”，愤切慷慨，形于辞色。

一日平旦⑥来，共饭，谓先君曰：“闻赵相⑦过岭，悲忧出涕。仆不然，谪命下，青鞋布袜⑧行矣，岂能作儿女态耶！”方言此时，目如炬，声如钟，其英伟刚毅之气，使人兴起。

后四十年，偶读公家书，虽徙⑨海表⑩，气不少衰，丁宁训戒之语，皆足垂范百世，犹想见其道“青鞋布袜”时也。

淳熙戊申五月己未，笠泽⑪陆某题。

【注释】

①李庄简公：即李光，字泰发，越州上虞（今属浙江）人，南渡后任参知政事，力主抗战，与奸相秦桧发生冲突，遭到秦桧一党的打击报复和诬陷迫害，屡次被贬，被后人尊称为“南宋四名臣”（其余三人是李纲、赵鼎、胡铨）之一。②某：陆游自称。③先君：指自己死去的父亲。④秦氏：秦桧。⑤咸阳：以秦国都城咸阳代指“暴秦”，文中借指秦桧。⑥平旦：清晨。

⑦赵相：指赵鼎，宋高宗时曾两度为相，与秦桧不合，被贬岭南，后绝食而死。⑧青鞋布袜：用杜甫《奉先刘少府新画山水障歌》句："吾独胡为在泥滓，青鞋布袜从此始。"此指平民服装。⑨徙：迁谪。⑩海表：海外。李光先贬琼州（治所在今海南琼山）八年，后移昌化军（治所在今海南儋县）三年。两地均在海南岛，故云"海表"。⑪笠泽：太湖。陆游祖籍甫里（今江苏吴县东南直镇），地滨太湖，故自署里居为"笠泽"。

（选自《陆游文集》，中国戏剧出版社，2009年版）

【交流之窗】

本文写人物神气，若只说"愤切慷慨"，不过是一种笼统的概括罢了，但加上谈话时"目如炬，声如钟"的夸张描绘，特写强调，人物形象一下就立在眼前了，难怪作者本人四十年以后，还记得他当年谈"青鞋布袜"时的形象。

（九）对面落笔

中国古诗词在表现怀远、思归之情时，作者不直接或不仅仅直接抒发对对方的思念之情，而是“主客移位”，从对方着笔，表面上看是写对方，而实际是写自己，是通过对方来反照自己，这是推进一层的写法，更加显得情深意厚，并给人以无限的回味和遐想。

月　夜

杜　甫

今夜鄜州[①]月，闺中只独看。
遥怜小儿女，未解忆长安。
香雾云鬟湿，清辉玉臂寒。
何时倚虚幌[②]，双照泪痕干！

【注释】

①鄜州：现陕西省富县。此诗写于作者因“安史之乱”被困长安之时。

②虚幌：薄而透明的帷帐。

（选自《杜甫全集校注》，人民文学出版社，2013年版）

【交流之窗】

正值“安史之乱”，杜甫被困长安，自然担忧思念远在鄜州乡下的妻子儿女。但是，本诗却不直接写自己思念，而是从对面落笔，写自己的妻子在家独自望月，正在担忧思念自己；一双小儿女年纪尚幼，既不懂得思念父亲，也不懂得母亲对父亲的思念，更增妻子的孤独感。而在这一情景的背后，表现的却是杜甫对妻儿更深切的牵念。对面落笔，使情感更进了一层。

(十)内心独白

文学作品中人的自思、自语等内心活动。通过人物内心表白来揭示人物隐秘的内心世界,能充分地展示人物的思想、性格,使读者更深刻地理解人物的思想感情和精神面貌。

想北平

老 舍

⊙ 老舍 韩得刚绘

如果让我写一本小说,以北平作背景,我不至于害怕,因为我可以捡着我知道的写,而躲开我所不知道的。让我单摆浮搁地讲一套北平,我没办法。北平的地方那么大,事情那么多,我知道的真的太少了,虽然我生在那里,一直到廿七岁才离开。以名胜说,我没到过陶然亭,这多可笑!以此类推,我所知道的那点只是“我的北平”,而我的北平大概等于牛的一毛。

可是,我真爱北平。这个爱几乎是要说而说不出的。我爱我的母亲。怎样爱?我说不出。在我想做一件讨她老人家喜欢的事情的时候,我独自微微地笑着;在我想到她的健康而不放心的时候,我欲落泪。言语是不够表现我的心情的,只有独自微笑或落泪才足以把内心揭露在外面一些来。我之爱北平也近乎这个。夸奖这个古城的某一点是容易的,可是那就把北平看得太小了。我所爱的北平不是枝枝节节的一些什么,而是整个儿与我的心灵相黏合的一段历史,一大块地方,多少风景名胜,从雨后什刹海的蜻蜓一直到我梦里的玉泉山的塔影,都积凑到一块,每一小的事件中有个我,我的每一思念中有个北平,这只有说不出而已。

真愿成为诗人,把一切好听好看的字都浸在自己的心血里,像杜鹃似的啼出北平的俊伟。啊!我不是诗人!我将永远道不出我的爱,一种像由音乐与图画所引起的爱。这不但是辜负了北平,也对不住我自己,因为我的最初的知识与印象都得自北平,它是在我的血里,我的性格与脾气里有许多地方是这古城所赐给的。我不能爱上海与天津，因为我心中有个北平。可是我说不出来！

伦敦、巴黎、罗马与君士坦丁堡，曾被称为欧洲的四大“历史的都城”。我知道一些伦敦的情形；巴黎与罗马只是到过而已；君士坦丁堡根本没有去过。就伦敦、巴黎、罗马来说，巴黎更近似北平——虽然“近似”两字要拉扯得很远——不过，假使让我“家住巴黎”，我一定会和没有家一样的感到寂苦。巴黎，据我看，还太热闹。自然，那里也有空旷静寂的地方，可是又未免太旷；不像北平那样既复杂又有个边际，使我能摸着——那长着红酸枣的老城墙！面向着积水滩，背后是城墙，坐在石上看水中的小蝌蚪或苇叶上的嫩蜻蜓，我可以快乐地坐一天，心中完全安适，无所求也无可怕，像小儿安睡在摇篮里。是的，北平也有热闹的地方，但是它和太极拳相似，动中有静。巴黎有许多地方使人疲乏，所以咖啡与酒是必要的，以便刺激；在北平，有温和的香片茶就够了。

论说巴黎的布置已比伦敦罗马匀调得多了，可是比上北平还差点事儿。北平在人为之中显出自然，几乎是什么地方既不挤得慌，又不太僻静：最小的胡同里的房子也有院子与树；最空旷的地方也离买卖街与住宅区不远。这种分配法可以算——在我的经验中——天下第一了。北平的好处不在处处设备得完全，而在它处处有空儿，可以使人自由地喘气；不在有好些美丽的建筑，而在建筑的四围都有空闲的地方，使它们成为美景。每一个城楼，每一个牌楼，都可以从老远就看见。况且在街上还可以看见北山与西山呢！

好学的，爱古物的，人们自然喜欢北平，因为这里书多古物多。我不好学，也没钱买古物。对于物质上，我却喜爱北平的花多菜多果子多。花草是种费钱的玩艺，可是此地的“草花儿”很便宜，而且家家有院子，可以花不多的钱而种一院子花，即使算不了什么，可是到底可爱呀。墙上的牵牛，墙根的靠山竹与草茉莉，是多么省钱省事而也足以招来蝴蝶呀！至于青菜、白菜、扁豆、毛豆角、黄瓜、菠菜等等，大多数是直接由城外担来而送到家门口的。雨后，韭菜叶上还往往带着雨时溅起的泥点。青菜摊上的红红绿绿几乎有诗似的美丽。果子有不少是由西山与北山来的，西山的沙果、海棠，北山的黑枣、柿子，进了城还带着一层白霜儿呀！哼，美国的橘子包着纸；遇到北平的带霜儿的玉李，还不愧杀！

是的，北平是个都城，而能有好多自己产生的花、菜、水果，这就使人更接近了自然。从它里面说，它没有像伦敦的那些成天冒烟的工厂；从外面说，它紧连着园林、菜圃与农村。采菊东篱下，在这里，确是可以悠然见南山的；大概把“南”字变个“西”或“北”，也没有多少了不得的吧。像我这样一个贫寒的人，或者只有在北平能享受一点清福了。好，不再说了吧；要落泪了，真想念北平呀！

（选自《老舍文集第14卷》，人民文学出版社）

【交流之窗】

天子脚下，皇城故宫，文物云集，名胜众多，这是外地人眼里的北平。作为生在北平、长在北平的老舍先生，他眼里的北平，这些并不是最主要的。他向我们娓娓诉说的，是“他的北平”，是如同母亲那样，一想起来就让人独自微笑或流泪的北平，是和他血肉相融、情感相依的北平。于是，什刹海的蜻蜓，玉泉山的塔影，长着红酸枣的老城墙，积水滩中的小蝌蚪或苇叶上的嫩蜻蜓，都让作者心情愉悦，如小儿安睡在摇篮里一样安适；墙上的牵牛，墙根的靠山竹与草茉莉，甚至于青菜，白菜，扁豆，毛豆角，黄瓜，菠菜，等等，都让作者觉得有诗意；紧邻着园林、菜圃与农村，都让作者感到是在享清福……这样的内心独白，是在回忆，在倾诉，在品味，把一个在战乱中远在异乡的游子的心声和盘托出。

（十一）以丑为美

以丑为美是对优美、对称、和谐等传统审美观的反动，大多描写丑陋、凶恶、疾病、死亡、阴郁、颓废等不和谐、反常、混乱、给人以恶性刺激的人物与情景，提示现实生活中非人性的一面，体现的是一种负面的生存实践，在这种否定性的审美呈现中，肯定正面的存在价值和审美意义。

死　水

闻一多

这是一沟绝望的死水，
清风吹不起半点漪沦。
不如多扔些破铜烂铁，
爽性泼你的剩菜残羹。

也许铜的要绿成翡翠，
铁罐上绣出几瓣桃花；
再让油腻织一层罗绮，
霉菌给他蒸出些云霞。

让死水酵成一沟绿酒，
漂满了珍珠似的白沫；
小珠们笑声变成大珠，
又被偷酒的花蚊咬破。

那么一沟绝望的死水，
也就夸得上几分鲜明。

如果青蛙耐不住寂寞，
又算死水叫出了歌声。

这是一沟绝望的死水，
这里断不是美的所在，
不如让给丑恶来开垦，
看他造出个什么世界。

（选自《闻一多诗选》，浙江文艺出版社，2004年版）

【交流之窗】

闻一多等“新月社”诗人写诗讲究“三美”，其中一条就是绘画美。但诗人在本诗中却并没有给我们描绘一幅或清新优美或绚丽灿烂的图画，呈现给我们的却是一沟污浊、肮脏、腐臭的死水。

用色彩鲜明、形色美好的“翡翠”“桃花”“罗绮”“云霞”“珍珠”等来描绘污浊、肮脏的死水，犹如给恶魔穿上了精美典雅的外衣。这是用虚假的美来反衬真实的丑，诗人这样写，使丑类变得更为丑恶，更鲜明地表现出死水的腐臭本质，同时也使诗歌具有了强烈的嘲讽意味。

（十二）以乐写哀

以乐景写哀情，是以景衬情表达方式中的一种反衬手法，通过描绘优美、热烈、明朗、充满生机与活力的景物，给抒情主人公的悲惨遭遇和内心的孤独、悲伤、思念等哀情形成对比和反衬，使情感的体验与表达更加深刻和强烈。

绝　句（其二）

杜　甫

江碧鸟逾[①]白，山青花欲燃。
今春看又过，何日是归年。

【注释】

①逾：更加。

（选自《杜甫全集校注》，人民文学出版社，2013年版）

【交流之窗】

此诗为杜甫羁留蜀中时所作。前两句所写景物乃一派明媚的大好春光：碧绿的江水，洁白的鸥鹭，青葱的山岭，火红的山花。但是眼前的美景并没令诗人感到喜悦，却勾起了诗人光阴荏苒、归乡无期的哀愁。异乡的山水再美，也难敌作者对故乡的思念，“今春看又过，何日是归年？”面对如画江山，归乡之心更切。

“春秋笔法”，又称“微言大义”，是我国古代一种历史叙述方法和技巧，因是孔子首创用以编写《春秋》，故名。其特点是在记述历史时，行文中不直接阐述对人物和事件的看法，而是通过材料的筛选、细节的描写或修辞手法的运用（例如词汇的选取），暗含褒贬，委婉而微妙地表达作者主观态度。

陈成子弑简公

《论语》

《论语》，由孔子弟子及再传弟子编写而成的语录体著作，共 20 篇，492 章，主要记录孔子及其弟子的言行，较为集中地反映了孔子的思想，是儒家学派的经典之一。

陈成子[①]弑简公[②]。孔子沐浴而朝，告于哀公曰：“陈恒弑其君，请讨之。”公曰：“告夫三子[③]！”孔子曰：“以吾从大夫之后[④]，不敢不告也。君曰‘告夫三子’者！”之[⑤]三子告，不可。孔子曰：“以吾从大夫之后，不敢不告也。”（宪问第十四·二十一）

【注释】

①陈成子：即陈恒，齐国大夫，又叫田成子。他以大斗借出，小斗收进的方法受到百姓拥护。公元前481年，他杀死齐简公，夺取了政权。②简公：齐简公，姓姜名壬。公元前484—前481年在位。③三子：指季孙、孟孙、叔孙三家。④从大夫之后：孔子曾任过大夫职，但此时已经去官家居，所以说“从大夫之后”。⑤之：动词，往。

（选自《杨伯峻〈论语译注〉》，中华书局，2013年版）

【交流之窗】

原文看似客观讲述，其实在用词上，在人物语言行动的描写上，已有褒贬。“弑”字，用于臣子杀死君王的行为，属于以下犯上，于儒家思想不合，所以孔子才主张讨伐。孔子见哀公，要“沐浴而朝”，说明他仍在依礼行事。明知哀公不能讨伐，仍要禀报，说明孔子秉持知其不可而为之的原则，在尽一个臣子的责任。明知三桓不会发兵，仍然郑重其事地去报告此事，一方面是遵循君主的诏令，另一方面也在警告三家大夫，犯上专权是不合道义的。

第五编

表达之美

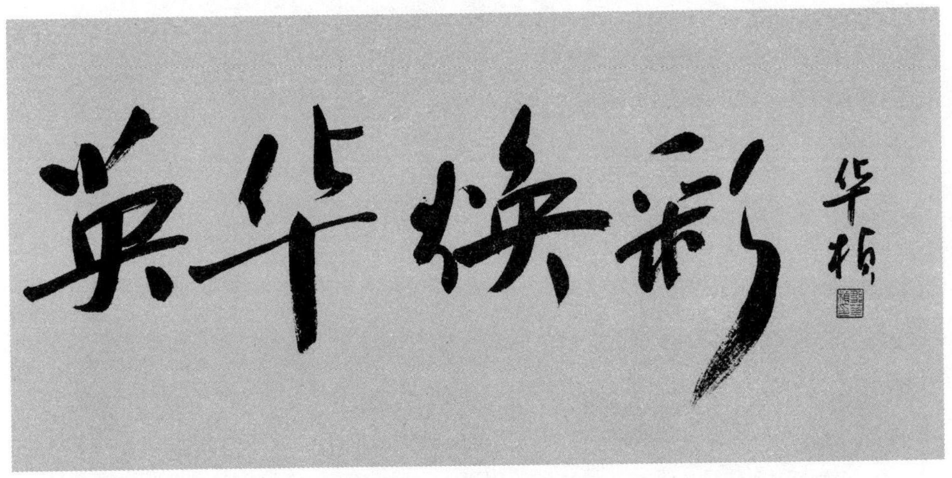

⊙ 英华焕彩　邹华桢书

我们这里所谈的表达之美，指用语言文字恰如其分、生动形象、淋漓尽致地，完美地表达自己思想、情感、体验、想法、意图，使读者有如闻其声、如临其境、感同身受的感知觉体验和情感思维体验。

表达之所以能有美感原因很多，表达能力本身是一种智能的外化，也是一个人文化知识与社会阅历的综合反映，但有智能、有丰富的文化知识和社会阅历未必就一定能完美表达，可见在这些基础上还需要灵活运用表达方法和表达技巧。本编选择了十一种表达技巧，每一种表达技巧选取了典范诗文，以具体诠释这些表达技巧如何完美运用。从这些表达技巧的角度去研读文章，是更准确、更深刻理解文章的思想情感的一种方式，而这些表达技巧与内容的完美结合、浑然天成的诗文本身又是我们学习完美表达的范例。

侧面描写又叫间接描写，即间接地通过对与描写对象有关联的事物与情境的描绘、刻画来表现所要表现的对象。在创作中，通过对周围人物或环境的描绘来表现所要描写的对象，以使其鲜明突出。

记承天寺夜游

苏　轼

元丰六年十月十二日[①]，夜，解衣欲睡，月色入户，欣然起行。念无与为乐者[②]，遂至承天寺[③]寻张怀民。怀民亦未寝，相与步于中庭[④]。

庭下如积水空明[⑤]，水中藻荇交横[⑥]，盖竹柏影也[⑦]。

何夜无月？何处无竹柏？但少闲人如吾两人者耳[⑧]。

【注释】

①元丰六年：公元1083年。元丰，宋神宗年号。②念无与乐者：想到没有和我游乐的人。念，想。与为乐者，共同游乐的人。③承天寺：在今湖北省黄冈县南，今废。④相与：一块儿。步：作动词用，散步。⑤如积水空明：好像积水清澈透明。这里是形容月光充满了庭院。⑥藻荇（xìng）：泛称水草。藻，水草的总称。荇，一种多年生水草，叶子像心脏形而绿，背紫，夏日开黄花。⑦盖：这里是承接上文而推究其缘故起因的一个虚词。⑧闲人：这里指不汲汲于名利而能从容流连景物的人。苏轼这时被贬为黄州“团练副使”，这是一个有名无实的官，并没有工作可做，是以自称为“闲人”。

（选自《中国历代散文选》，北京出版社，1989年版）

【交流之窗】

文中句“庭下如积水空明，水中藻荇交横，盖竹柏影也”，从侧面描写了当时月色之浓、清、亮。既恰如其分地渲染了景色的幽美肃穆，也表现了月光清凉明净的特点，同时还折射出了作者光明磊落、胸无尘俗的襟怀。作者以高度凝练的笔墨，点染出一个空明澄澈、疏影摇曳、似真似幻的美妙境界。

指作者在写作时调动自己的各种感官，对事物作细致的观察。然后从视觉、听觉、嗅觉、触觉、味觉等多角度、多侧面地描写对象。使读者阅读之时也能自然激活感官，有身临其境之感，能立体感知作者所描绘的对象。

秋声赋

欧阳修

欧阳修（1007—1072），字永叔，号醉翁、六一居士。汉族，吉州永丰（今江西省吉安市永丰县）人，北宋政治家、文学家，且在政治上负有盛名。此赋作于宋仁宗嘉祐四年（1059年）秋，欧阳修时年五十三岁，虽身居高位，然有感于宦海沉浮，政治改革艰难，故心情苦闷，乃以“悲秋”为主题，抒发人生的苦闷与感叹。

欧阳子方夜读书，闻有声自西南来者，悚然而听之，曰：“异哉！”初淅沥以萧飒，忽奔腾而砰湃，如波涛夜惊，风雨骤至。其触于物也，鏦鏦铮铮[①]，金铁皆鸣；又如赴敌之兵，衔枚疾走，不闻号令，但闻人马之行声。余谓童子：“此何声也？汝出视之。”童子曰：“星月皎洁，明河在天，四无人声，声在树间。”

余曰：“噫嘻悲哉！此秋声也，胡为而来哉？盖夫秋之为状也：其色惨淡，烟霏云敛；其容清明，天高日晶；其气栗冽，砭人肌骨；其意萧条，山川寂寥。故其为声也，凄凄切切，呼号愤发。丰草绿缛而争茂，佳木葱茏而可悦；草拂之而色变，木遭之而叶脱。其所以摧败零落者，乃其一气之余烈。夫秋，刑官也，于时为阴；又兵象也，于行用金，是谓天地之义气，常以肃杀而为心。天之于物，春生秋实，故其在乐也，商声主西方之音，夷则为七月之律。商，伤也，物既老而悲伤；夷，戮也，物过盛而当杀。”

“嗟乎！草木无情，有时飘零。人为动物，惟物之灵；百忧感其心，万事劳其形；有动于中，必摇其精。而况思其力之所不及，忧其智之所不能；宜其渥然丹者为槁木，黟[2]然黑者为星星。奈何以非金石之质，欲与草木而争荣？念谁为之戕贼，亦何恨乎秋声！”

童子莫对，垂头而睡。但闻四壁虫声唧唧，如助余之叹息。

【注释】

①鏦（cōng）鏦铮铮：金属相击的声音。②黟（yī）然：形容黑的样子。

（选自《中国历代散文选》，北京出版社，1990年版）

【交流之窗】

作者把无形的秋声写得可见可闻。文章开头便用风声、波涛、金铁、行军四个比喻，从多方面和不同角度，由小到大、由远及近地形象地描绘了秋声状态。形象化的比喻，生动鲜明地写出了作者听觉中的秋声的个性特点。还从秋之色、容、气、意四个方面把秋天到来之后万物所呈现的风貌和秋之内在“气质”描绘得具体可感。其色颜容貌似乎呈现眼前，其凛冽之气似乎穿透衣服直刺肌肤，其萧条之意似已围裹全身。这些描写为后文以秋声之悲凉类比人事之悲凉，抒写对人事忧劳的悲感做足了铺垫。

(一)体物

体物就是摹状事物,精细刻画事物。王国维在《人间词话》中认为言情体物,穷极工巧方可为一流作者。很多写景抒情文章,细腻真切的情感因作者精巧体物方得以生动表现。

海上的日出

巴 金

为了看日出,我常常早起。那时天还没有大亮,周围非常清静,船上只有机器的响声。

天空还是一片浅蓝,颜色很浅。转眼间天边出现了一道红霞,慢慢地在扩大它的范围,加强它的亮光。我知道太阳要从天边升起来了,便不转眼地望着那里。

果然过了一会儿,在那个地方出现了太阳的小半边脸,红是真红,却没有亮光。这个太阳好像负着重荷似的一步一步、慢慢地努力上升,到了最后,终于冲破了云霞,完全跳出了海面,颜色红得非常可爱。一刹那间,这个深红的圆东西,忽然发出了夺目的亮光,射得人眼睛发痛,它旁边的云片也突然有了光彩。

有时太阳走进了云堆中,它的光线却从云里射下来,直射到水面上。这时候要分辨出哪里是水,哪里是天,倒也不容易,因为我就只看见一片灿烂的亮光。

有时天边有黑云,而且云片很厚,太阳出来,人眼还看不见。然而太阳在黑云里放射的光芒,透过黑云的重围,替黑云镶了一道光亮的金边。后来太阳才慢慢地冲出重围,出现在天空,甚至把黑云也染成了紫色或者红色。这时候发亮的不仅是太阳、云和海水,连我自己也成了明亮的了。

这不是很伟大的奇观么?

(选自《巴金散文》,人民文学出版社社,2007年版)

【交流之窗】

作者按日出前、日出时、日出后的顺序描绘了海上日出的不同景象。写日出前："天空还是一片浅蓝，颜色很浅。转眼间天边出现了一道红霞，慢慢地在扩大它的范围，加强它的亮光。我知道太阳要从天边升起来了，便目不转睛地望着那里。"写日出时："一刹那间，这个深红的圆东西，忽然发出夺目的亮光，射得人眼睛发痛，它旁边的云片也突然有了光彩。"写日出后："黑云镶了一道光亮的金边"，阳光照在黑云上呈现紫色，照在白云上呈现红色。写出了太阳升起时颜色的变化，最后阳光照亮了一切，太阳、云、海水和"我"融为光亮的一体。阅读这些精准的体悟式描写，不仅眼前会呈现海上日出的情景，在情绪上也会随文字而期盼、惊奇、欣喜……作者体物之精准可见一斑。

（二）传心

传心原是佛教禅宗传法的方法，不立文字，直指人心，法即是心，故以心传心，心心相印。这里讲文章的传心，侧重指写作者借助文字直指人的内心，文字是作者内心的真实再现，或文字深刻的剖析人的内心，而读者读这样的文字，既可透视形象的内心，也触动自己的内心，读者易通过作者笔下的形象在情感和思维上与作者达成内心深处的共鸣。

送　考

丰子恺

丰子恺（1898—1975），原名丰润，名仁。浙江桐乡石门镇人。我国现代画家、散文家、美术教育家、音乐教育家和翻译家，是一位多方面卓有成就的文艺大师。

今年的早秋，我不待手植的牵牛花开花，就舍弃了它们，送一群孩子到杭州来投考。

种牵牛花，扶助它们攀缘，看它们开花，结子，是我过去的秋日的乐事。今秋我虽然依旧手植它们，但对它们的感情不及以前好。因为我看出了它们一种弱点：一味想向上爬，盲目地好高。我在墙上加了一排竹钉，在竹钉上绊了一条绳，让它们爬；过了一二晚，它们早就爬出这排竹钉之上，须得再加竹钉了。后来我搬了梯子加竹钉，加到我离去它们的时候，墙上已有了七八排竹钉，牵牛花的卷蔓比芭蕉更高，与柳梢相齐，离墙顶不过三四尺了。看它们的意思还想爬上去，好像要爬到青云之上方始满足似的。为此我讨嫌它们，不待它们开花结子就离弃它们，伴送一群小学毕业生到杭州来投考。

这一群小学毕业生中，有我的女儿，和我的亲戚朋友家的儿女。送考的也还有好几个人，父母、亲戚，或先生。我名为送考，其实没有重要责任，一切都有别人指挥。我是对家里的牵牛花失了欢，想换一个地方去度送这早秋，而以送考为名义的。因此我颇有闲心情，可以旁观他们的投考。

坐船出门的一天，乡间旱象已成。运河两岸，水车同体操队伍一般排列着，伊哑之声不绝于耳。村中农夫全体出席踏水，已种田而未全枯的当然要出席，已种田而已全枯的也要出席，根本没有种田的也要出席；有的车上，连老太婆、妇人和十二三岁的孩子也出席。这不是平常的灌溉，这是一种伟观，人与自然奋斗的伟观！我在船舱中听了这种声音，看了这般情景，不胜感动。但那班投考的孩子们对此如同不闻不见，只管埋头在《升学指导》《初中入学试题汇解》等书中。我喊他们：

“喂！抱佛脚没有用的！看这许多人工作！这是百年来未曾见过的状态，大家看！”

但他们的眼向两岸看了一看就回到书上，依旧埋头在书中。后来却提出种种问题来考我：

“穿山甲欢喜吃什么东西的？”

“耶稣诞生相当中国什么朝代？”

“无烟火药是用什么东西制成的？”

“挪威的海岸线长多少里？”

我全被他们难倒，一个问题都回答不出来。我装着长者的神气对他们说：“这种题目不会考的！”他们都笑起来，伸出一根手指点着我，说：“你考不出！你考不出！”我虽着羞，并不成怒，管自笑着倚船窗上吸香烟。后来听见他们里面有人在教我：“穿山甲欢喜吃蚂蚁的！……”我管自看那踏水的，不去听他们的话；他们也自管埋头在书中，不来睬我，直到舍舟登陆。

乘进火车里，他们又拿出书来看；到了旅馆里他们又拿出书来看；一直看到赴考的前晚。在旅馆里我们又遇到了几个朋友的儿女，他们也是来报考的，于是大家合作起来。赴考这一天，我五点钟就被他们吵醒，就起个早来送他们。许多童男童女各人挟了文具，带了一肚皮“穿山甲欢喜吃蚂蚁”之类的知识，坐黄包车去赴考。有几个十二三岁的女孩愁容满面地上车，好像被押赴刑场似的，看了真有些可怜。

到了晚上，许多孩子活泼泼地回来了。一进房间就凑作一堆讲话：那个题目难，这个题目易；你的答案不错，我的答案错，议论纷纷，沸反盈天。讲了半天，结果有的脸上表示满足，有的脸上表示失望。然而嘴上大家准备不取。男的孩子高声地叫：“我横竖不取的！”女的孩子恨恨地说：“我取了要死！”

他们每人投考的不止一个学校，有的考二校，有的考三校。大概省立的学校是大家共通地投考的。其次，市立的、公立的、私立的、教会的，则各人所选择不同。但在大多数的投考者和送考者的观念中，似乎把杭州的学校这样地排列着高下等第。明知自己知识不足，算术做不出；明知省立学校难考取，要十个人里头取一个，但宁愿多出一块钱的报名费和一张照片，去碰碰运气看。万一考得取，可以爬得高些。省立学校的“省”字仿佛对他们发散无限的香气，大家讲起了不胜欣羡。

从考毕到发表的几天之内，投考者之间的空气非常沉闷。有几个女生简直是寝食不安，茶饭无心。他们的胡思梦想在谈话之中反反复复地吐露出来：考得得意的人，有时好像很有把握，在那里探听省立学校的制服的形式了；但有时听见人说“十个人里头取一个，成绩好的不一定统统取”，就忽然心灰意懒，去讨别个学校的招生简章了。考得不得意的人嘴上虽说，“取了要死”，但从她们屈指计算发表期的态度上，可以窥知她们并不绝望。世间不乏侥幸的例，万一取了，她们好比死而复生，其欢喜岂不更大么？然而有时她们忽然觉这太近于梦想，问过了“发表还有几天？”之后，立刻接上一句“不关我的事”。

我除了早晚听他们纷纷议论之外，白天统在外面跑，或者访友，或者觅画。有一个学校录取案发表的一天，奇巧轮到我同去看榜。我觉得看榜这一刻工夫心绪太紧张了，不教他们亲自去看；同时我也不愿意代他们去看；便想出一个调剂紧张的方法来：我同一班学生坐在学校附近一所茶店里了，教他们的先生一个人去看，看了回到茶店里来报告他们。然而这方法缓和得有限。在先生去了约一刻钟之后，大家眼巴巴地望他回来。有的人伸长了脖子向他的去处张望，有的人跨出门槛去等他。等了好久，那去处就变成了十目所视的地方，凡有来人必牵惹许多小眼睛的注意；其中穿夏布长衫的人，在他们尤加触目惊心，几乎可使他们立起身来。久待不来，那位先生竟无辜地成了他们的冤家对头。有的女学生背地里骂他“死掉了”，有的男学生料他被公共汽车碾死了。但他到底没有死，终于拖了一件夏布长衫，从那去处慢慢地踱回来。“回来了，回来了”，一声叫后，全体肃静，许多眼睛集中在他的嘴唇上，听候发落。这数秒间的空气的紧张，是我这支自来水笔所不能描写的啊！

“谁取的”“谁不取”，——从先生的嘴唇上判决下来。他的每一句话好像一个霹雳，我几乎想包耳朵。受到这霹雳的人有的脸孔惨白了，有的脸孔通红了，有的茫然若失了，有的手足无措了，有的哭了，但没有笑的人。结果是不取的一半，取的一半。我抽了一口“大气”，开始想法子来安慰哭的人，我胡乱造出些话来说那学校办得怎样不好，所以不取并不可惜。不期说过之后，哭的人果然笑了，而满足的人似乎有些怀疑了。我在心中暗笑，孩子们的心，原来是这么脆弱的啊！教他们吃这种霹雳，真是残酷！

以后各校录取案发表的时候，我有意回避，不愿再看那种紧张的滑稽剧。但听说后来的缓和得多，因为小胆儿吓过几回，有些儿麻木了的原故。不久，所有的学生都捞得了一个学校。于是找保人，缴学费，忙了几天。这时候在旅馆听到谈话都是“我们的学校长，我们的学校短”一类的话了。但这些“我们”之中，其亲切的程度有差别。大概考取省立学校的人所说的“我们”是亲切的，而且带些骄傲的。考不取省立学校而只得进他们所谓不好的学校的人的“我们”，大概说得不大亲切些。他们预备下半年再去考省立学校，迟早定要爬高去。

旱灾比我们来时更进步了，归乡水路不通，下火车后，须得步行三十里。考取学校的人，都鼓着勇气，跑回家去取行李。雇人挑了，星夜起程跑到火车站，乘车来杭入学。考取省立学校的人尤加起劲，跑路不嫌辛苦，置备入学用品也不惜金钱。似乎能够考得进去，便有无穷的后望，可以一辈子荣华富贵，吃用不尽似的。

我吃不下跑路，被旱灾阻留在杭了。我教我的儿女们也不须回家，托人带信去教家里人把行李送来。行李送来时，带到了关于牵牛花的消息：据说我所手植的牵牛花到今尚未开花，因为天时奇旱的缘故。我姊给我的信上说：“你去后我们又加了几排竹钉。现在爬是爬得很高，几乎爬上墙顶了。但是旱得厉害，枝叶都憔悴，爬得高也没有用，看来今年不会开花结子的。”

1934年9月10于西湖招贤寺

（选自《缘缘堂随笔集》，浙江文艺出版社，1983年版）

【交流之窗】

作者以饱含真情的笔触描绘了他本人送一群小学生到杭州考初中的经历，考前学生既紧张又害怕，带着复杂心情看着书；考后讨论题目有喜有悲；等发表的几天，学生饱尝生活的五味。既充分展示了儿童天真烂漫的生活，也表现了他们丰富而复杂的内心世界，自然而然地表达了作家对儿童的关爱，也从侧面表现了他对成人的厌恶和鄙弃。

即把描写的对象当做自己也不理解的对象，对其有种种疑问，写作就是提出问题或者提出假设，然后再试图解释这些问题与假设，通过解释来一步步深入解读描写对象，从而为读者呈现更为立体生动的描写对象。

老　虎

布莱克　　卞之琳　译

威廉·布莱克（1757—1827），英国浪漫主义诗人、版画家，主要诗作有诗集《纯真之歌》《经验之歌》等。

老虎！老虎！火一样辉煌，
烧穿了黑夜的森林和草莽，
什么样非凡的手和眼睛
能塑造你一身惊人的匀称？
什么样遥远的海底、天边
烧出了做你眼睛的火焰？
跨什么翅膀胆敢去凌空？
凭什么铁掌抓一把火种？
什么样工夫，什么样胳膊，
拗得成你五脏六腑的筋络？
等到你的心一开始蹦跳，
什么样惊心动魄的手、脚？
什么样铁链？什么样铁锤？
什么样熔炉里炼你的脑髓？
什么样铁砧？什么样猛劲
一下子掐住了骇人的雷霆？

到临了，星星扔下了金枪，
千万滴眼泪洒遍了穹苍，
完工了再看看，他可会笑笑？
不就是造羊的把你也造了？
老虎！老虎！火一样辉煌，
烧穿了黑夜的森林和草莽，
什么样非凡的手和眼睛
敢塑造你一身惊人的匀称？

（选自《卞之琳译文集》，安徽教育出版社，2000年版）

【交流之窗】

这首诗没有直接描绘老虎的形象，一连串的追问，像画笔或刻刀一样，从多个侧面、多个角度解读着自己所理解的“老虎”形象，而这种解读为读者具体刻画了虎的铁掌、眼睛、体形，还营造了老虎出没的独特氛围，黑暗、神秘又无比宽广。正是在这一背景中，“老虎！老虎！”两个词的突然出现，才有先声夺人之效。老虎鲜艳的皮毛，“火一样辉煌”，在无边的黑夜与熊熊的火焰之间，一种充满张力的画面感，强烈地凸现。

中国国画常用技法，写意俗称“粗笔”，与“工笔”对称，不着眼于详尽如实、细针密缕地摹写现实，而着重以简练的笔墨表现客观物象的神韵和抒写画家主观的情致。勾勒是指用简练线条描绘物像轮廓。在写作上讲写意勾勒，指用简练文笔既叙述事物大概情况，又能表现事物的韵味和作家情感。

江行的晨暮

朱　湘

朱湘（1904—1933），字子沅，中国现代诗人。

美在任何的地方，即使是古老的城外，一个轮船码头的上面。

等船，在划子上，在暮秋夜里九点钟的时候，有一点冷的风。天与江，都暗了，不过仔细地看去，江水还浮着黄色。中间所横着的一条深黑，那是江的南岸。在众星的点缀里，长庚星闪耀得像一盏较远的电灯。一条水银色的光带晃动在江水之上，看得见一盏红色的渔灯。

岸上的房屋是一排黑的轮廓。

一条趸船在四五丈以外的地点。模糊的电灯，平时令人不快的，在这时候，在这条趸船上，反而，不仅是悦目，简直是美了。在它的光围下面，聚集着有一些人形的轮廓。不过，并听不见人声，像这条划子上这样。

忽然间，在前面江心里，有一些黝黯的帆船顺流而下，没有声音，像一些巨大的鸟。

一个商埠旁边的清晨。

太阳升上了有二十度；覆碗的月亮与地平线还有四十度的距离。几大片鳞云粘在浅碧的天空里；看来，云好像是在太阳的后面，并且远了不少。

山岭披着古铜色的衣，褶痕是大有画意的。

水汽腾上有两尺多高。有几只肥大的鸥鸟，它们，在阳光之内，暂时的闪白。

月亮是在左舷的这边。

水汽腾上有一尺多高；在这边，它是时隐时显的。在船影之内，它简直是看不见了。

颜色十分清润的，是远洲上的列树，水平线上的帆船。

江水由船边的黄到中心的铁青到岸边的银灰色。有几只小轮在喷吐着煤烟；在烟囱的端际，它是黑色；在船影里，淡青、米色、苍白；在斜映着的阳光里，棕黄。

清晨时候的江行是色彩的。

（选自《中国现代散文欣赏辞典集》，汉语大词典出版社，2000年版）

【交流之窗】

作者以“江行”作为串篇的线索，用极其简约的笔法勾勒了两幅蕴涵着生机与活力的图画。晃动的江水，红色的渔灯，房屋黑的轮廓，黝黯的帆影……暮秋夜江图，隐约朦胧，潜伏着巨大的生机，跃动着美。浅碧天空，大片的迷鳞云，古铜色的山岭，山岭的充满画意的褶痕，迷蒙的水汽，阳光中暂时闪白的鸥鸟……于动静之中，又让人走进了一个清新而宁静的早晨。

通过自己切身的经历、观察、体会、体悟等形式，形成对自然、社会、人生、自我等写作对象的认知、理解和感悟，在这些认知、理解和感悟的基础上，鲜明生动地去描摹对象。

大海日出

德富芦花　　陈德文　译

德富芦花（1868—1927），日本近代著名社会派小说家，散文家；代表作有长篇小说《不如归》《黑潮》和随笔集《自然与人生》等。

撼枕的涛声将我从梦中惊醒，于是起身打开房门。此时正是明治二十九年十一月四日清晨，我正在铫子的水明楼之上，楼下就是太平洋。

凌晨四时过后，海上仍然一片昏黑。只有澎湃的涛声。遥望东方，沿水平线露出一带鱼肚白。再上面是湛蓝的天空，挂着一弯金弓般的月亮，光洁清雅，仿佛在镇守东瀛。左首伸出黑黝黝的犬吠岬，岬角尖端灯塔上的旋转灯，在陆海之间不停地划出一轮轮白色的光环。

一会儿，晓风凛冽，掠过青黑色的大海。夜幕从东方次第揭开。微明的晨光，踏着青白的波涛由远而近。海浪拍击着黑色的矶岸，越来越清晰可辨。举目仰望，那晓月不知何时由一弯金弓化为一弯银弓，东方之际也次第染上了清澄的黄色。银白的浪花和黝黑的波谷在浩渺的大海上明灭。夜梦犹在海上徘徊，而东边的天空已睁开眼睫。太平洋的黑夜就要消逝了。

这时，曙光如鲜花绽放，如水波四散。天空，海面，一派光明，海水渐渐泛白，东方天际越发呈现出黄色。晓月，灯塔自然地黯淡下来，最后再也寻不着了。此时，一队候鸟宛如太阳的使者掠过大海。万顷波涛尽皆企望着东方，发出一种期待的喧闹——无形之声充满四方。

五分钟过去了——十分钟过去了。眼看着东方迸射出金光。忽然，海边浮出了一点猩红，多么迅速，使人无暇想到这是日出。屏息注视，霎时，海神高擎手臂。只见红点出水，渐次化作金线，金梳，金蹄。随后，旋即一摇，摆脱了水面。红日出海，霞光万斛，朝阳喷彩，千里熔金。大洋之上，长蛇飞动，直奔眼底。面前的矶岸顿时卷起两丈多高的金色雪浪。

（选自《永恒的经典——流传千古的130篇传世散文》，天津科学技术出版社，2010年版）

【交流之窗】

太平洋的涛声把作者从梦中惊醒，醒来的作者就用慢镜头般的笔触，记录了自己眼前的太平洋日出的美妙景象。作者似乎并没有刻意表现什么，但这种所见和体验是独特的，文章内容令人向往。

指作者或许并没有亲历某些事情，也没有亲眼见某些形象，但依据自己对某些事情的感悟和对某些形象的感知，在内心里早已形成了某些事情可能的发生发展过程，想象出了某些形象的具体模样，而写作就是把内心里所形成的事情的发生发展过程和某些形象的模样表现出来，呈现给读者的看似是事物真实的样子其实是作者内心视像的外显。

骑兵流韵（节选）

鲍尔吉·原野

从视觉角度说，骑兵在战斗中的表现比步兵更好看（把好看这个词放在进攻的战事里，似轻佻，但还是比英勇或雄峻这些词更朴实一些）。骑兵在冲锋中显示威力。面对敌方机枪的扇面扫射，他们高举着马刀，马刀与身体是一条直线，同马背形成四十五度夹角。蒙古马在枪声中永远向前奔驰。战士也许有临阵逃脱的，但战马从来不会临阵脱逃。它们的主人把马镫踏直，呐喊着往前冲。这是一种决死的状态。当遇到敌人时，骑兵把马刀向左晃一下，然后右劈。那个刀下鬼可能连头带肩膀全被劈下了。马刀是不开刃的，倘开刃，会卷刃崩豁。人的骨骼毕竟也很坚硬。骑兵的冲锋与杀敌，靠一股气势和膂力。从首长的观点看，骑兵能冲垮敌方的阵脚，动摇其士气。从全局看，骑兵的意义在利用机动能力围点打援，或牵制对方兵力。而骑兵不知道这些，他们只在蔽日的尘烟中冲锋或倒下……就杀人的方式而言，骑兵比步兵更直接也更令人战栗。步兵用子弹远远地把对手胸膛射穿，骑兵用马刀将敌人砍倒。炮兵简直不知道自己做了些什么，他们手装的炮弹在几里或十几里外轰然爆炸，村子、庄稼或人都慑服于一瞬的震动之中。炮兵比步兵更像政治。

在真正的战斗中，骑兵冲锋之前无比静默。你可以想象，拂晓时，开阔地尽头的胡杨林笼流一缕白霭，马队没有声息。骑兵们的表情几近麻木，眯着蒙古人细长的眼睛，颧骨黑红。人在拼死之前没有任何表情，蓄集精力，也是摈弃思维活动之后的精神状态。马，也不再低头啃凝霜的衰草，它们嚼一嚼嘴里的铁链，偶尔一抬蹄子，耳朵尖立始终等候着号音。这情景同成吉思汗时代并无不同。当成吉思汗的大军不远万里来到拒绝通商的花剌子模国时，两军对阵，草木肃杀，铁木真的头顶飘绕一阵白云，这云或许是从额尔古纳河追随而来。面对敌阵在阳光下闪耀的锋戟，他细而长的眼睛若有所思，似更仁慈。伟大的统帅和伟大的艺术家一样，在战场上表情松弛，目光明亮柔顺。他说过：

与朋友交，像花牛犊般忠厚，
与敌人搏，像狮虎般凶猛。
你们在明亮的白天，
要像雄狼一样深沉细心。
你们在漆黑的夜里，
要像乌鸦一样坚韧不拔。

花剌子模的守军如铁桶一样箍成圆阵，神色漠然的蒙古马队像海青鹰一样冲过去，然后沿着圆阵包抄，接着是一支又一支马队射出，最终将圆阵撕裂。这是目前还在沿用的世界三大战法之一的“成吉思汗战法”，铁木真自称“海子阵”。

而战马，正是战马把蒙元帝国的帷帐一直扯到中欧和南亚。战马没有时代感，它们也许觉得还生活在十三世纪，以为黑山阻击战与攻打俄罗斯大公国的区别不大。它们只是不懂炮火这种照耀夜空与震耳欲聋的东西……蒙古人眼中的马是静态的，安然于天地之间，灵慧而和蔼。与蒙古人一样，它也有性格的另一面，暴躁与拼挣。骑兵部队的战马，受伤卧下，一听到冲锋号便站立疾驰。对流血的主人，它会痛心疾首地围转，甚至悲鸣不已。这就是战马，而不关其主色像锦州的什么缎子。

（选自《掌上流云》，漓江出版社，2004年版）

【交流之窗】

骑兵是渐行渐远的兵种，但历史的风韵犹存，作者用生动笔触抒写了自己内心的骑兵形象。阅读的是文字而眼前呈现却是真实的犹如视频里跃动的影像，在蔽日的尘烟中雄壮的骑兵队冲锋或倒下……在滚滚冲锋的队伍里，竟然还看见了神色漠然的蒙古马队在成吉思汗的带领下，像海青鹰一样冲过去，一支又一支马队射出，撕裂了花剌子模的铁桶圆阵……而这些真实显然早已远去。但是他们在作者心里永存，所以他用这样的写法把内心视像为我们重现。

即用不同的笔法来呈现形象的细节，让这些细节凸显形象特点，由这些细节引发读者对相应的隐藏在细节背后的人、事、情、物的感知和理解，而这些细节也巧妙地传达着作者的情思。

给我的孩子们

丰子恺

我的孩子们！我憧憬于你们的生活，每天不止一次！我想委屈地说出来，使你们自己晓得。可惜到你们懂得我的话的意思的时候，你们将不复是可以使我憧憬的人了。这是何等可悲哀的事啊！

瞻瞻！你尤其可佩服。你是身心全部公开的真人。你什么事情都像拼命地用全副精力去对付。小小的失意，像花生米翻落地了，自己嚼了舌头了，小猫不肯吃糕了，你都要哭得嘴唇翻白，昏去一两分钟。外婆普陀去烧香买回来给你的泥人，你何等鞠躬尽瘁地抱他，喂他；有一天你自己失手把他打破了，你的号哭的悲哀，比大人们的破产、broken-heart、丧考妣、全军覆没的悲哀都要真切。两把芭蕉扇做的脚踏车，麻雀牌堆成的火车、汽车，你何等认真地看待，挺直了嗓子叫“汪——”“咕咕咕……”，来代替汽笛。宝姊姊讲故事给你听，说到“月亮姊姊挂下一只篮来，宝姊姊坐在篮里吊了上去，瞻瞻在下面看”的时候，你何等激昂地同她争，说“瞻瞻要上去，宝姊姊在下面看！”甚至哭到漫姑面前去求审判。我每次剃了头，你真心地疑我变了和尚，好几时不要我抱。最是今年夏天，你坐在我膝上发见了我腋下的长毛，当作黄鼠狼的时候，你何等伤心，你立刻从我身上爬下去，起初眼瞪瞪地对我端相，继而大失所望地号哭，看看，哭哭，如同对被判定了死罪的亲友一样。你要我抱你到车站里去，多多益善地要买香蕉，满满地擒了两手回来，回到门口时你已经熟睡在我的肩上，手里的香蕉不知落在哪里去了。这是何等可佩服的真率、自然与热情！大人间的所谓“沉默”“含蓄”“深刻”的美德，比起你来，全是不自然的、病的、伪的！

你们每天做火车、做汽车、办酒、请菩萨、堆六面画、唱歌，全是自动的，创造创作的生活。大人们的呼号“归自然！”“生活的艺术化！”“劳动的艺术化！”在你们面前真是出丑得很了！依样画几笔画，写几篇文的人称为艺术家、创作家，对你们更要愧死！

你们的创作力，比大人真是强盛得多哩：瞻瞻！你的身体不及椅子的一半，却常常要搬动它，与它一同翻倒在地上；你又要把一杯茶横转来藏在抽斗里，要皮球停在壁上，要拉住火车的尾巴，要月亮出来，要天停止下雨。在这等小小的事件中，明明表示着你们的弱小的体力与智慧力不足以应付强盛的创作欲、表现欲的驱使，因而遭逢失败。然而你们是不受大自然的支配，不受人类社会的束缚的创造者，所以你的遭逢失败，例如火车尾巴拉不住，月亮呼不出来的时候，你们绝不承认是事实的不可能，总以为是爹爹妈妈不肯帮你们办到，同不许你们弄自鸣钟同例，所以愤愤地哭了，你们的世界何等广大！

你们一定想：终天无聊地伏在案上弄笔的爸爸，终天闷闷地坐在窗下弄引线的妈妈，是何等无气性的奇怪的动物！你们所视为奇怪动物的我与你们的母亲，有时确实难为了你们，摧残了你们，回想起来，真是不安心得很！

阿宝！有一晚你拿软软的新鞋子，和自己脚上脱下来的鞋子，给凳子的脚穿了，划袜立在地上，得意地叫“阿宝两只脚，凳子四只脚”的时候，你母亲喊着“龌龊了袜子”！立刻擒你到藤榻上，动手毁坏你的创作。当你蹲在榻上注视你母亲动手毁坏的时候，你的小心里一定感到“母亲这种人，何等杀风景而野蛮”罢！

瞻瞻！有一天开明书店送了几册新出版的毛边的《音乐入门》来。我用小刀把书页一张一张地裁开来，你侧着头，站在桌边默默地看。后来我从学校回来，你已经在我的书架上拿了一本连史纸印的中国装的《楚辞》，把它裁破了十几页，得意地对我说：“爸爸！瞻瞻也会裁了！”瞻瞻！这在你原是何等成功的欢喜，何等得意的作品！却被我一个惊骇的“哼！”字喊得你哭了。那时候你也一定抱怨“爸爸何等不明”罢！

软软！你常常要弄我的长锋羊毫，我看见了总是无情地夺脱你。现在你一定轻视我，想道："你终于要我画你的画集的封面！"

最不安心的，是有时我还要拉一个你们所最怕的陆露沙医生来，叫他用他的大手来摸你们的肚子，甚至用刀来在你们臂上割几下，还要叫妈妈和漫姑擒住了你们的手脚，捏住了你们的鼻子，把很苦的水灌倒你们的嘴里去。这在你们一定认为是太无人道的野蛮举动罢！

孩子们！你们果真抱怨我，我倒欢喜；到你们的抱怨变为感激的时候，我的悲哀来了！

我在世间，永没有逢到像你们这样出肺肝相示的人。世间的人群结合，永没有像你们样的彻底的真实而纯洁。最是我到上海去干了无聊的所谓"事"回来，或者去同不相干的人们做了叫做"上课"的一种把戏回来，你们在门口或车站旁等我的时候，我心中何等惭愧又欢喜！惭愧我为什么去做这等无聊的事，欢喜我又得暂时放怀一切地加入你们的真生活的团体。

但是，你们的黄金时代有限，现实终于要暴露的。这是我经验过来的情形，也是大人们谁也经验过的情形。我眼看见儿时的伴侣中的英雄、好汉，一个个退缩、顺从、妥协、屈服起来，到像绵羊的地步。我自己也是如此。"后之视今，亦犹今之视昔"，你们不久也要走这条路呢！

我的孩子们！憧憬于你们的生活的我，痴心要为你们永远挽留这黄金时代在这册子里。然这真不过像"蜘蛛网落花"，略微保留一点春的痕迹而已。且到你们懂得我这片心情的时候，你们早已不是这样的人，我的画在世间已无可印证了！这是何等可悲哀的事啊！

（选自《中国二十世纪散文精品·丰子恺卷》，太白文艺出版社，1996年版）

【交流之窗】

写孩子们为花生米翻落地了，自己嚼了舌头，小猫不肯吃糕了，哭得嘴唇翻白；写孩子抱泥人，喂泥人；写孩子为芭蕉扇做的脚踏车，麻雀牌堆成的火车、汽车；给凳子的脚穿鞋袜；要皮球停在壁上，要拉住火车的尾巴，要月亮出来，要天停止下雨。没有对这种纯真的喜爱和赞美，不可能写出这么唯美的细节。而有了这些细节，作者的情感不言而喻。

具象就是具体的形象，是创作过程中活跃在作家头脑中的基本形象。而具象之美是指作家用具体的形象把抽象的事物生动贴切地表现出来。

渐

丰子恺

使人生圆滑进行的微妙的要素，莫如"渐"；造物主骗人的手段，也莫如"渐"。在不知不觉之中，天真烂漫的孩子"渐渐"变成野心勃勃的青年；慷慨豪侠的青年"渐渐"变成冷酷的成人；血气旺盛的成人"渐渐"变成顽固的老头子。因为其变更是渐进的，一年一年地、一月一月地、一日一日地、一时一时地、一分一分地、一秒一秒地渐进，犹如从斜度极缓的长远的山坡上走下来，使人不察其递降的痕迹，不见其各阶段的境界，而似乎觉得常在同样的地位，恒久不变，又无时不有生的意趣与价值，于是人生就被确实肯定，而圆滑进行了。假使人生的进行不像山坡而像风琴的键板，由do忽然移到re，即如昨夜的孩子今朝忽然变成青年；或者像旋律的"接离进行"地由do忽然跳到mi，即如朝为青年而夕暮忽成老人，人一定要惊讶、感慨、悲伤，或痛感人生的无常，而不乐为人了。故可知人生是由"渐"维持的。这在女人恐怕尤为必要：歌剧中，舞台上的如花的少女，就是将来火炉旁边的老婆子。这句话，骤听使人不能相信，少女也不肯承认，实则现在的老婆子都是由如花的少女"渐渐"变成的。

人之能堪受境遇的变衰，也全靠这"渐"的助力。巨富的纨绔子弟因屡次破产而"渐渐"荡尽其家产，变为贫者；贫者只得做佣工，佣工往往变为奴隶，奴隶容易变为无赖，无赖与乞丐相去甚近，乞丐不妨做偷儿……这样的例，在小说中，在实际上，均多得很。因为其变衰是延长为十年二十年而一步一步地"渐渐"地达到的，在本人不感到什么强烈的刺激。故虽到了饥寒病苦刑笞交迫的地步，仍是熙熙然贪恋着目前的生的欢喜。假如一位千金之子忽然变了乞丐或偷儿，这人一定愤不欲生了。

这真是大自然的神秘的原则，造物主的微妙的工夫！阴阳潜移，春秋代序，以及物类的衰荣生杀，无不暗合于这法则。由萌芽的春“渐渐”变成绿荫的夏，由凋零的秋“渐渐”变成枯寂的冬。我们虽已经历数十寒暑，但在围炉拥衾的冬夜仍是难于想象饮冰挥扇的夏日的心情；反之亦然。然而由冬一天一天地、一时一时地、一分一分地、一秒一秒地移向夏，由夏一天一天地、一时一时地、一分一分地、一秒一秒地移向冬，其间实在没有显著的痕迹可寻。昼夜也是如此：傍晚坐在窗下看书，书页上“渐渐”地黑起来，倘不断地看下去（目力能因了光的渐弱而渐渐加强），几乎永远可以认识书页上的字迹，即不觉昼之已变为夜。黎明凭窗，不瞬目地注视东天，也不辨自夜向昼的推移的痕迹。儿女渐渐长大起来，在朝夕相见的父母全不觉得，难得见面的远亲就相见不相识了。往年除夕，我们曾在红蜡烛底下守候水仙花的开放，真是痴态！倘水仙花果真当面开放给我们看，便是大自然的原则的破坏，宇宙的根本的摇动，世界人类的末日临到了！

“渐”的作用，就是用每步相差极微极缓的方法来隐蔽时间的过去与事物的变迁的痕迹，使人误认其为恒久不变。这真是造物主骗人的一大诡计！这有一件比喻的故事：某农夫每天朝晨抱了犊而跳过一沟，到田里去工作，夕暮又抱了它跳过沟回家。每日如此，未尝间断。过了一年，犊已渐大，渐重，差不多变成大牛，但农夫全不觉得，仍是抱了它跳沟。有一天他因事停止工作，次日就不能抱这牛跳沟了。造物的骗人，使人留连于其每日每时的生的欢喜而不觉其变迁与辛苦，就是用这个方法的。人们每日在抱了日重一日的牛而跳沟，不准停止。自己误以为是不变的，其实每日在增加其苦劳！

我觉得时辰钟是人生的最好的象征了。时辰钟的针，平常一看总觉得是“不动”的；其实人造物中最常动的无过于时辰钟的针了。日常生活中的人生也如此，刻刻觉得我是我，似乎这“我”永远不变，实则与时辰钟的针一样的无常！一息尚存，总觉得我仍是我，我没有变，还是留连着我的生，可怜受尽“渐”的欺骗！

“渐”的本质是“时间”。时间我觉得比空间更为不可思议，犹之时间艺术的音乐比空间艺术的绘画更为神秘。因为空间姑且不追究它如何广大或无限，我们总可以把握其一端，认定其一点。时间则全然无从把握，不可挽留，只有过去与未来在渺茫之中不绝地相追逐而已。性质上既已渺茫不可思议，分量上在人生也似乎太多。因为一般人对于时间的悟性，似乎只够支配搭船乘车的短时间；对于百年的长期间的寿命，他们不能胜任，往往迷于局部而不能顾及全体。试看乘火车的旅客中，常有明达的人，有的宁牺牲暂时的安乐而让其坐位于老弱者，以求心的太平（或博暂时的美誉）；有的见众人争先下车，而退在后面，或高呼"勿要轧，总有得下去的！""大家都要下去的！"然而在乘"社会"或"世界"的大火车的"人生"的长期的旅客中，就少有这样的明达之人。所以我觉得百年的寿命，定得太长。像现在的世界上的人，倘定他们搭船乘车的期间的寿命，也许在人类社会上可减少许多凶险残惨的争斗，而与火车中一样的谦让，和平，也未可知。

然人类中也有几个能胜任百年的或千古的寿命的人。那是"大人格""大人生"。他们能不为"渐"所迷，不为造物所欺，而收缩无限的时间并空间于方寸的心中。故佛家能纳须弥于芥子。中国古诗人（白居易）说："蜗牛角上争何事？石火光中寄此身。[①]"英国诗人（Blake）也说："一粒沙里见世界，一朵花里见天国；手掌里盛住无限，一刹那便是永劫。"

【注释】

①人活在世界上，就好像局促在那小小的蜗牛角上，空间是那样的狭窄，还有什么好争的呢？人生短暂，就像石头相撞的那一瞬间所发出的一点火光。

（选自《中国二十世纪散文精品·丰子恺卷》，太白文艺出版社，1997年版）

【交流之窗】

文章化抽象为具象，化深奥为通俗。为了表达"渐"之潜移默化，作者列举自己读书的体验，"傍晚坐在窗下看书，书页上'渐渐'地黑起来，倘不断地看下去，几乎永远可以认识书页上的字迹，即不觉昼之已变为夜。黎明凭窗，不瞬目地注视东天，也不辨自夜向昼的推移的痕迹”。把抽象的“渐”的内涵具体化了，使读者清晰地感知“渐”的威力。

“渐”是抽象的，其所指的本质“时间”也是抽象的。“一般人对于时间的悟性，似乎只够支配搭船乘车的短时间；对于百年的长期间的寿命，他们不能胜任，往往迷于局部而不能顾及全体。”为把这一道理阐释清楚，作者又细腻描写一幅乘火车的人生百态图：试看乘火车的旅客中，常有明达的人，有的宁牺牲暂时……种种具象描写，深奥的人生哲学变得通俗易懂，而令人警醒。

很多专家学者对节奏的概念做了界定，有人说用反复、对应等形式把各种变化因素加以组织就是节奏；有人认为节奏指自然、社会和人的活动中一种与韵律结伴而行的有规律的突变；还有说节奏变化为事物发展本原，艺术美之灵魂。这些界定实际是从不同角度诠释节奏的特征。而文章节奏之美体现在两个方面，其一是文章内容、情思或语言要有规律之美；其二是文章内容、情思或语言要有变化之美。

再别康桥

徐志摩

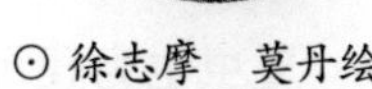
⊙ 徐志摩　莫丹绘

轻轻的我走了，
正如我轻轻的来；
我轻轻的招手，
作别西天的云彩。

那河畔的金柳，
是夕阳中的新娘；
波光里的艳影，
在我的心头荡漾。

软泥上的青荇，
油油的在水底招摇；
在康河的柔波里，
我甘心做一条水草！

那榆荫下的一潭，

不是清泉，
是天上虹；
揉碎在浮藻间，
沉淀着彩虹似的梦。

寻梦？撑一支长篙，
向青草更青处漫溯；
满载一船星辉，
在星辉斑斓里放歌。

但我不能放歌，
悄悄是别离的笙箫；
夏虫也为我沉默，
沉默是今晚的康桥！

悄悄的我走了，
正如我悄悄的来；
我挥一挥衣袖，
不带走一片云彩。

（选自《徐志摩诗集》，黄山书社，2009年版）

【交流之窗】

这首诗像一首肖邦的小夜曲。四行一节，每一节诗行的排列两两错落有致，每句的字数基本上是六七字（间有八字句），于参差变化中见整齐；每节押韵，逐节换韵，追求音节的波动和旋律感。此外，“轻轻”“悄悄”等叠字的反复运用，增强了诗歌轻盈的节奏。诗的尾节与首节句式相似，遥相呼应，给人一种梦幻般的感觉。

警策，在写作上指文句精炼扼要而含义深切动人。警策之美是诗文语简言奇，含义深刻，富有哲理性所带给人的美感。

回 答

北 岛

北岛，生于1949年，中国当代诗人，为“朦胧诗派”诗代表人物之一，是民间诗歌刊物《今天》的创办者。

卑鄙是卑鄙者的通行证，
高尚是高尚者的墓志铭，
看吧，在那镀金的天空中，
飘满了死者弯曲的倒影。

冰川纪过去了，
为什么到处都是冰凌？
好望角发现了，
为什么死海里千帆相竞？

我来到这个世界上，
只带着纸、绳索和身影，
为了在审判前，
宣读那些被判决的声音。

告诉你吧，世界
我——不——相——信！

纵使你脚下有一千名挑战者，
那就把我算作第一千零一名。

我不相信天是蓝的，
我不相信雷的回声，
我不相信梦是假的，
我不相信死无报应。

如果海洋注定要决堤，
就让所有的苦水都注入我心中，
如果陆地注定要上升，
就让人类重新选择生存的峰顶。

新的转机和闪闪星斗，
正在缀满没有遮拦的天空。
那是五千年的象形文字，
那是未来人们凝视的眼睛。

（选自《北岛诗歌集》，海南出版社，2003年版）

【交流之窗】

《回答》是诗人1976年创作的一首朦胧诗，它标志着朦胧诗时代的开始。诗中用质问表达出对现实的悲愤，不断重复的“我不相信”坚定的口吻表达了对暴力世界的怀疑。诗人对所经历的“文化大革命”那个荒谬、罪恶的现实社会进行控诉，自然引起后人对那种荒谬社会现状的警觉。

雪

鲁　迅

暖国的雨，向来没有变过冰冷的坚硬的灿烂的雪花。博识的人们觉得他单调，他自己也以为不幸否耶？江南的雪，可是滋润美艳之至了；那是还在隐约着的青春的消息，是极壮健的处子的皮肤。雪野中有血红的宝珠山茶，白中隐青的单瓣梅花，深黄的磬口的蜡梅花；雪下面还有冷绿的杂草。蝴蝶确乎没有；蜜蜂是否来采山茶花和梅花的蜜，我可记不真切了。但我的眼前仿佛看见冬花开在雪野中，有许多蜜蜂们忙碌地飞着，也听得他们嗡嗡地闹着。

孩子们呵着冻得通红，像紫芽姜一般的小手，七八个一齐来塑雪罗汉。因为不成功，谁的父亲也来帮忙了。罗汉就塑得比孩子们高得多，虽然不过是上小下大的一堆，终于分不清是壶卢还是罗汉；然而很洁白，很明艳，以自身的滋润相粘结，整个地闪闪地生光。孩子们用龙眼核给他做眼珠，又从谁的母亲的脂粉奁中偷得胭脂来涂在嘴唇上。这回确是一个大阿罗汉了。他也就目光灼灼地嘴唇通红地坐在雪地里。

第二天还有几个孩子来访问他；对了他拍手，点头，嘻笑。但他终于独自坐着了。晴天又来消释他的皮肤，寒夜又使他结一层冰，化作不透明的水晶模样；连续的晴天又使他成为不知道算什么，而嘴上的胭脂也褪尽了。

但是，朔方的雪花在纷飞之后，却永远如粉，如沙，他们决不粘连，撒在屋上，地上，枯草上，就是这样。屋上的雪是早已就有消化了的，因为屋里居人的火的温热。别的，在晴天之下，旋风忽来，便蓬勃地奋飞，在日光中灿灿地生光，如包藏火焰的大雾，旋转而且升腾，弥漫太空；使太空旋转而且升腾地闪烁。

在无边的旷野上，在凛冽的天宇下，闪闪地旋转升腾着的是雨的精魂……

是的，那是孤独的雪，是死掉的雨，是雨的精魂。

（选自《鲁迅全集第1卷》，人民文学出版社，2005年版）

【交流之窗】

在理解本文内容情感的过程中，若能扣住虚词“但是”并理解这一个虚词的内涵，就可把握全文的情感意蕴。作者先写“南国的雪”，再写“北国的雪”，看似两部分都很精彩，但在从“南国的雪”到“北国的雪”过渡时，作者用了虚词“但是”，笔锋陡转，整体情感流向也随之转移。虽然也写了南国雪的柔美，但作者更着意于北方的雪，文章也着力于表达对北方的雪的喜爱，寄托了作者对美好生活的憧憬，体现了作者敢于直面惨淡人生、不屈不挠的战斗精神。